ANITA GARIBALDI:
HEROÍNA DE DOIS MUNDOS

LOREDANA FRESCURA
MARCO TOMATIS

EDITORA
FUNDAMENTO

2012, Editora Fundamento Educacional Ltda.

Editor e edição de texto: Editora Fundamento
Arte da capa: Zuleika Iamashita
Foto da capa: © Mimi Haddon/ Taxi – Getty Images
Editoração eletrônica: Carolina Bittencourt / Bug Projetos
Editoração eletrônica final: Haikai Estúdio
CTP e Impressão: SVP – Gráfica Pallotti
Tradução: Marilia Bittencourt

Dados Internacionais de Catalogação na Publicação (CIP)
(Câmara Brasileira do Livro, SP, Brasil)

Frescura, Loredana
Anita Garibaldi: Heroína de Dois Mundos / Loredana Frescura e Marco Tomatis; [versão brasileira da editora] – 1. ed. – São Paulo, SP : Editora Fundamento Educacional Ltda., 2012.

Título original: Ho attraversato il mare a piedi

1. Garibaldi, Anita, 1821-1849 – Ficção
2. Garibaldi, Giuseppe, 1807-1882 – Ficção
I. Tomatis, Marco. II. Título.

12-04660 CDD - 853

Índice para catálogo sistemático
1. Romances : Literatura italiana 853

Fundação Biblioteca Nacional

Depósito legal na Biblioteca Nacional, conforme Decreto nº 1.825, de dezembro de 190

Impresso no Brasil

Telefone: (41) 3015 9700
E-mail: info@editorafundamento.com.br
Site: www.editorafundamento.com.br

Este livro foi impresso em papel pólen soft 80 g/m² e a capa papel cartão 250 g/m².

ANITA GARIBALDI:
HEROÍNA DE DOIS MUNDOS

LOREDANA FRESCURA
MARCO TOMATIS

EDITORA
FUNDAMENTO

1

1832 – Laguna, Brasil

Depois de duas meninas, minha mãe e meu pai queriam um menino.

Mas vim eu. Ana.

Aninha, desde sempre.

Às vezes, minha mãe diz a meu pai: "Se tivesse sido um menino..."; em outras vezes, é meu pai que diz a minha mãe: "Se tivesse sido um menino..."

Então, aprendi bem. Eu tinha que ser menino.

O terrível, ambos acrescentam, é que sou menino na cabeça, mas não no corpo.

Sei fazer todas as coisas dos meninos. Corro rápido como eles e cavalgo ainda melhor e, se tiver que trabalhar, não fico atrás: sei lavar e limpar a casa, assim como recolher a lenha, diferenciar um papagaio de um tucano e, além disso, as cobras não me assustam. Parece, no entanto, não fazer a menor diferença.

Todos continuam a me reprovar e a me dar ordens como se faz com as meninas.

- Aninha... vá pegar um pouco de açúcar na tia Maria. Quero fazer rosca para o seu pai esta noite.

Minha mãe sorri para mim. É um dia especial. Meu pai começou um novo trabalho, e todos nós esperamos que nada aconteça, porque muitas vezes os outros o deixam irritado, aliás, muitíssimas vezes, por isso ele tem sempre que procurar novos trabalhos.

Na verdade, daquela vez, acho que meu pai teve um motivo mais do que justo para se irritar. Minha mãe estava chorando, naquela noite, quando ele saiu à procura do Diogo, o carreteiro.

Bem, eu não chorava por nada. Mantinha os punhos fechados e havia me escondido embaixo da mesa. E torcia por meu pai. Sim, pois aquele nojento do Diogo tinha tocado meus cabelos e minhas pernas, e, se eu não tivesse tirado o cigarro de sua boca e amassado sobre seu olho...

Eu gritava para ele parar, mas ele não me ouvia e dizia que eu era a sua menina. E me irritei de verdade, e gritei que eu tinha um pai e que ele jamais me tocara assim.

Depois foi ele quem gritou. De dor, e havia xingado tanto que, se dom Ferreira o tivesse ouvido, certamente o chamaria de diabo.

Mas não ouvi todos os xingamentos. Fugi e larguei a lenha que estava recolhendo perto de uma árvore. Portanto, não tivemos nada para esquentar a água naquela noite. Mas isso não interessava a ninguém. Minha mãe chorava; Manuela estava em pé perto da mesa, séria como se não me visse, como se eu fosse transparente. Felicidade estava agarrada à minha mãe. Meu pai, sem dizer nada, havia saído, e eu imaginei que tivesse ido procurar Diogo.

Depois de uns dias, soubemos que o carreteiro tinha denunciado meu pai por tê-lo agredido até sangrar. Meu pai não queria ver a polícia; não queria explicar nada a eles. Por isso, fomos embora de Morrinhos.

De agora em diante, ficaremos bem. Minhas irmãs, Manuela e Felicidade, não têm certeza disso, mas acredito que papai estará tão contente com o novo trabalho que nada vai irritá-lo.

Ele me leva muitas vezes em sua companhia. Juntos, somos felizes entre os cavalos e os bois. Ensinou-me muito sobre os animais, até a domar um potro selvagem. Olho os cavalos nos olhos, e meu pai me diz que eles veem a minha alma e que, se ela é gentil, eles também o serão comigo. Às vezes, comemos juntos, olhando o rebanho, e ele me conta o que há atrás e dentro das nuvens. Diz que ali estão os espíritos das pessoas que irão nascer. Gosto da voz de meu pai quando fala. É uma voz que sabe acariciar, sinto-me segura e desejo que o tempo não passe nunca.

Limpei o chão e vi as baratas correndo entre os dormentes de madeira, tive vontade de gritar, mas me segurei. As baratas me dão nojo, é isso, porém, em vez de gritar, passaria no corpo uma geleia de baratas, se existisse.

Já sou grande e sei que devo fazer a minha parte, como diz minha mãe, mas, quando corro entre os campos e tento tocar o céu, sei que

Ana Maria de Jesus Ribeiro da Silva quer fazer outra coisa. Ainda não sabe o quê, mas um dia certamente a verdade será clara como o alvorecer desta manhã branca igual à espuma do mar.

Por enquanto, Bernardo e Salvador precisam de cuidados. Os meus irmãos têm tosse com facilidade, e à noite frequentemente não conseguimos dormir. Minha mãe tem que descansar porque trabalha muito, e assim fico com eles e cuido de ambos colocando cebola dourada sobre seu peito. Fede um pouco, mas funciona, pelo menos às vezes, e podemos dormir. Minha mãe diz que, assim que tivermos dinheiro, chamará o médico. Sinto-me triste. De dia, quando ela volta do trabalho, corro para longe a fim de não ouvir a tosse deles. Parece-me tudo inútil. Todos trabalhamos muito, e nossa vida é sempre igual.

Há um mês vivemos em Laguna, e a família de Miguel também se mudou para cá, para perto de nós, pois aqui mora o irmão de dona Marta, o qual tem um barco, e o pai de Miguel é um ótimo pescador.

Quando posso, estou com Miguel e na presença dele esqueço a tristeza, ao menos um pouco.

Atrás da casa, há uma trilha para descer até a praia. Ele fica ali me esperando e me cumprimenta com o braço erguido. Cumprimento-o também e, quando vejo o cavalo, grito com toda a força:

– Vá, corra... Vamos pegá-lo!

– Espere, Ana...

– Tá bom. Você me espera aqui. Já volto!

– Quero ir com você!

Paro. Miguel tem o fôlego curto. Mas não é por isso que paro; é por causa da perna dele. O cavalo se afasta no mato. Miguel me alcança; é difícil para ele, entretanto, esconder a dor e a humilhação. Com uma perna mais curta, fica difícil correr. Uma vez, ele fingiu mancar e, tentando correr, me contou que sentia dor no corpo todo. Caramba! Miguel é muito corajoso em me seguir por todos os lugares. Às vezes me esqueço de sua perna. Sou malvada. Talvez dom Ferreira tenha razão. Sou sangue de diabo.

– Ana! Você está com as pernas cheias de sangue – Miguel se aproxima preocupado. – Algum arbusto arranhou sua pele.

– Não é nada. É só lavar com um pouco de água que passa. Não dói.

Olho-o enquanto o sol queima nossas cabeças. A face de Miguel é rosada, e ele mantém o braço apoiado como um soldado. Seus olhos brilham enquanto me olha, e há algo neles que me dá medo. Não sei o quê.

– Podemos pegá-lo, se cortarmos pela floresta.

– Não, Miguel, deixe para lá. Ele vai voltar para o estábulo como das outras vezes.

É verdade. Divertimo-nos muito capturando Fuego, o cavalo que pertence ao tio Antônio, depois de tê-lo soltado. Nossa brincadeira continua por vários dias. Miguel tem um ano a menos que eu. É corajoso, sobe nas árvores como uma cobra, nada como um golfinho e luta como um puma.

Ele é meu amigo desde sempre. Um verdadeiro e grande amigo. E sua perna mais curta não me incomoda.

Os outros o chamam de Coxo; eu o chamo de Miguel, pois este é o seu nome, e me parece absurdo chamá-lo de outro modo porque em seu corpo algo não cresceu como deveria.

Uma vez, Miguel me disse que era daquele jeito devido a uma doença. O padre afirmou que era por causa de um pecado. Tentei entender e perguntei à minha mãe qual pecado Miguel poderia ter cometido quando tinha apenas 2 anos. Ela respondeu que Deus talvez soubesse que Miguel seria uma pessoa melhor com uma perna mais curta. "Que bobagem!", disse tio Antônio, e minha mãe murmurou que não blasfemasse.

Tio Antônio é meio sangue de diabo como eu. Até para mim mamãe repete sempre que não blasfeme quando digo o que penso sobre as comadres.

As comadres são uma distração. Miguel passa longe delas, senão o param e lhe dão beliscões na bochecha, e ele as odeia.

Um dia, eu disse a uma comadre que nos desse doces em vez de beliscões, e ela foi logo contar para minha mãe. Miguel ria com a boca desdentada toda aberta, saltitando nos degraus. Quando, porém, minha mãe me deu um tapa, ele se calou e correu para perto de mim, ficou na minha frente, e os outros dois tapas foi ele quem levou.

Depois, fomos chorar juntos na bananeira. Ficamos abraçados por muito tempo e adormecemos, até que tio Antônio nos encontrou sujos e úmidos de lágrimas e nos levou de volta para casa.

Naquela vez, percebi o cheiro de Miguel e o sabor de suas lágrimas. E nunca mais esquecerei.

Assim como não esquecerei o dia em que estávamos na praia e cavamos com as mãos um buraco tão fundo que dava para entrarmos nele. Tínhamos certeza de que ele chegaria ao centro da Terra, onde encontraríamos ouro para todas as pessoas pobres, que não podiam nem mesmo curar a tosse e a dor de dente. Estava tão cheia de areia que tirei meu vestido e corri para o mar. Fazia calor e eu estava tão suja. Ouvi logo os gritos, assim que mergulhei na água. Gritos e tumulto. Minha mãe corria em direção à areia da praia e parecia enlouquecida.

Assustei-me tanto que saí imediatamente da água, e os gritos só aumentaram. Não conseguia entender por quê. Minha mãe me cobriu com a echarpe que tinha nas mãos e me deu um tapa forte na bochecha. As lágrimas vieram imediatamente, junto com a raiva. Por quê?

– Essas porcarias não se fazem. Desavergonhada.

– Porcarias? Que porcarias? Estava tomando um banho.

– Nua... Estava nua.

– E como devemos nos banhar, vestidos?

Outro tapa virou minha cabeça para o lado. E então, olhando para o buraco, vi Miguel que tentava sair para me socorrer, mas não conseguia... Sua perna mais curta... E então senti uma ternura infinita por ele. Olhei minha mãe quase com ódio. Como podia pensar que eu fizesse porcarias? E depois, quais eram essas porcarias? Não roubava, nem insultava ninguém, nem blasfemava. Coberta por aquela echarpe, joguei-me novamente no buraco, perto de Miguel, deixando minha mãe e algumas comadres que estavam na praia desesperadas com a ingratidão dos filhos. Depois daquela vez, tomei vários banhos nua no mar, mas certifiquei-me de que ninguém me visse, ninguém, a não ser Miguel. Ele nem se importa.

Miguel mora perto de mim. Nossas casas ficam próximas ao mar. A mãe dele e a minha, porém, nem mesmo se falam. Minha mãe gostaria, mas não consegue. Eu sei por quê. Envergonha-se. Uma vez meu pai brigou com a família Herriquez e, com a raiva que às vezes o domina, atirou uma lenha contra a mãe de Miguel e a acertou bem no rosto.

– O que vamos fazer agora?

– Tenho que voltar pra casa, pois preciso fazer mil coisas. Até mesmo cozinhar as cebolas para os meus irmãos.

– Eu ajudo você, se quiser.

– Você não pode, Miguel. Depois você chega tarde e batem em você.

– E o que me importa? Nem sinto quando me batem.

É. Realmente ele é muito corajoso.

Algumas vezes, quando me batem, rebelo-me e começo a chutar e a gritar. Raramente isso acontece com minha irmã Felicidade, que está sempre calada e chora sem fazer barulho. Manuela, pelo contrário, consegue muitas vezes fugir e não deixa que a peguem.

Ela se comporta bem e apanha menos que eu, e eu apanho menos que Miguel.

Miguel é o que tem que aguentar mais. Quando crescer, não vou bater nas crianças, mesmo se forem minhas. É estúpido bater numa criança. E depois, não quero ter filhos, pois exigem muita dedicação. Quero estar em paz com os cavalos e olhar o ponto em que o mar termina e também o céu, e correr, procurando o que há depois e além.

Sim, gosto dos espaços infinitos. Não me incomoda estar sozinha. Até por isso o padre diz que sou sangue de diabo, e daí entendi que o diabo é alguém que não quer filhos e ama os horizontes. E não me parece por nada um tipo perigoso e sequer alguém de quem se deva fugir. Gosto muito de quem é como eu.

2

– Quando vou poder usar a espingarda?

Seu tio Antônio ri e repete a brincadeira que sempre acompanha a resposta dele. Finge apalpar os músculos de seus próprios braços, depois balança a cabeça.

– Aninha, nem pensar ainda.

Então, você pede a ele a pistola que traz sempre no coldre da cintura e a dispara contra o tronco seco no fundo do pasto, já todo cheio de furos de balas.

Depois, você a devolve ainda esfumaçada, dá uma corrida, pula em Fuego e o faz galopar. Vai até o tronco, contorna-o, gritando, e volta.

É o seu modo de dizer que já é grande e que pode usar a espingarda. Eu entendi e tio Antônio também, pois ele sorri para você e depois faz de novo o sinal de não com o indicador.

Olho você enquanto desce de Fuego. Você é melhor que eu andando a cavalo – e desta vez minha perna mais curta não tem nada a ver – e melhor ainda atirando. Eu tenho um pouco de medo do barulho da pistola, da força que parece animá-la um segundo depois de pressionado o gatilho, como se repentinamente adquirisse vida própria. E não tenho a sua mira.

Porém, daquela vez, você não riu quando lhe disse isso. Só acariciou meu rosto.

Voltamos para casa. O sol já está se pondo. Sua mãe está no quintal, como se estivesse esperando você.

– Isto é hora de voltar?

Você ergue os ombros.

– Estava no tio Antônio. Eu tinha lhe dito.

A voz de sua mãe ergue de tom:

– Tio Antônio, sempre tio Antônio. Andar a cavalo e atirar! Para que serve a uma menina aprender essas coisas, hein? Me diga!

Sinto um cheiro de tempestade. Sei que sua mãe não gosta que você vá à casa do tio Antônio e está repetindo palavras que você já ouviu, mas hoje é diferente. Tudo: a voz, o rosto, a atitude do corpo, o olhar, as mãos que torce até ficarem brancas.

– Não sei para que serve, mas eu gosto.

De fato, sua resposta desencadeia o temporal. Agora sua mãe grita:

– É aquele desgraçado do seu tio que coloca na sua cabeça essas ideias. Ele deveria se envergonhar. Justo ele! Os soldados do imperador já queimaram a casa dele por andar por aí pregando a revolução.

Está com o rosto vermelho. Faz uma pausa para tomar fôlego e depois continua:

– Se o tivessem pegado, estaria morto. E com ele toda a família!

Outra pausa.

– E o que você disse a dom Ferreira domingo?

Ah! Eis aonde ela queria chegar. Sabia que, mais cedo ou mais tarde, isso aconteceria. Alguém lhe contara o que havia ocorrido ontem depois da missa. Você fica na defensiva. Também entende que está pisando em areia movediça.

– Ele me disse que eu era sangue de diabo e que iria para o inferno. Só porque cantava apenas na saída da igreja. Ele implica comigo.

– Não lhe perguntei o que o padre disse, mas o que você respondeu.

Você ergue o rosto para olhá-la nos olhos, com ar de desafio. Faz sempre assim quando briga com alguém. Não abaixa o olhar. Ataca antes.

– Eu disse que não acreditava no inferno. E que não iria mais à igreja ouvir seus sermões cheios de bobagens.

Você começa a rir.

– As tolas das comadres fugiram. Precisariam, pelo menos, ter três mãos: duas para tampar os ouvidos e uma para fazer o sinal da cruz. Só com duas não conseguiam fazer tudo ao mesmo tempo.

Desta vez, sua mãe não grita. Um movimento rápido e o tapa chega preciso.

Você vira e se afasta sem dizer nada, e, então, ela se volta para mim, que estou ali, sem saber o que fazer ou dizer.

– E você, Miguel, o que faz aqui? Sua mãe está esperando você.

Afasto-me. Você entra em casa.

Entendo por que sua mãe está com raiva do tio Antônio. Foi ele que lhe ensinou as coisas que você disse ao padre. Já vi mil vezes vocês fazerem um jogo bem parecido. Ele diz que Deus não existe. Você lhe dá razão, pois na Terra há pessoas demais que sofrem. Ele afirma que temos que lutar por justiça neste mundo. Você responde que é verdade, porque, depois de mortos, não haverá infernos, purgatórios ou paraísos a nos esperar.

Ele conta sobre o imperador e suas roupas de ouro compradas quem sabe a que preço, enquanto os súditos morrem de fome e os que não pagam as taxas são enforcados.

Você grita que é uma injustiça.

Ele mostra a pistola, dizendo que só poderemos mudar o mundo atirando nos ricos e egoístas, pois assim todos serão livres, as pessoas escolherão os governantes e poderão mandá-los embora, se não forem bons e eficientes, e assim também os pobres terão o que comer, saberão ler e escrever e poderão se tratar, se estiverem doentes.

Você, com os olhos brilhando, garante que cavalgará com ele quando chegar a hora da revolução.

Parece quase a doutrinação de dom Ferreira, mas ao contrário.

E, então, tio Antônio conclui que você é um espírito livre, uma menina a caminho de se tornar uma mulher verdadeira, como deverão ser as mulheres da revolução, aquelas destinadas a mudar o mundo.

Enquanto vou para casa e o sol é uma enorme bola descendo atrás das árvores, penso em você. Em como a invejo quando compreende muito mais rápido que eu que o mundo não é somente conforme dizem dom Ferreira, sua mãe, suas amigas e meu pai, mas muito diferente. Ou quando seu tio lhe dá um tapa nas costas, como costuma fazer com os homens, e diz que as perguntas que você faz e as respostas que dá são mais inteligentes que as da maior parte dos adultos. A mim ele nunca disse isso.

Mas tem razão. Não entendo como você faz para dizer coisas que jamais viriam à minha mente.

3

1833 – Laguna, Brasil

Está estranho este agosto. Quente demais para ser inverno. É estranho também ver ainda viçoso o manguezal.

Assim posso chorar por isso; sim, é melhor chorar por um inverno que não vem que pela morte de um irmão. Sou realmente má. Morrem todos ao meu redor. Meu pai e depois meus irmãos.

Quando parar de chorar por uma pessoa? Quando começar a chorar por outra.

Minha mãe, penso que ela não tem mais lágrimas. Vejo-a desaparecer dentro do vestido escuro que nunca tira.

Vejo-a contemplar de vez em quando o vazio do quarto e a cadeira de meu pai. Depois, o vazio vai para dentro dos olhos dela e com aqueles olhos me atravessa como se eu não estivesse ali.

Assusto-me tanto que corro para fora e corro, corro, corro até as forças acabarem e me entrego na praia.

Com as mãos na areia, sinto o corpo de meu irmão Salvador estremecer e depois ficar imóvel. O suor da febre o torna frio e seus olhos reviram, pedindo-me ajuda.

Não posso ajudar você. Me diga como. Me digam como. Eu ajudarei. Não serei mais malvada, nem serei mais rebelde. Colocarei os sapatos e não atirarei mais. Mas você... volte a viver.

Quero morrer também. Assim não terei mais de sentir esta dor dentro de mim e ao meu redor.

- Aninha...

- Miguel... como você fez para...

Não adianta falar com ele. Deve ter me visto pegar o potro e entendeu que eu viria para cá. Em frente ao mar. Com o horizonte que não se vê e onde posso me perder.

- Sua irmã estava procurando você.

- Já volto. Só mais um pouco, Miguel. Se tivéssemos um navio, nós não estaríamos mais aqui, não é verdade? Nós iríamos embora com certeza.

– Ah, é, eu vou onde você estiver.

Não ligo para suas palavras. Ele está aqui, e eu sei disso. Sou má com Miguel também? Oh, Deus, não. Não quero. Não quero que ele também morra. Algumas vezes eu era malvada com meu pai, e não suportava quando erguia a voz, e jogava a cadeira no chão e minha mãe cobria a cabeça com as mãos e... sim, em alguns daqueles momentos desejei de verdade que ele morresse.

Dom Ferreira, no funeral, disse que temos o que merecemos. Meu pai não merecia morrer, nem Bernardo e Salvador, talvez só eu, que sempre fui má e não melhoro.

Meu pai dizia que a minha cabeça era muito dura para que entrassem coisas boas nela. Talvez tivesse razão. Minha cabeça não raciocina como a de minhas irmãs nem como a de minha mãe.

– Daqui a pouco, aqui atrás, vai ter um mar de amarelo.

– É, os girassóis são lindíssimos.

– Parecem com você, Ana.

– É mesmo? Como?

– Querem sempre a luz, como você. E, como você, assim que a luz os vê, ficam mais contentes.

Sorrio por dentro. Pego a mão de Miguel e depois o ajudo a montar no potro da crina de ouro.

Voltamos para casa com passos lentos e sem falar.

– Não quero lhe dar a minha tristeza, Miguel.

– Você não me dá nada que eu não queira.

Ele se torna brusco e apressado para descer e vai em direção à casa dele. Pronto! Fiz Miguel ficar bravo também.

Sou mesmo má.

Na cozinha, procuro algo para cozinhar para o jantar.

Ferver e temperar alguns caranguejos e batatas. Queria tanto cantar para me fazer companhia; queria tanto sentir que a vida corre dentro de mim.

Felicidade entra pelo portão com os olhos radiantes. Caminha na ponta dos pés e chega perto de mim.

– Vou me casar, Aninha.

Enrola seus braços em meu pescoço.

– Como assim, vai se casar? Está louca?

Ela toma fôlego e conta sobre Ernesto, filho de Marta, que trabalha no Rio de Janeiro, dizendo que ele voltou para ver a mãe em Laguna e se encontraram durante uma semana no porto, enquanto ela esperava que mamãe terminasse seus trabalhos, e conversaram um pouco ali, no entardecer que se tornava cada vez mais escuro, e depois se encontraram também no dia seguinte, e assim por diante, até que se apaixonaram.

– Mas como é possível se apaixonar em uma semana?

– Não sei, não sei, mas é possível... E, antes de ele ir embora, vamos nos casar, assim posso ir junto. Não quero viver sem ele.

Sinto um medo louco. Não! Felicidade também vai embora. Ela também vai morrer.

– Aninha... estou tão feliz. Você vai ver, quando se apaixonar, também vai se sentir feliz.

Olho-a como se fosse uma barata entre os dormentes da cozinha.

– Não vou me casar jamais e jamais vou me apaixonar. E você faça o que quiser! Vá embora e não volte mais.

As palavras ressoam. Aliás, não. É que ergui a voz e berrei toda a raiva que sentia de minha irmã. Sou como dizem todos: sangue de diabo.

Não consigo ficar aqui. No quarto, já na cama, dou murros no colchão e choro sem fazer barulho.

Do lado de lá, as vozes de minha irmã e de minha mãe.

– Você faz bem em se casar com Ernesto. É um bom rapaz. Fará você feliz. Está salva. Manuela está estudando para parteira em Florianópolis. Agora tenho que pensar na Ana.

4

1835 – Laguna, Brasil

Paro um segundo sob a sombra de uma árvore para beber água. Acabo com o pouco que ainda há no cantil. Dia quente. Também estou com fome, e meus pés, depois de horas de caminhada, doem. Não importa. Estou quase chegando; vejo Laguna no fundo da trilha pela qual caminho. Lá encontrarei toda a água que quero, poderei comer, descansar. E verei você de novo, depois de mais de um ano.

Estou feliz. Há tempos não me sentia assim, desde que fui trabalhar na serra para cortar madeira e ganhar algum dinheiro.

Sua mãe está na porta de casa; ela me olha enquanto me aproximo, mas parece não me reconhecer. Sua expressão é inquieta, dá quase medo, um misto de raiva, rancor, tristeza e desconforto. Cumprimento-a hesitante, e ela finalmente percebe quem sou.

– Oi, Miguel.

Nada mais que isso. Mas em seus olhos imediatamente leio outras mil coisas. Um alarme, sobretudo, e logo depois uma profunda, indizível sensação de compaixão e pena.

– Aninha...

Minha voz é hesitante. Mal consigo pronunciar seu nome. Ela responde com um aceno da mão, indicando algo às minhas costas. Viro-me. Você está chegando, com um balde de água em uma mão e um cesto na outra.

Você me vê e nos seus olhos aparece imediatamente o brilho das lágrimas.

– Oi, Miguel!

Você me cumprimenta com as mesmas palavras de sua mãe, mas o tom é outro; sinto nelas o prazer de me ver e também algo mais que não compreendo, mas presumo que não seja agradável.

– Oi, Aninha.

Meu cumprimento é banal, não chega nem perto de representar o que sinto ao ver você, como sua presença faz o meu coração bater forte. É como se tivéssemos nos separado há cinco minutos, em vez dos cinco meses que não nos vemos. Percebo que entre nós nada mudou. Você para mim é sempre a Aninha, e eu, para você, o Miguel. As crianças que corriam atrás dos cavalos, brincavam na praia, olhavam o mar, acariciavam as pombas. Crianças?

É um soco no estômago a sensação, nunca sentida antes, de que a falta de mudanças em nossa relação seja, na verdade, o grande mal entre nós.

Havia pensado muito, enquanto cortava árvores, naquele amor de que os adultos falam tanto. Pelo qual riem, choram, sofrem, morrem e matam. E entendi finalmente, com certeza, que aquele era o sentimento que eu tinha por você.

Amor. De verdade.

Não de menino para menina, mas de homem para mulher. O amor que traz a vida. Para mim, uma floresta inexplorada cheia de promessas.

Sua voz me arranca de meus pensamentos.

– Foi culpa do João.

Incomodam-me suas primeiras palavras, pois, após tanto tempo distantes, não são para mim, para saber como estou e como me sinto. Toca ainda mais o tom que ela usa. Não é seu, é estranho, como se você quisesse se desculpar por algo e, ao mesmo tempo, estivesse incomodada de fazê-lo. Sinto que aconteceu alguma coisa; aliás, tenho a sensação de que a minha chegada, de algum modo, a perturba. Não entendo; olho para você espantado. Você percebe e continua:

– João estava me cortejando há um tempo, mas eu não gostava dele.

A sua tentativa de explicação não esclarece, no máximo aumenta as perguntas não feitas, a curiosidade e a inquietude. Não a interrompo e lentamente a história vem à tona.

– Um dia, fui pegar caranguejos na praia. Cozidos são bons. Ele deve ter me visto e seguido, pois, no caminho de volta, dei de cara com ele.

A cavalo. Me parou e me propôs montar em seu cavalo para não voltar para casa a pé. Recusei.

Vejo que sua mãe está prestes a dizer algo, mas você não lhe dá tempo. Com um gesto de mão, você faz sinal de que não quer ser interrompida.

– Ele me seguiu um pouco. Depois, parou com o cavalo na minha frente e desceu com o chicote na mão.

Não ouso perguntar o que aconteceu. Posso imaginar muito bem, mas tenho pavor da sua confirmação.

– Ele pulou em cima de mim. Tentou me beijar. Eu tentei impedir. Gritei. Ele me deu um soco.

De repente, sinto uma náusea profunda.

– Consegui tirar o chicote das mãos dele e bati no rosto dele, com toda a força que eu tinha. Deixei uma marca nele – pela primeira vez em sua boca aflora um sorriso triunfante, apesar do contraste com a tristeza expressa pelos olhos.

– Depois, peguei o cavalo dele, montei e fugi a toda velocidade.

Vejo lentamente aquele sorriso morrer, enquanto sua mãe a interrompe, com a voz alterada e raivosa:

– À polícia! Foi à polícia! Para denunciá-lo!

Evidentemente não aprovou seu comportamento. Não compreendo por quê. Depois lentamente percebo. As palavras de sua mãe confirmam a minha intuição:

– Deveria ter ido para casa! Para casa! Fez bem em se defender, em bater nele, mas devia ter vindo para casa! Para mim! Para falar comigo! Só comigo! E não contar a ninguém. Não tinha acontecido nada. Teríamos devolvido o cavalo e o chicote e teria terminado ali! Os homens são assim. Não se pode fazer nada. Não se pode mudá-los.

Palavras que talvez sua mãe tenha dito infinitas vezes a você e, sobretudo, para si mesma. Enquanto cozinhava, cuidava de seus irmãos, lavava roupa, rezava. E, mais ainda à noite, quando o pensamento do que ocorreu e de suas consequências a mantinham inevitavelmente acordada.

O silêncio se torna insuportável; intervenho para rompê-lo:

– E por quê...?

Sua mãe não me deixa terminar e me fulmina com o olhar. Arrependo-me de ter pronunciado incautamente as primeiras palavras que me vieram à mente. Ela me olha com um misto de ira, compaixão e indulgência, e sua voz agora assume o tom de quem está falando a um menino pequeno e ingênuo.

– O que você acha que ela conseguiu com isso? Era a palavra de uma mocinha de 13 anos contra a do João. Mas como você pode ter pensado que eles a ouviriam e defenderiam? Aqui, onde o João tem mil amigos? Só acabou na boca de todos. Agora dizem que ela o provocou, que não presta, que eu deveria ficar atenta a como se comporta, que desse jeito vai acabar virando a puta dos soldados.

Faz uma pausa. Leio em seus olhos a vontade de continuar, como se ter um público diante dela, a quem expressar suas ideias, suas convicções, seus medos, pudesse fazê-la se sentir melhor. E talvez seja realmente a primeira vez que fala em voz alta sobre essas coisas com alguém que não seja a Aninha.

– Não tem nem um pai para defendê-la. Um homem capaz de enfrentar o João, falar com a polícia. O que posso fazer eu? Uma pobre, solitária, cansada, viúva.

Olho para você. Orgulhosa, aprumada, o queixo ereto.

Então você continua o seu discurso:

– Só queria justiça, Miguel, e por isso fui à polícia. Poderia ter pegado a pistola do tio Antônio e atirado, mas fui à polícia, a quem cabe proteger os fracos. Carlos tinha me visto apear do cavalo e correu ao meu encontro. Carlos, um policial que conheço, que queria fazer a corte à minha irmã, mas foi impedido pela timidez, e depois chegou Ernesto, e ele se afastou. Que estúpidos os homens. Se a Felicidade tivesse se casado com ele, ainda estaria aqui, e eu teria uma irmã pronta para me ajudar. Carlos me perguntou o que havia acontecido, e eu lhe mostrei os arranhões nos ombros e no pescoço e disse que tinha sido o João. Olhou-me e depois fez sinal para que eu entrasse. Eu mancava um pouco. Passaram duas comadres, e me viram, e disseram algo em voz alta, mas eu nada ouvia. Dentro dos meus ouvidos sibilavam ainda as respirações sujas de João, o mandrião. O comandante, com seus bigodes escuros e a verruga perto do nariz, perguntou-me o que havia acontecido, e eu contei, concluindo que deviam colocar aquele nojento na prisão. Ele continuou a me perguntar coisas absurdas, como se eu estava com uma saia curta... Não via o meu vestido rasgado que chegava até o tornozelo? E depois me perguntou se eu sorri, talvez, e se descobri o seio. Respondi que meu tio me ensinou que, quando se sofre uma violência, deve-se denunciá-la às autoridades para ter justiça. Ele concordou comigo e prometeu que iria falar com o João, mas que eu, no fundo, tinha também roubado o cavalo dele. Falar? Fiquei morrendo de raiva. Falar de quê? Deviam colocá-lo na prisão e, se possível, por muito tempo. E o que eu teria roubado? Seu cavalo? Peguei-o somente para fugir mais depressa. Podiam até devolvê-lo! Então o comandante se levantou da cadeira e Carlos se aproximou de mim, convidando-me a sair, pegando-me pelo braço com seu toque delicado e acrescentando: "É assim sempre."

Como é verdade... É assim, Aninha.

Depois sua mãe a interrompe de novo.

– Você precisa de um marido. Você está marcada para os homens agora. Se esperar mais um pouco, ninguém vai querer mais você e vai terminar mal. Certas mulheres os homens cheiram de longe. Se não for o João a pular em cima de você, vai ser o Paulo, o Diego. Um qualquer. O nome não importa. E então tudo terá terminado.

Entendo o que ela está dizendo, embora não me agrade.

– Um marido poderá defender você. É mais difícil tocar uma mulher casada. E um marido a manteria na linha, talvez com algum tapa no momento certo. Faria você ter filhos, e todas essas ideias estranhas iriam embora da sua cabeça.

Um marido! Estou prestes a dizer que sim, talvez não já, o tempo de achar um trabalho sério, aprender bem a profissão. No fundo, só tenho 14 anos, ainda podemos esperar um pouco. Depois...

Com o olhar, ela gela os meus sonhos, como se tivesse lido a minha mente. E reafirma, enfatizando bastante as palavras para que eu as compreenda bem:

– Um. Marido. Um. Homem. Adulto. Capaz. De. Mantê-la.

Depois, vira os olhos para você. Você sustenta o olhar dela por alguns segundos, até ela se afastar e ir embora em silêncio. Mas é como se tivesse gritado que esse marido já existe e tem um nome bem preciso. Os poucos metros que nos separam criam então uma distância quase intransponível.

5

A miséria. A covardia. A vergonha. A injustiça.

Estão todas aqui reunidas. Desde sempre. Estão reunidas, festejando em torno de mim, de minha família. Estou destinada à morte. E estou morrendo. Espero morrer. Muito em breve. Agora adormeço e não acordo mais. Como meus irmãos. Assim se faz. Vai-se ao outro mundo que tanto agrada a dom Ferreira e às comadres. E, se chegar ao inferno, estou certa de que o diabo irá me tratar melhor que esta vida. Tenho que me casar com Manuel Duarte. Casar. Duarte. Sinto minha garganta pegando fogo e algo flutua na minha boca. Corro para vomitar. Vou à praia, paro perto de uma palmeira e, com as mãos, seguro os cabelos. Já aprendi. Vomito sempre, muitas vezes por dia.

Minha mãe encontrou uma solução para a sua vergonha: um marido para mim. Assim a injustiça fará dele alguém que jura diante de Deus e ninguém terá nada do que rir. Nem conheço Manuel Duarte. Tem o dobro da minha idade e, nas poucas vezes que o vi, não disse uma palavra.

Gritei até a voz ir embora; amaldiçoei minha mãe e as comadres, mas elas nem me ouviram. Prepararam o vestido, pegaram-no emprestado da comadre de Felicidade. Um vestido cinza sujo que combina bem com o meu espírito. Ontem me levaram para buscar um par de sapatos, também alugados, dois números a mais que o meu pé. Parei de comer. Não tenho mais fome e quero morrer. Tio Antônio não apareceu mais, e eu preciso tanto dele. O único que me entende me abandonou.

Ouço o mar que fala. Tento arrancar os cabelos nesta noite em que o meu corpo se enxugou.

– Ana! É você?

A voz de Miguel me dá um susto. Quando ele soube do casamento, vi seu rosto mudar e, por um instante, meu coração ficou esperançoso, só por um instante, depois voltou a morrer. O que Miguel poderia fazer?

– Oi. O que você faz aqui fora a esta hora?

– Não conseguia dormir. Tem muitas estrelas.

– É.

– Sinto muito. Ana... sinto muito. O que eu posso fazer? Me diga e eu faço.

Queria lhe dizer para matar João e depois fazer a revolução com os farrapos e com meu tio Antônio e depois matar também Duarte, assim não teria de me casar. Sim, queria lhe dizer todas essas coisas. Ele manca para se aproximar. É o meu amigo Miguel com uma perna morta. Mas eu estou com o coração morto e todo o resto e, por isso, pior que ele.

– Nada, Miguel. É assim mesmo.

Vejo o seu braço alongar-se sobre o meu ombro. Afundo a cabeça nele e sinto o seu cheiro. Cheiro de girassol e de vento. Cheiro bom, como bom é o seu coração, embora incapaz de me salvar.

Assim aprendo uma coisa, entre o vômito e o cheiro de Miguel. Apenas uma coisa. Só eu posso me salvar. E tenho de aprender a fazer isso. Aliás, tenho de aprender logo, pois agora o tempo corre depressa em direção ao vazio. Ah, sim, sinto-me vazia.

No ombro de Miguel estou bem, e as recordações afloram como se fossem de cem anos atrás. Assim que fiquei menstruada, minha irmã Felicidade me deu os triângulos de tecido para amarrar dentro da calcinha, mas nunca os uso, e recomendou lavá-los e fervê-los. Depois, explicou o que acontece a quem se casa.

Um pouco eu já havia entendido, olhando os cavalos e as vacas e os cães. Mas pelo menos eles não tinham que se casar e eram mais sortudos, pois não precisavam se despir.

Felicidade me deu um tapa quando lhe disse essas coisas. E, com o rosto vermelho, sussurrou-me que uma boa moça não põe certas palavras na boca. Não lhe perguntei onde deveria colocá-las então; temia outro tapa. Mantive os olhos entreabertos, e ela continuou dizendo que devemos nos deitar com os olhos fechados e, então, o marido... faz tudo.

Fiquei esperando outras palavras que esclarecessem aquele "faz tudo". Faz o quê? E por que os olhos devem ficar fechados? Só depois de morta os deixarei fechados enquanto alguém faz coisas com o meu corpo. Fiquei calada, talvez assim Felicidade acreditasse que eu havia entendido. De fato, assentiu com a cabeça e me deu um beijo na testa. Gostaria de tê-la mantido ali, não tanto para saber, mas por aquele beijo. Uma coisa rara entre nós.

No porto, olhando-a subir no navio que a teria engolido viva, chorei no vestido de minha mãe. Sem ela, seria ainda mais difícil viver em Laguna. Sem ela, estaríamos realmente sozinhas. E o desespero consegue ver quem está sozinho. E a miséria e a injustiça vieram novamente me atormentar. Manuel Duarte, o sapateiro, é uma covardia do destino. É o resultado de ter contado à polícia o que João, com o olhar ávido, gostaria de ter me feito. Entendi depois. Tarde demais. Este mundo não é para mim. Se você não é de família rica e tem 13 anos, é melhor não denunciar os prepotentes. A desonra cabe a quem é torturado e violentado, e não a quem comete injustiças. Este mundo realmente não é para mim.

6

Encontro seu tio pela rua, não distante da sua casa. Não acena nem para me cumprimentar.

– Estou procurando a Aninha. Não consigo encontrá-la.

Pensa um momento antes de voltar a falar:

– Faça-me um favor.

Hesita um instante, depois prossegue de uma vez, como se quisesse tirar um peso enorme de sua alma:

– Diga a ela que não vou acompanhá-la ao altar no dia do casamento.

Fico sem palavras, espantado. Não vai acompanhá-la ao altar? Mas, se seu pai está morto, então cabe a ele, irmão do falecido, e a mais ninguém. É dever dele.

Ele percebe a minha surpresa e explica depressa e com a voz bem alta, evitando olhar em meus olhos.

– Não. Não vou acompanhá-la. Não é justo que seja eu, justo eu, que sempre tentei lhe explicar que deve ser uma pessoa livre, ter que levá-la ao matadouro. Assistir a sua vergonha.

Cospe no chão, a face tomada pelo desprezo.

– Puxa! Aquele verme da mãe dela! Fazê-la se casar com a lesma do Duarte. Lesma e simpatizante do imperador. Nem um bom partido ele é, já que tem 30 anos e nunca encontrou um trapo de mulher que o quisesse.

– Aninha vai ficar chateada porque você não vai acompanhá-la – respondo hesitante.

– Aninha vai entender – a resposta é seca.

Começo a procurar você para contar as palavras de seu tio e, quando a encontro, sua resposta não é a que eu esperava.

– Entendo. Vou dizer a meu tio que tem razão. Não quero que ele me veja enquanto me caso com Duarte. Me incomodaria se ele fosse.

Depois, você vira e vai embora. E eu relembro a continuação da minha conversa com seu tio, a parte que não tive coragem de contar a você.

Enquanto Antônio estava indo embora, eu tentei juntar toda minha coragem para lhe fazer uma pergunta:

– Você acompanharia Aninha ao altar se fosse eu a me casar com ela?

Ele havia me olhado. Não com o espanto que eu imaginara, mas com uma expressão de doçura, e tinha apoiado uma mão em meu ombro.

– Acompanharia, se fosse você, sim. Com infinito prazer.

Depois, havia balançado a cabeça.

– Mas não vai acontecer.

– Por quê?

Havia se calado.

E eu, insistido:

– É pela minha perna esquisita? Porque não posso fazer muitos trabalhos? Porque Aninha me considera um pobre aleijado?

A resposta havia sido imediata:

– Não, Miguel, não é por isso. Tenho certeza de que você é uma das pessoas a quem a Aninha mais quer bem no mundo.

Havia feito uma pausa. Eu podia ler em seu rosto que estava prestes a dizer uma coisa que não iria me agradar.

– Mas ela não o ama. Não está apaixonada por você. Se estivesse, ela se casaria inclusive se você não tivesse as pernas.

Eu me dei conta de estar concordando, mesmo não tendo essa intenção. Como se algo dentro de mim, o Miguel que não conheço, me levasse a isso para lhe dar toda a razão. Ele havia percebido.

– Está vendo? Até você sabe disso. Não é você o homem que ela gostaria de ter.

– Manuel Duarte também não é. E, então, por que vai se casar com ele?

Sua voz erguera de tom, tornando-se colérica.

– Porque sua mãe a está obrigando, e ela não pode se opor. Porque, enquanto não se fizer a revolução, os pobres não serão livres como os ricos. E ela é mulher e pobre e, por isso, está em dupla desvantagem – havia interrompido a fala e, mais uma vez, compreendi que hesitava para evitar dizer-me algo desagradável. Mas não era seu hábito calar. E, de fato, logo prosseguira:

– E, além disso, vocês dois são jovens, você não tem um trabalho e a mãe dela prefere que seja um homem adulto, e não um rapazinho. Enfim, não se casaria com você de qualquer jeito, porque não o ama. Não quer fazê-lo sofrer.

Estava para responder que sofro do mesmo jeito, mas ele não havia me dado tempo.

– Aninha nunca foi uma pessoa de meias medidas, de compromissos, nem quando era criança. Quando ela se apaixonar, e vai acontecer mais cedo ou mais tarde, não aceitará meio-termo. Talvez agora seja jovem demais para entender isso claramente, mas acho que, de algum modo, ela já sabe que continuará a procurar o homem a quem amar plenamente até encontrá-lo.

Eu não soube responder, e ele, depois do último cumprimento, foi embora, deixando-me sem certezas e com mil perguntas sem resposta. No dia do casamento, fico no fundo da igreja enquanto o padre celebra a missa. As palavras dele e as de vocês, as suas e as de Manuel Duarte, chegam até mim como um murmúrio indistinto, proveniente de mundos longínquos. Olho-a de longe no vestido novo que a torna ainda mais linda. Sofro e não sei o que pensar. Você está pálida quando sai da cerimônia, e todos aplaudem. Você não olha aquele que agora é seu marido. E até se afasta enquanto ele tenta segurar seu braço. Seu rosto está horrível. Depois acontece.

Você não está acostumada a usar sapatos, geralmente caminha descalça ou com tamancos, e, bem no degrau que sai da igreja para a praça, você tropeça e cai.

Imediatamente, é como se descesse sobre as pessoas, a igreja, a praça, as árvores uma campânula de vidro que cristaliza todos os movimentos e faz silenciar sons, vozes, ruídos, risadas, falações, gritos das crianças, cumprimentos e badaladas. Tudo.

Você, no silêncio perfeito, levanta-se lentamente, recusando a mão que Manuel Duarte lhe estende. Depois, uma velha comadre ao meu lado sussurra algumas palavras. O silêncio é tal que as palavras parecem gritadas:

– Caiu logo que saiu da igreja. O casamento vai dar errado.

Um segundo depois, ouvem-se novamente todos os ruídos ao redor e a praça volta à vida. Mas todos ouviram a frase. Sua mãe começa a chorar.

7

1838 – Laguna, Brasil

Esta panela nojenta não quer ficar limpa. Estou com dor nas costas. Minhas mãos estão se deformando e meus pés doem. E o coração morto também dói. Ser escrava de Manuel Duarte é melhor que ser sua mulher, mas o bom mesmo seria não ter que passar por essa covardia de me casar com ele. E o maldito cheiro de cocô de cachorro não sai nem com água e sabão. Seria preciso um ácido, uma onda potente do oceano que chegasse até aqui e lavasse tudo com a força do sal que desinfeta e cura.

Tinham me prometido um casamento de amor. Era o meu direito. Felicidade se casou apaixonada e agora tem um filho. Minha mãe e meu pai se casaram porque se amavam. Eu não queria nem me casar, ainda mais tendo nojo do esposo!

Manuel não fez nada com meu corpo. Porém, minha irmã tinha razão. Na noite do casamento, depois daquela encenação horrorosa liderada por dom Ferreira, joguei-me na cama chorando e creio ter adormecido. Despertei com algo pesado sobre mim. No escuro, gritei quando percebi que era o corpo de Manuel, quase atravessado. Uma barata enorme grudenta. Não sei o que queria fazer, mas certamente não fez. Fedia a vinho e a suor podre. Fugi, e ele não protestou. Dormiu vestido, e eu peguei uma coberta e adormeci encolhida no chão, perto da porta. Como um dos cães de Manuel. Roubei o lugar de um deles. Eles vão e voltam para casa e deixam seu odor e seus pelos por toda parte. Ficam cheirando-me e abanam o rabo, mas eu os odeio. Mando-os embora com a vassoura, e eles rosnam para mim, e eu rosno para eles até se assustarem.

Passaram-se meses desde então, desde a primeira noite que adormeci entre os cães, agora durmo na cama, sem medo. Manuel conserta tamancos e sapatos; de vez em quando, sai com os cães. Come, vai dormir e, às vezes, nem me olha, nem nota se estou em casa, se estou mal ou se me transformei em cocô de cachorro.

Então limpo, arrumo, preparo o almoço e depois vou até a casa de minha mãe. Lá nada mudou. A pobreza não nos deixou, apesar de minha mãe trabalhar o dia todo e, às vezes, também à noite, quando os patrões têm convidados para o jantar; nesses dias, vou dormir na casa dela para ter um pouco de paz.

Há duas noites, encontrei Miguel em frente de casa com alguns meninos ao redor. Tinha algo na mão, falava, e eles o ouviam atentos. Quando me viu, abaixou os olhos para o chão, como sempre.

Sei por que faz isso. Envergonha-se de não ter podido me salvar. Mas eu não o culpo. Não dá para salvar alguém se não estivermos armados e formos fortes e nascidos longe daqui. Todos acharam que fosse uma coisa certa o meu casamento falso. Todos menos tio Antônio, mas ele não podia contrariar minha mãe. Assim como Miguel. Todos amam a falsidade e a injustiça neste país, pois quem nos comanda é falso e injusto e faz o povo sofrer.

– Ana!

– Oi, Miguel!

Sorri e me mostra uma folha com palavras escritas. Miguel sabe ler?

– Você está lendo? Como?

– Um padre de Morrinhos me ensinou um pouco.

Abaixa a cabeça. Sabe o que penso sobre os padres. Porém, se este o ensinou a ler, bem, fez uma boa coisa.

– O que está escrito?

– É uma língua que não entendo...

– E então o que você estava lendo?

– Bem... Ana... para dizer a verdade estava inventando um pouco... Entendi alguma coisa... Existe um povo que quer mandar embora o povo que invadiu a terra deles. Mas é muito longe daqui.

– Então, a desgraça não é só nossa. Estamos todos perdidos. O mundo inteiro dos pobres sofre.

– É, e esses querem tirar o poder do papa.

Pego a folha na mão e olho aqueles sinais. Cobras enroladas que não entendo. Mas, se ali há palavras para tirar o poder dos padres, então vou aprendê-las e repeti-las até não ter mais fôlego. E, se houver palavras pronunciadas em outra língua que me ajudem neste mundo morto sem esperanças, vou gravá-las em minha pele.

– Deixe-me ver onde estão escritas essas palavras, Miguel.

Assim, enquanto a luz diminuía, Miguel me mostrou o trecho onde se dizia que um senhor chamado Andrófilo Filoteo queria que os austríacos fossem embora da Itália e que o papa não tivesse o poder de um rei. Repeti aquela frase várias vezes, sequer entendendo o que fosse a Áustria e a Itália. Sabia somente quem era o papa porque os padres eram seus carcereiros, que disseminavam terror por onde andavam com o seu inferno cheio de fogo. Miguel me disse que tinha ganhado aquela folha do marinheiro de um veleiro e que o marinheiro a tinha pegado da mesa do capitão.

Acariciei a folha que vinha quem sabe de onde e trazia palavras que eu não podia ler, mas adorava. Trazia odores novos e desconhecidos e sabores de comidas que eu nunca havia comido. Quem sabe o que mais trazia. Devolvi a folha a Miguel e notei meu sorriso; não sorria há tempos, e Miguel percebeu. Assim como percebia a mudança no tempo pela dor que sentia em sua perna mais curta. Ele me entendia, mas não podia me salvar. Depois me virei e voltei a caminhar em direção à casa onde eu morava. A casa dos cães onde eu vivia como um deles. Via a noite chegar. Sentia a alma ser arrancada do corpo e o corpo sangrar por toda parte. Embora a alma não devesse estar amarrada com laços de carne, pelo menos segundo dom Ferreira.

Caminhava para o escuro em que a casa de Manuel tinha escolhido estar, com seu fedor e seu silêncio. Uma casa que nunca tinha visto palavras escritas numa folha com o cheiro de um vento sem nome.

Atrás de mim, ouvi disparos distantes, mas pensei que fosse um temporal que se aventurara em Laguna. Os sinais dançavam diante de meus olhos até se apagarem quando abri a porta da casa de Manuel Duarte.

8

Julho de 1839 – Laguna, Brasil

Nos olhos de Antônio se sucedem mil sentimentos que se entrelaçam e se contrapõem. Admiração, inquietude, alegria, preocupação, estupor. Dá um passo em minha direção e me abraça. Forte, apertado.

– Você voltou. Como está? Entre para tomar um mate.

Fala tudo de uma vez, como se não confiasse em pronunciar lentamente as palavras, temendo que pudesse lhe escapar alguma que não gostaria de dizer.

Concordo e o sigo para dentro do cômodo que é cozinha, sala, quarto e casa inteira. Pendurado atrás da porta, há um espelho. Está quebrado e, embora a rachadura que o corta em dois distorça a minha figura, não posso deixar de me surpreender.

Há quanto tempo não me olho em um espelho? Certamente desde antes de partir de Laguna.

E agora aquele homem com a expressão cansada, que parece me olhar de um mundo longínquo para além do vidro, não sou eu. Não é o Miguel de quem me lembro. Este tem a barba e os cabelos compridos e sujos, um chapéu gorduroso que lhe cobre a testa, uma espingarda pesadíssima a tiracolo, uma cartucheira atravessada no peito e um facão afiadíssimo na cintura.

É um farroupilha diante de mim. Um farrapo, como chamam os que são como eu, os rebeldes, os revolucionários contra o imperador. Agora sou um deles.

Vejo Antônio transitar entre panelas e fogão, com a intenção de ferver a água para o mate. Ouço a sua voz. Perguntas banais que já me fizeram mil vezes.

– Como foi? Você se machucou? Conte-me! Aqui não sabemos nada. Só notícias incompletas.

Não respondo; parece-me inútil desperdiçar palavras. Voltei a Laguna com os outros farrapos; o povo nos acolheu cantando canções alegres e jogando flores e logo todos souberam o que nós fizemos. E também muitas outras coisas inventadas na hora. Você estava entre a multidão que festejava. Cada vez mais linda. Cada vez mais distante. Você não me notou.

Penso em quando parti. Sobretudo em por que parti.

Naquele dia, estava indo à sua casa para lhe levar um balde de caranguejos. Tivera sorte; havia pegado tantos que nem conseguira vender todos.

Ainda de longe, ouvira os cães latirem nervosos e a voz de Manuel, seu marido. Vocês brigavam, mas daquela vez Manuel Duarte não estava gritando, insultando, amaldiçoando você; estava cantando.

Cuando Garibaldi
Toca la corneta
Todos sos soldados
Manyan la polenta.

Cantava uma cantilena difundida entre os que apoiavam o imperador, ironizando os farrapos. Tão poucas rimas que até as crianças repetiam sem entender o que significavam. Os cães, excitados pela voz do patrão, pareciam acompanhá-lo com seus latidos.

Garibaldi eu sabia quem era. Um comandante dos rebeldes que havia vencido várias tropas imperiais por terra e mar. Não entendia, porém, o motivo pelo qual Manuel Duarte estivesse cantando aquela canção, com as veias do pescoço inchadas pelo esforço, vermelho no rosto pela excitação e pelo álcool que bebera, em uma mão uma espingarda enferrujada e, na outra, uma trouxa de pano.

Depois havia visto você dar um passo à frente.

Arriba muchachos
Que las quatros son
Llega Garibaldi
Con su batallon.

Você também cantava, a plenos pulmões, outra cantilena em voga entre os farrapos, olhando fixo nos olhos de Manuel, um sorriso irônico nos lábios. E os cães, dessa vez, pareciam acompanhá-la. Manuel Duarte não tinha deixado você terminar e havia recomeçado.

Cuando Garibaldi
Toca la corneta

Você havia retrucado subitamente. Num instante, os versos e as estrofes começaram a se misturar e a se contorcer de mil modos diferentes, como víboras fazendo amor, formando frases sem sentido.

Cuando Garibaldi
Que las quatros son
Todos sos soldados
Con su batallon.

Você e Manuel jogavam os versos um na cara do outro, gritando com raiva, com rancor, com crueldade, para ferir, para machucar, as vozes pontuadas pelos latidos cada vez mais enraivecidos dos cães, como se, entre eles, tivesse se perdido cada palavra, gesto ou olhar.

Foi Manuel quem terminou. Num certo ponto parou de cantar e começou a gritar:

– Sua vadiaaaa! Quando você morrer, os cães vão comer você!

Então, ele havia se virado e seguido a passos largos, enquanto você o via se afastar, com o olhar em chamas, intrépida, quase orgulhosa, como se tivesse vencido a guerra da sua vida. Depois, você se voltara e pousara o olhar em mim. Mas era como se não tivesse me visto realmente. Hesitante e envergonhado, eu havia dado um passo adiante, oferecendo-lhe o cesto com os caranguejos e balbuciando as primeiras palavras que vieram à minha mente:

– Trouxe-lhe isto.

Você me olhara com estranheza, como se de repente tivesse sido obrigada a voltar a um mundo que detestava e do qual eu também fazia parte. E eu entendera que era mesmo assim num lampejo de lucidez.

Você, enquanto gritava os versos a Manuel, estava se sentindo realmente montada a cavalo, combatendo os soldados do imperador contra seu marido, em meio aos assobios das balas, à fumaça dos disparos, ao relinchar dos cavalos, aos gritos dos soldados, aos lamentos dos feridos. Longe de Laguna, da mísera casa de Manuel Duarte, do fedor dos cães, das fofocas da vizinhança, do dever lutar a cada dia para ter comida no almoço e no jantar. E, de repente, fora trazida de volta à realidade por um aleijado com um cesto de caranguejos para cozinhar.

Tive vontade de chorar quando você, com um sorriso forçado e amargo, pegou o cesto. E então, enquanto punha os caranguejos numa panela, havia explicado:

– Manuel partiu. Foi lutar contra os farrapos para defender o imperador e sua gente. Ele que é o mais miserável de todos. Estava enraivecido comigo, pois acha que deveria tê-lo seguido. Como fazem normalmente as outras mulheres.

Você havia cuspido no chão.

– Nem pensar. Que leve com ele os cães e não volte mais.

Ali, bem ali, naquele lugar e momento preciso, eu tomara a minha decisão. Se Manuel Duarte tivera a coragem de partir, partiria eu também. Entretanto, seria um rebelde. Um que lutasse pela liberdade de todos. Como tio Antônio havia ensinado a nós dois.

Duas semanas depois, já estava com os farrapos, sem dizer nada a você. Antes de partir, tinha abraçado somente tio Antônio. Ele se calara, mas com o rosto de quem tinha entendido tudo. Sabia que eu estava partindo para me afastar de você. Sabia que me fazia sofrer ver você e não poder tê-la. Porque queria lhe mostrar de modo estúpido que eu não era pior que aquele zero à esquerda do seu marido.

E os dois, tio Antônio e eu, sabíamos muito bem que isso não serviria para fazer com que você me amasse do jeito que uma mulher pode amar um homem, não um amigo.

Foram meses duros, de batalhas, de riscos, de companheiros mortos, cansaço, violência, fome, marcha, longos períodos de tédio, seguidos por poucos segundos vividos perto da morte. Havia conhecido também Garibaldi. Garibaldi, o italiano distante da pátria, que lutava pela liberdade de um país que não era o seu. Alto, loiro, bonito, sabia falar aos homens e às mulheres, comandar, cavalgar, dirigir um navio, cantar, lutar.

Depois, o destino me levara de volta a Laguna com os outros farrapos. Com Garibaldi.

E agora estou aqui. Novamente com tio Antônio. A última pessoa que vi quando parti; a primeira agora que voltei.

Tomo o mate com ele. Nenhum dos dois fala. Ele compreendeu que prefiro o silêncio e que não queria sequer ouvir notícias sobre você. Então, quando estou para me levantar e me despedir, ouço um passo bem conhecido que se aproxima. Um mergulho no coração. Você.

Entra em casa, vem em minha direção e me abraça.

– Miguel! Tinham me dito que você estava aqui!

Olha para mim.

– Você parece um soldado de verdade – corrige-se. – Você é um soldado de verdade.

Depois, entre nós, apenas um silêncio embaraçoso. Você me dá um beijo na bochecha e se afasta. Tio Antônio está na porta.

– Você soube?

Não é o caso de responder, seria inútil, e me afasto. Volto para os meus amigos farrapos, os trapos.

Sim! Soube e sei. Poderia até acrescentar coisas que tio Antônio ainda não sabe. Eu estava no Itaparica, o navio de Garibaldi, no dia em que ele olhava com a luneta o porto de Laguna e, num determinado momento, eu o vira se espantar, afastar a luneta do olho e depois reaproximá-la, como se não acreditasse no que estava vendo. Eu também tinha olhado na mesma direção, mas não havia precisado de nada colado ao olho para perceber quem era a pessoa em pé na ponta do trapiche de madeira, olhando o navio com ar de desafio.

Você, lindíssima.

9

Agosto de 1839 – Laguna, Brasil

Não posso acreditar em tanta felicidade. Não posso; sai de mim e mergulha entre as cristas das nuvens. Sou pequena demais para ela; é preciso o mar, que é maior que eu.

Tio Antônio me olha e não me reconhece. Não sou mais eu mesma. Tento inutilmente fazer com que meu coração não bata assim tão forte, pois posso morrer. E não quero. Agora não quero mais morrer.

Ontem estive no túmulo de meu pai e levei quatro pedras brancas. Uma para Bernardo, uma para Salvador, meus queridos irmãozinhos, uma para a minha morte ocorrida quatro anos atrás, quando me obrigaram a casar com Duarte, o bêbado, e outra, a mais brilhante, para o meu renascimento.

Ao meu pai eu contei tudo, embora ele já soubesse. Não acredito no inferno nem no paraíso, mas creio que meu pai esteja sempre ao meu lado quando pode, pois não foi fácil ficar perto de mim até agora, eu, uma morta que tinha que viver. Ter que viver. Mais uma injustiça.

Contei a ele os abusos de Duarte e as reações de minha mãe, que chorava enquanto eu contava, mas não entendia.

Há anos não ia ao túmulo de meu pai. Coloquei a quarta pedra e lhe contei a minha imensa felicidade. Eu, que não pensava que ela existisse para mim. Eu, que era o espectro e o medo da minha morte. Eu, que olhava as árvores e o mar, desejando que tudo tivesse uma boca para me engolir, alimento para o mar ou para a terra.

Minha felicidade tem um nome: Giuseppe. Nunca pensara que pudesse acontecer. Comigo. Giuseppe me procurou e me encontrou. Giuseppe me olhou nos olhos, e eu entendi. É você; é você que eu esperava. Digo a meu pai, Bentão, o boiadeiro. Você poderia imaginar que a Aninha, a sua pequena rebelde, mais parecida com um menino que com uma mocinha, pudesse conhecer a felicidade no amor depois de ter conhecido a morte?! Abraço o ar que me circunda. Estou com

Giuseppe até quando está distante, e até quando está no barco, eu sei como estão penteados os seus cabelos dourados. E ele está comigo desde aquela noite em que o vi na igreja, escondida atrás de uma coluna, com sua pele bronzeada brilhando à luz das velas e com seus olhos que eram como estrelas. Todos falavam do aventureiro; do pirata chegado a Laguna que havia desafiado as milícias imperiais, e eu não tinha resistido. Em determinado momento, ele se virou, como se o meu olhar o chamasse, mas não deixei que me visse. Eu, porém, já o levara meu coração.

– Ana... está na hora!

Tio Antônio sorri para mim, acaricia os cabelos e me manda um beijo.

Os farrapos estão por perto. São chamados de trapos. O imperador e seus seguidores têm fardas limpas e armas perfeitas. Os revolucionários usam poncho e calças de algodão, mas, mesmo assim, são lindíssimos. Em seus olhos, a luz de quem sabe viver e para isso consegue até ouvir a amiga morte. Aceno para Felipe, um camarada amigo de meu pai, que me olhava assobiando de admiração quando eu pulava nos potros para domá-los. Está com a espingarda na mão e, em certo instante, ergue-a para o céu.

Finalmente a revolta. A revolução. Meu coração também sorri como minha boca. Ergo o braço; não tenho espingarda, mas não será assim por muito tempo. Também quero fazer algo para melhorar esta miséria de vida que se torna cada vez mais um fardo para tantos.

E agora então...

– Tio Antônio... até logo e... boa sorte!

– Adeus, pequena.

Minha felicidade escapa em um grito forte, que faz os revoltosos virarem a cabeça sobre os seus cavalos; depois, eles se unem a minha voz e surge uma espécie de estrondo, que sobe pelas montanhas. Minha voz livre. Nossa voz de esperança.

– Aninha!

– Miguel! Que surpresa!

Sorrio para ele e o abraço. Está com uma barba que espeta minha bochecha quando me toca. Ele se retrai com elegância. Ah, Miguel, com uma luz triste nos olhos. Quanto eu gostaria de mandá-la embora.

– Vou partir também com tio Antônio. Queria me despedir de você. Outra batalha a vencer.

– O povo deve muito a todos vocês, mesmo que não saiba disso, porque é ignorante.

– Eles têm medo. A represália das guardas imperiais pode ser terrível.

– Medo é ignorância, Miguel. O medo vem de não compreender que nós não estamos vivendo. Estamos morrendo, agonizando. Como meus irmãos. Que governo faz morrerem seus filhos? Um governo injusto. Um governo a combater.

– É verdade, Ana. Como sempre você tem razão.

Sorrio e o abraço mais uma vez.

O destacamento parte, e eu os observo orgulhosa, como se estivesse sobre o meu cavalo, e meu pai me olhasse com satisfação. "Esta é minha filha. Outro eu. Minha filha que doma os potros, que poda os arbustos e que usa as bolas melhor que um gaúcho."

Creio que, se estivesse vivo, meu pai mataria Duarte com as próprias mãos e depois o amarraria pelos pés ao seu cavalo e deixaria que o levasse embora. Para longe de mim.

Mas agora Duarte não está mais aqui. Uniu-se às tropas do imperador aquele canalha. Usou-me durante anos, com menos consideração do que a que tinha por um de seus cães. Enganou minha mãe e minha família. Desonrou qualquer ideal. Desonrou-me, tomando-me sem amor e lendo o desgosto em meus olhos. Como pôde? Se estivesse aqui, agora que renasci, eu o deixaria sem pensar nem mesmo um segundo. Agora que tive a certeza de que minha alma não está morta e de que é capaz de amar.

Giuseppe.

Giuseppe.

Giuseppe.

Seu nome está em todos os lugares dentro e fora de mim. Sua voz está no ar que respiro, que ouço e no vento que vem do mar e roça minha pele.

“Você será minha.”

Que palavras maravilhosas. Gostaria de ter respondido: eu quero ser sua. Eu desejo só isso. Só isso. Nada mais. Por todo o tempo do tempo que existiu e que existirá. Só isso.

Sua voz é um raio de luar que atravessa o escuro.

Corro para casa, e minhas pernas têm um impulso potente; meu corpo se alongou; pareço mais alta.

A casa está limpa, mas minha mãe ainda está no trabalho. Posso pensar nesta noite e em quando o verei de novo. Posso pensar em seu rosto tão diferente da feição dos gaúchos, com os olhos da cor do mar, os cabelos de um sol aceso e a postura austera, como se o mundo estivesse a esperá-lo.

Eu o espero. Esperava você, desde sempre, desde que meu pai me ensinou a assobiar para chamar os cavalos; desde quando olhava o ponto do horizonte e via outras terras e outro mar; desde que meu pai me ensinava a ler o céu. Sim, meu amor, você estava ali, e eu o esperava. E você era feito para mim. Atravessou o mundo para me encontrar, e eu deixei que você o atravessasse. Deixei que você me encontrasse. Desejei tanto você, sem conhecê-lo, e, um dia, você ouviu minha voz e veio.

Giuseppe.

– Anita!

Ainda não consigo acreditar. Ainda me assusto ao ouvir essa voz pronunciar meu nome, mas de um jeito diferente. Anita. Eu sou Anita.

– Giuseppe...

– Anita, venha, quero lhe mostrar uma coisa.

Minha mão na sua. E o mundo todo desaparece. Minha mão na sua. Só isso. Minha mão escura na sua mão grande e calosa de pele mais clara. Só isso. Aperto bem sua mão e ele se entrega a mim. A mim, Anita.

Sinto-me quase como se fosse transportada por seu passo rápido e seguro. O vento chega e agita meus cabelos para a frente. Ouço Giuseppe rir.

- Você não vai ver nada assim.

Seu toque é cuidadoso enquanto afasta meus cabelos para trás da nuca. Fecho os olhos, pois minha respiração se torna mais intensa. Sinto o cheiro do manguezal. Ouço o grito das gaivotas. Sinto a força que encontrei nesta nova vida. Ninguém jamais tocou minha pele e a fez arder com um fogo que não se apaga.

- Ali está ele, Anita... Você o vê?

Na enseada do porto há um bergantim. É o navio com o qual Giuseppe chegou a Laguna. Encontrou madeira para consertá-lo, e ele, plácido, se move sobre as ondas. O veleiro com velas quadradas.

- Olhe a vela de traquete.

Vela de traquete. Sei qual é. Ele me explicou muitas coisas sobre os veleiros. Giuseppe é filho do mar como eu sou filha da terra. A vela perto da proa se infla ao vento e mostra a sua força. No tecido branco, há sinais escuros. Parecem pássaros que começam a brincar.

- Seu nome está escrito na vela. Anita. O navio será a nossa casa.

Minha respiração para por um instante. Não acreditava que ainda soubesse chorar. Não pensava que ainda tivesse lágrimas.

Permaneço imóvel, olhando a vela com o meu nome Hoje eu a vi e aprendi como é; olho para minha casa verdadeira, enquanto Giuseppe acaricia minhas costas.

Estou nascendo agora e me chamo Anita.

10

Outubro de 1839 – Laguna, Brasil

– Miguel, todos estão falando.

Teresa, a mulher com quem vivo há uns dois meses, me olha da mesa da cozinha em que está apoiada; seus olhos tentam em vão conter as lágrimas, e sua expressão é um misto de sentimentos tristemente familiares para mim. Raiva, frustração, dor, desconforto, amor, humilhação.

– A sua Aninha ou Anita, como o pirata a chama, é uma...

Faz uma pausa, como se temesse pronunciar na minha frente uma palavra que está em seus lábios. Antecipo-a mentalmente e, um instante depois, ela chega como uma chicotada:

– ... prostituta.

É seu nome agora.

Vadia.

A prostituta do pirata Garibaldi, a que traiu o marido distante na guerra, a que o desonra. E, com ele, sua mãe, a memória do pai, dos irmãozinhos, as irmãs, a família toda até a sétima geração, todas as mulheres de Laguna e, inclusive o Brasil, como ouvi dizer ontem no mercado.

Não respondo. Teresa continua:

– Não me procure mais. Você é apaixonado por aquela lá. Bem se vê. Todos sabem.

Não respondo a Teresa que eu nunca a procurei, pois foi ela quem tomou a dianteira e eu simplesmente aceitei a sua corte, sem que me pedisse muito. Agradecendo inclusive à sorte que uma bela mulher como ela gostasse de um farrapo manco.

Não tento me justificar, afirmando que, afinal de contas, eu havia sido honesto com ela, pois nunca dissera que a amava. Sei muito bem que certas honestidades são parentes próximos da hipocrisia.

Agora ela está calada, e eu continuo a não saber o que dizer. Saio. Ela corre atrás de mim.

- Aonde você vai?

Chora. Abraça-me. Estou quase retornando, envergonhado por não ter mais uma vez a coragem de terminar tudo. Pois Teresa tem razão. Não a amo. Amo você, Aninha.

Mas você agora só tem olhos para o belo capitão loiro, o pirata, o seu Giuseppe. O italiano. O marinheiro. O herói da guerra contra o imperador.

Ele chegou a Laguna quatro meses atrás, em junho, e há algum tempo todos os veem sempre juntos. Juntos, cavalgando no mesmo cavalo. Sem sela, como fazíamos quando crianças, no tempo em que você ficava agarrada à crina, e eu ia atrás, abraçado às suas costas magras.

Juntos, passeando de mãos dadas na praia.

Juntos, dançando, cantando, comendo, beijando-se nos trapiches, no barco dele, na rua, em todo lugar.

As pessoas os veem e é impossível não notá-los. Parece até que o ar ao redor de vocês é luminoso e que uma força enorme, da qual somos excluídos, os mantém unidos. “Um espetáculo”, alguém disse.

Ele, lindíssimo; um daqueles homens admirado por todos quando entram em um ambiente, pois parecem preenchê-lo. Você ainda mais maravilhosa que sempre, ofuscante.

Estou quase entrando na casa de Teresa, quando uma voz me para:

- Miguel?

Reconheço-a imediatamente. É de Giuseppe. Giuseppe Garibaldi. Paro. Ele aperta minha mão.

- Soube que você se tornou um ótimo armeiro.

Concordo. É verdade; estando com os farrapos, aprendi a consertar espingardas, pistolas, espadas, facões, a preparar as cargas para as espingardas e a fabricar balas de chumbo.

Garibaldi continua:

– Os imperiais estão nos assediando.

Nada está revelando de novo: por terra, estamos cercados por um exército duas vezes mais numeroso que o nosso, e o mar está bloqueado por três embarcações de guerra, que impedem a chegada de provisões.

– Estou partindo com meus navios.

Eu os conheço. O seu, Rio Pardo, o Seival e o Caçapava.

– Quero você a bordo do meu navio. Preciso de um armeiro.

– E para onde vamos?

– Tenho as minhas ordens. Não contarei a ninguém enquanto não chegarmos.

Não pergunto o que gostaria de perguntar: "Aninha também vai?"

Não pergunto porque sei a resposta. Vai. Não só porque vocês estão apaixonados, mas porque, a uma altura dessas, em Laguna você não pode mais ficar. Se o marido dela voltasse, mataria você, sem pensar nas consequências. Faria isso em nome da honra, e as pessoas diriam que é justo e que você mereceu.

Olho para Teresa, e se misturam de modo caótico em minha mente as palavras de tantas pessoas.

"Case-se com Teresa."

"Ela é uma mulher bonita."

"Você não vai encontrar outra como ela."

"Pare de seguir quem não o quer."

"Você agora tem uma profissão."

"Sabe consertar armas."

"Precisam sempre de pessoas como você, com a República ou com o imperador. No Rio, em Montevidéu ou em Buenos Aires."

É somente um instante, mas, dos seus olhos, percebo que você sabe qual é minha decisão.

Viro-me para Garibaldi.

– Está bem. Quando partimos?

– Amanhã ao alvorecer, na hora da maré.

Teresa não chora. Nada diz. Só me toca a bochecha com um carinho que dói mais que um tapa quando me despeço.

Vou para casa. À noite, organizo as minhas ferramentas. O sol ainda não nasceu e já estou na praia. Verifico os barris de pólvora, os cartuchos preparados, as balas de chumbo. Jogo o que não presta, o peso inútil. Depois, com a ajuda de dois marinheiros, transporto tudo até o Rio Pardo.

Uma névoa cobre o lugar. E da névoa, nas primeiras luzes do dia, surge uma figura conhecida. Você.

Está a poucos metros de mim e tem nas mãos uma grande cesta de vime. As suas coisas. Você me olha e me cumprimenta com um aceno da cabeça, depois se volta para a pessoa que está ao seu lado. Maria da Glória, talvez a única amiga que lhe restou.

Você a abraça em silêncio e, então, lhe dá algo, cochichando, um pequeno objeto que brilha por um instante na luz incerta da primeira manhã. Reconheço. É uma tesoura de costura, seu objeto mais precioso. Do qual você nunca se separou.

Há gestos definitivos que explicam tudo em uma fração de segundo, sem uma palavra sequer. Entendo que aquilo que você acabou de construir é um muro entre passado e futuro. Apesar dos riscos que certamente você sabe correr, a morte ainda é o menor dos males. Você agora é a vadia do pirata e como tal seria tratada se caísse prisioneira dos soldados do imperador. E não seria melhor se Garibaldi morresse e você se tornasse de repente uma mulher sozinha, jovem e bela num navio em mar aberto, no meio de uma tripulação violenta e habituada a guerras e saques, sem ninguém para defendê-la.

Sinto a névoa umedecer meu rosto; um marinheiro me chama. É hora de partir. Subo no barco, levando comigo a caixa de ferramentas. Você continua na praia, abraçada a Maria da Glória.

Mais tarde, no navio, enquanto tento organizar minhas coisas, vejo despontar na névoa, entre as ondas calmas, outro barco. Menor. Há nele duas pessoas. Um homem e uma mulher. Ele está remando, a mulher olha para a costa, já invisível por conta da neblina. Você e Garibaldi.

Quando você chega embaixo do navio, sobe rapidamente, usando a escada de corda. Agora o seu rosto se volta para o mar aberto, onde, em meio à névoa que se dissipa, se vislumbra a linha do horizonte iluminada pelos primeiros raios de sol.

Garibaldi segue você. Assim que está na ponte, segura a sua mão e se dirige a todos nós que estamos ali, a sua tripulação. Sua voz é forte:

– Apresento a vocês minha mulher, Anita Garibaldi.

Você desce para o alojamento sem se virar.

11

O corpo de Giuseppe. O corpo dele é um mundo. Eu o conheço pouco a pouco e sinto que me encanta cada vez mais. Nunca conheci o corpo de um homem assim de perto. E jamais imaginei que pudesse amar um corpo tanto assim.

A boca dele. Nunca tinha beijado ninguém na boca Não imaginava que era como um abismo no qual existe um turbilhão veloz, onde você pode mergulhar e depois emergir mais forte. Os lábios dele. Prontos para mim. Beijam-me e arrepiam minha pele. São cerrados como barreiras quando olha o mar procurando os navios do imperador; abrem-se, suavizando-se quando pronunciam o meu nome; viram fogo e brasa quente quando se unem aos meus, com sabor de romã.

Sua barba pinica a minha pele, e ela se sente viva. Às vezes, mergulho os dedos nos fios e brinco, trançando-a, e rio, pois me lembra a crina de meu cavalo Pinha, o castrado preferido de meu pai. Rio. Sob a barba, uma cicatriz quase invisível conta uma história que devo saber. Adoro aquela história.

Apoio a cabeça em seu pescoço e me sinto perfeita. Sinto-me perfeita assim. Os músculos de seus braços estão ali e saltam quando ele me ergue e seu tórax se expande para conter o esforço. Agarro-me com as mãos ao seu pescoço e sinto sua pele lisa e macia. O cheiro dele se espalha como o do café, quando a água fervendo atravessa o filtro de pano, escorre sobre o pó e o aroma domina o espaço.

Movo a mão lentamente sobre os ombros dele, e depois em suas curvas, e sinto os músculos se sobressaírem, mesmo com uma pressão tão delicada. A fronte desliza no ventre, giro ao seu redor e danço por dentro uma música com o ritmo da marimba que tocou no casamento da minha irmã Felicidade. E então seu cheiro se torna mais forte, embriagante, estonteante, sua respiração quente me consola. E eu fico encantada. Fico encantada, sussurrando “meu amor, meu amor”, como nas ladainhas das missas de dom Ferreira. Ele se une ao meu murmúrio e, embora eu não o compreenda bem, eu sei. Percebo. Entendo.

Ele segura os meus cabelos e os coloca para trás, sem me machucar, e depois me olha nos olhos. Os olhos dele. De um mar profundo. Não há céu em seus olhos nunca imóveis. Há apenas água, líquido e sal. Os olhos dele se colam aos meus. Misturamo-nos como farinha e água. Escuto-o dentro de mim e sei que ele me ouve. Ele me conhece, conhece os meus segredos, os meus gritos. O que ninguém jamais conheceu.

A vadia. A prostituta. Assim me chamam as pessoas, assim pensa minha mãe. Mulher, finalmente. Anita é uma mulher. A mulher que se torna doce ao olhar e, com os olhos abertos, acolhe aquele corpo e com uma alegria selvagem e suave preenche o quarto. Não deixo fazer; faço. Faço e deixo fazer. Com ele. Só com ele. Giuseppe, que tem no coração a justiça. Que usa a pistola e a espingarda para a revolução. Giuseppe, que não tem medo de atravessar os mares para ajudar outra gente pobre estrangeira que, como a sua, sofre pelo abuso de poucos, pela arrogância de quem está sobre a terra sem tê-la conquistado. A miséria não tem nação. A injustiça, embora use uma farda, não tem somente uma cor. Giuseppe Garibaldi, que desafia a morte para dar pão a quem tem fome e, acima de tudo, para dar esperança, é um exemplo.

Nesses meses em que vi tantos rapazes feridos no hospital, limpei o sangue deles, segurei suas mãos enquanto morriam, consolei, beijei seus olhos e ouvi seus lamentos, jurei que não teriam morrido em vão. Não morreria ninguém sem que eu não me lembrasse do motivo. Sei o que significa ter uma alma morta, por isso jurei que, com o corpo, morreria em nome de cada um deles, mantendo viva e vigilante a minha alma.

– Vou com você, Giuseppe. Vou com você aonde você for.

No travesseiro, a marca de sua cabeça. Ele se levanta.

– É perigoso...

– Giuseppe, vou com você, meu amor.

Consegui pronunciar essas palavras. Nunca as ouvira em minha boca. Minha voz jamais as articulara. Meu amor. Os lábios se separam, se enrugam e depois se tocam. Gestos perfeitos para essas palavras. Sorrio e Giuseppe me olha preocupado. A luz da vela é tênue, lançando sombras como fogos escuros. Foi assim na primeira vez em que fizemos amor na casa de Maria. O quarto me pareceu um reino maravilhoso naquela noite. Maria... minha única amiga; para todos os outros sou "a vadia". Maria, que há poucos dias pegou a bandeira dos farrapos e chamou em alta voz as mulheres de Laguna: "Venham, venham comigo. A bandeira da República hoje irá tremular sobre a praça de Laguna."

Eu via o estandarte com um triângulo verde e um amarelo nas pontas e um retângulo vermelho um pouco oblíquo no centro, o brasão da República Rio-grandense e, então, as palavras que não sabia ler, mas que Maria gritava: Liberdade, Igualdade, Fraternidade. E eu chorava junto com tantas mulheres e crianças que pulavam e cantavam. Palavras santas. As únicas palavras santas que eu devia pronunciar. Uma vadia que pronuncia palavras santas. Maria, que me abraça e diz: "O seu pirata é a nossa salvação." O meu pirata.

Sinto seus braços me apertarem e suas lágrimas molharem a minha pele. Giuseppe está chorando? Acaricio seus olhos com lágrimas e balanço a cabeça. Giuseppe não pode chorar.

– Vou ser forte e corajosa. Você não vai se arrepender.

– Anita, você é a minha alma.

Adormeço assim, com as suas lágrimas, voando do Rio Pardo, em meio ao canavial, com os sapos coaxando e a poeira que se levanta com o vento sul, até a fazenda do tio Antônio, queimada pelos guardas imperiais, e as casas cheias de baratas de Laguna; voando sobre as comadres bem vestidas com sapatos e duas rendinhas, e sobre as árvores, e perto da Lua do porto. Estou feliz. Acho que sei disso porque nunca havia sentido a felicidade. E agora sei o que é. Essa coisa dentro de mim que só acrescenta e nada tira.

Sei que agora sou Anita, uma mulher feliz. E, se o mundo inteiro me chamar de vadia por isso, será para mim motivo de grande orgulho.

12

O Rio Pardo segue lento, balançando docemente sobre pequenas ondas que o sol, no entardecer, colore com reflexos avermelhados. Você sai de repente do alojamento, usando uma camisa de Giuseppe sobre as bombachas largas e deformadas, amarrada na cintura por um pedaço de corda fina.

– Puah!

O marinheiro que está me ajudando a verificar as espingardas na ponte avança levemente em direção à murada e cospe na água. O gesto é claro. Suas palavras confirmam o que eu tinha entendido:

– Uma mulher num navio de guerra... Puah!

Outro cuspo. Depois volta a falar:

– Não me espantei de ver aquela ali, Anita, como ele a chama, apaixonada pelo chefe. Não é a primeira mulher que baba por ele como uma cadela no cio...

Ele para de falar ao ver Giuseppe se aproximar de você, que sorri para ele e começa a penteá-lo, mas é claro que pretende continuar.

– ... mas é a primeira vez que ele perde a cabeça assim por uma mulher.

Agora é ele que está ajudando você a transformar em uma trança a cachoeira de cabelos pretos que cobre quase inteiramente as suas costas.

– Puah!

O marinheiro cospe de novo.

– Mas não creio que vá mantê-la a bordo. Nunca levou suas mulheres para as batalhas.

Não sei o que responder. Enquanto procuro algo para dizer, ecoa, seco e de improviso, um disparo. O navio, numa fração de segundo, vira um formigueiro chutado por alguém. Homens correndo em todas as direções, perguntando, gritando, berrando, xingando. Depois tudo se acalma entre os últimos xingamentos cujo alvo é agora bem preciso. Um marinheiro, para se divertir, atirou em uma gaivota que, no entanto, continua tranquilamente volteando em busca de comida, quase zombando do atirador.

Garibaldi se aproxima de mim, pega uma das espingardas que verifiquei, pede-me para carregá-la e, sem uma palavra, dá a você. Você entende, sorri, segura a arma, mira e atira. A gaivota continua a voar, sem se abalar.

Você vem até mim e me dá a espingarda.

– Recarregue-a, por favor, Miguel.

Faço o que você pediu, enquanto todos os marinheiros, em silêncio, estão olhando para você. É um daqueles instantes que podem mudar uma vida. Carrego a espingarda e a entrego a você. Mentalmente me vejo lhe dando um conselho, como tio Antônio, quando ensinava você a atirar: "Compense, compense o vento. A gaivota é lenta. Você já deu tiros mais difíceis."

Você aponta novamente a espingarda e atira, quase sem mirar. Um grito rouco. O pássaro interrompe seu voo elegante, transforma-se num segundo em um peso inútil e cai deformado na água, erguendo um pequeno esguicho. Um grito da tripulação o acompanha. Alguns aplaudem. Você se vira para a bandeira do Rio Grande, que se agita sobre o mastro, e a cumprimenta com a espingarda, antes de devolvê-la a mim. Depois sorri para Giuseppe, mas ele está olhando seus homens, fixo, duro, com olhar de comandante. Agora todos se calam. Então, enquanto a vida no navio retoma seu fluxo, ouço um sussurro do marinheiro a meu lado:

– É, sabe atirar nas gaivotas. Mas com os homens é outra coisa.

Desta vez eu lhe respondo:

– Foi você quem lhe ensinou a fazer os nós de marinheiro, a jogar os arpéus de abordagem e até disse a ela que era boa.

– Foi o chefe que me pediu. Mas é uma mulher e não serve para guerrear.

Estou prestes a retrucar que ele não a conhece. Que você tem mais coragem que eles todos juntos, quando um grito me interrompe novamente. É a sentinela no mastro.

– A boreste em direção à ilha de Abrigo.

Todos correm para ver. A sentinela continua a gritar:

– Uma vela quadrada. Uma sumaca.

Garibaldi olha com o binóculo atentamente, depois diz o que todos estão esperando:

– É um navio imperial. Vamos atacá-lo.

E, em seguida, começa a dar ordens.

Vou para o meu posto. Garibaldi foi claro. Em caso de confronto, devo ocupar-me das armas, recarregá-las e reabastecer os homens com munições.

O Rio Pardo encosta. Os outros navios, Caçapava e Seival, também se preparam para atacar. A sumaca está cercada. Sua tripulação não demonstra muita vontade de combater e quase de imediato ergue a bandeira branca. Por outro lado, é um navio de carga e praticamente não está armado. Ninguém dispara.

Voam os arpéus de abordagem, que se engancham nas muradas. Cerca de vinte homens agarrados aos cabos abordam o navio. Você também está entre eles, entre os primeiros a chegar à ponte, causando o espanto da tripulação da sumaca.

Meia hora depois tudo terminou. Os marinheiros que se renderam são acomodados em um par de lanchas. A costa não está distante, por isso chegarão em poucas horas.

Nós voltaremos a Laguna. A sumaca transporta uma carga de arroz, e a cidade precisa de provisões. Viajamos rápido por uns dois dias. A vinte milhas de Laguna, próximo à ilha de Santa Catarina, ouvimos os gritos da sentinela da proa. Pensamos que tivesse visto o Seival, um de nossos navios, com o qual perdemos contato à noite, e corremos para olhar. Logo percebemos que diante de nós está um patacho imperial, um bergantim de guerra, armado.

Um marinheiro conta os canhões que despontam das muradas. Sete. E, o que é pior, nem foi preciso muito tempo para perceber que o patacho está justamente nos procurando para sinalizar nossa posição aos navios imperiais.

Giuseppe grita ordens. Com as bandeiras, faz com que sinalizem ao Caçapava para que vá em direção a Imbituba, uma fortaleza que está em nossas mãos, na costa, pouco distante dali. Ele, por sua vez, atacará o inimigo com o Rio Pardo. Corremos. Em pouco tempo, o patacho está tão próximo que podemos ler o nome em seu flanco, perto da proa: Andorinha.

Poucos instantes depois, abre-se o fogo. Buracos em nossas velas, enquanto os projéteis assobiam. Respondemos ao fogo por alguns minutos; depois, Giuseppe ordena nossa retirada rumo a Imbituba também. O sol está quase se pondo; seria inútil continuar a lutar. Em terra, Giuseppe dá ordens claras.

Os canhões do Caçapava são desembarcados e organizados para disparar de um forte improvisado com troncos de árvores, pedras e terra.

Consertamos também os buracos nas velas. Você não poupa esforços no trabalho. Quando finalmente nos preparamos para dormir, ouço a voz de Giuseppe:

– Anita! Não pretendo discutir. Você fica em terra. Amanhã a coisa é séria. Se a batalha correr mal, daqui você pode chegar a Laguna por terra em um par de dias.

Sua resposta é direta:

– Não, Giuseppe! Não vim com você para ser tratada como uma mulherzinha qualquer.

Depois, as vozes abaixam de tom; não consigo mais ouvir claramente as palavras, que se transformam em um murmúrio confuso.

Quando saio na ponte pela manhã, o sol acabou de surgir, e você está lá, olhando o mar reluzente de feixes prateados. Não muito distante dali, os navios inimigos agora são três. Todos armados. Temos que combater. Você sorri; a sua batalha você já venceu, permanecendo a bordo. Você se aproxima de mim.

– Giuseppe me disse para ficar com você e ajudar a recarregar as espingardas e levar as munições.

Fico contente. Você ficará na ponte como os outros homens, mas um pouco mais protegida.

Um instante depois, andamos rumo aos navios imperiais. Entendo o plano de Giuseppe. Não pode se engajar numa batalha de canhões.

Os navios inimigos são fortes demais. O ataque ocorrerá tentando se posicionar ao alcance da carabina, enquanto, por sua vez, os canhões do Caçapava, bem protegidos em terra, tentarão atingi-los.

A distância entre os navios diminui, vira a metade; ouvimos os gritos e os insultos dos marinheiros imperiais. Olho Garibaldi.

Inacreditavelmente, ele para um segundo de dar ordens, de olhar os navios inimigos aproximando-se, de escolher o momento certo para começar a disparar, vira e sorri para você. Um sorriso lindíssimo, em que se percebe amor, admiração, estupor, orgulho. Um instante antes da batalha. Você sorri de volta e lhe acena com a mão.

Um segundo depois, o caos. As embarcações imperiais nos cobrem de disparos de canhão. Em poucos minutos nossa ponte está cheia de mortos e feridos.

Você se afasta de mim para pegar outras munições no alojamento. Quando sai, ouço-a gritar para atacarmos. Um segundo depois, você desaparece numa nuvem de fumaça, chamas e destroços. Assim que a fumaça se dissipa, vejo-a no chão. Uma bala de canhão atingiu a área próxima a você. Estou quase correndo a seu encontro, quando vejo que você se levanta sozinha, atordoada. Garibaldi olha em sua direção; você grita que está bem, ainda que coberta de sangue.

– Não é meu – você grita.

É dos dois marinheiros que estavam perto de você e agora permanecem estendidos no chão dilacerados.

Giuseppe se lança em sua direção; pega você por um braço. Grita, e a voz dele supera o barulho ao nosso redor:

– Para o alojamento! Agora vá para o alojamento!

Você olha em volta, solta-se de Giuseppe com um movimento decidido e obedece. Vejo-a desaparecer na escotilha. Quase me desiludo. Pensava que você nunca obedeceria a uma ordem desse tipo.

No entanto, um instante depois, você reaparece na ponte, com a trança desfeita, dando ordens, xingando e empurrando, atingindo, com as costas do facão, um pequeno grupo de marinheiros que tinha se escondido. Um outro marinheiro ri e aplaude.

– Covardes! Vocês têm mais medo dela que do inimigo.

Outra salva de disparos de canhão varre a ponte. O Rio Pardo quase virou sucata. Ouço Garibaldi gritar:

– Sem trégua! Até a morte! Se nos pegarem, seremos enforcados.

De repente, os navios inimigos param de disparar e se afastam até desaparecer. Ninguém entende por quê. Um marinheiro jura ter ouvido, no rumor da batalha, os soldados imperiais gritarem que tínhamos matado o comandante deles.

Olho ao meu redor. Agora que o barulho dos disparos, os gritos e os estouros terminaram, no ar restam os lamentos dos feridos. O sol ainda está alto. Pareceu uma eternidade, mas, desde o início da batalha, passaram somente poucas horas.

Garibaldi me dá imediatamente uma ordem: recolher as armas dos marinheiros mortos e feridos, verificá-las e colocá-las em ordem. São preciosas.

Você não perdeu tempo; já está preparando curativos, rasgando pedaços de tecidos e, num instante, organiza uma espécie de enfermaria sob uma tenda e começa a cuidar dos feridos como pode. A bordo não há médicos. Os mortos são rapidamente sepultados no mar.

Está escuro quando Giuseppe se aproxima de você e passa um braço ao redor de sua cintura. Você apoia a cabeça no ombro dele e ambos desaparecem na escuridão da escotilha.

À noite, prosseguimos rumo a Laguna.

13

Novembro de 1839 – Laguna, Brasil

Bem. Eis o que é uma batalha. O cheiro de pólvora se mistura ao suor da excitação e do medo. Os olhos dos homens com as pupilas dilatadas e os músculos prontos para agir. Tensão. Silêncio e depois gritos. Excitação. E eu não sinto medo. Tenho tudo aqui. Aqui, no Rio Pardo, tenho Giuseppe. Tenho tudo.

O barulho fica insuportável quando os canhões disparam, e as carabinas vomitam os projéteis, e os homens gritam e gemem. Olho Giuseppe, que me olha. Seu sorriso é para mim. Aqui tenho tudo. Tenho a pistola e sei atirar. Será assim a nossa vida, mas não para sempre. Será assim porque assim deve ser, porque lutamos pela liberdade e porque eu não gostaria de estar em nenhum outro lugar, nunca.

Cuido dos feridos e ignoro os mortos. Não gostaria de estar em nenhum outro lugar. Limpo o sangue das roupas e ajudo quem cai. Nenhum outro lugar é para mim. Ajudo Miguel a recarregar as armas e ainda tenho tempo para um carinho rápido em seu rosto. Sinto o navio tremendo como uma criatura com frio. Ajeito o meu corpo para não perder o equilíbrio. Como fazia com Pinha, meu cavalo. Tornava-me parte dele, dos seus músculos e das suas patas, e o seu ritmo se tornava o meu. Confiávamos um no outro e adaptávamos nossos movimentos para acertar o passo. Rio Pardo é o meu cavalo. Em nenhum outro lugar existe espaço para Anita. Finalmente estou no lugar certo.

Quando os navios do império se afastam e as armas silenciam, não consigo exultar. Entre a fumaça e os destroços, sinto-me atordoada. Os músculos relaxam e doem. Giuseppe está perto de mim. Ele me levanta, e eu sei que tenho tudo. Tudo aquilo que sempre quis. Um par de calças, uma camisa, uma pistola, o céu sobre a cabeça e o mar sob os pés. Giuseppe cuida de mim. Mesmo durante a batalha, senti seus olhos sobre o meu rosto como um calor leve. Agora os seus homens me olham com respeito. Sou a mulher de Giuseppe, e não a sua vadia. É este o destino das mulheres; têm sempre de provar alguma coisa. Nunca bastariam as palavras de Giuseppe: "Esta é a minha mulher." Todos sabiam que não era verdade. Que eu era casada com um verme fiel a um imperador que está do outro lado do mundo e nem sabe onde fica a vila de Laguna, onde os homens e as mulheres morrem de cansaço para pagar as roupas e as joias dele.

Mas agora tudo mudou. Sinto respeito e menos desconfiança. Sou uma mulher que luta e que, apesar do medo, como todos, não se esconde das balas. Rodrigo, com delicadeza, pede que eu me afaste. Ele é o que há de mais próximo a um médico no Rio Pardo. Aprendeu com um médico do Rio de Janeiro e sabe costurar as feridas e inclusive extrair as balas. Pede-me para ajudá-lo.

O rapaz está com o ombro dilacerado. Há sangue por todo o seu corpo. Seus olhos estão revirados, e os lábios, retorcidos de dor. Por um instante, viro a cabeça para evitar olhar. Alguns marinheiros observam apoiados ao mastro de traquete. Estão descansando antes de recomeçar a desocupar o navio. Então, com um impulso, fixo os olhos no ombro do jovem; dos cantos da boca escorre saliva tingida de vermelho. Rodrigo lhe enfia um pedaço de couro entre os dentes. Da bolsa, tira uma espécie de faca pequena e me pede para segurá-la. Lava a ferida com um líquido que vi no hospital, a terebintina. O cheiro é horrível. Depois, pega o bisturi e, antes de fazer o corte, me olha nos olhos. Há neles medo e compaixão. Aceno positivamente; acho que as lágrimas escorrem por minha face e por meu pescoço. Aceno de novo e digo que vá em frente. Parece tão normal ele pedir permissão a mim. A mulher do comandante. É a única esperança para o rapaz. Rodrigo cerra os lábios e, com a mão segura, afunda a ponta do bisturi na ferida para alargá-la. O pescoço do jovem se curva, enquanto os dentes afundam no couro.

Há muito tempo, vi um cavalo morrer assim: revirar as pupilas, jogar-se no chão e estremecer, dar coices no ar com as patas tesas, soprar pelas narinas e, depois, relinchar como os assobios de corvo. Então, meu pai, em pé, com o olhar seco, mirou e atirou em sua cabeça. O cavalo o olhou enquanto ele atirava, e seus olhos lhe diziam que fazia a coisa certa. Eu estava a poucos passos, os punhos apertados, suplicando para que meu pai não atirasse. Mas era a coisa certa. O coitado tinha sido picado por uma cobra, e o veneno no sangue o enlouquecera. Depois, meu pai me deu de presente uma pluma de nandu e foi se esconder na clareira, para sofrer em paz por aquele cavalo ao qual ainda não tínhamos dado um nome. Eu fiquei segurando nas mãos a minha pluma preciosa, desejada por tantas mulheres em outros lugares do mundo, olhando aquela criatura que não sofria mais.

– Não vai acontecer nada de mal a você, rapaz...

Seguro a cabeça dele para tentar mantê-lo imobilizado. Rodrigo pega a pinça e a afunda na carne. Um jovem, talvez amigo do rapaz, que ficou por perto o tempo todo, cai no chão desmaiado. Respiro fundo e olho a pinça que sai da carne viva com a bala cheia de sangue. Rodrigo a joga no chão e começa a costurar a ferida. O rapaz desmaia finalmente. Deixo-o e me afasto com alguns passos. Tudo roda, como se estivéssemos em meio a uma tempestade. Tenho tempo apenas de me agarrar às cordas no meio da ponte e sinto a mão de Giuseppe segurando-me.

– Minha alma...

Vamos ao alojamento juntos. Não ouço mais o rumor das vozes dos homens e o das armas, nem ouço o mar, embora tudo esteja ali. Tudo está ali, olhando-me. Uma mulher em um navio de combate, que deve demonstrar ser forte como um homem. Sorrio de leve. Sou mais forte que um homem. Penso no charque distribuído aos homens para que recobrem as forças e penso na sepultura dos mortos, mas Giuseppe me faz deitar em nossa cama e, então, com doçura, acaricia minha testa, beija meu lábio e, sem nada dizer, estende-se ao meu lado e nos amamos com paciência e sem força, como num sonho, como se estivéssemos na água, onde tudo flutua suave, sem peso. O sangue do rapaz se transforma em um lago calmo de água limpa; a morte se transforma em fumaça que se dissipa. Então adormeço.

Chegamos a Laguna quando o sol já estava alto. Na praia nos esperam os amigos. Vejo Maria que corre ao meu encontro. Abraço-a e rio com ela. Parecemos duas meninas.

– Ana... queria ser como você!

– E eu como você...

– Agora eles têm medo de nós.

– Deveriam ter pavor, Maria... Pavor dos farrapos.

Giuseppe se aproxima com o semblante sério, os olhos cheios de desprezo e raiva.

– Eles têm tanto medo que o general Soares de Andreia tortura os revolucionários capturados e os deixa nos campos, costurados dentro de sacos de couro, ou joga as cabeças em frente à casa dos pais. Não me aproximo dele. Precisa ficar sozinho e desabafar o ódio que o invade.

Maria dá um chute na areia e começa a gritar:

– Malditos, malditos... Morte ao tirano e a quem o segue... Viva a revolução!

Na praia, marinheiros, soldados e muita gente de Laguna, todos reunidos, começam a comemorar e, para a minha surpresa, muitos gritam o meu nome. O nome que Giuseppe me deu. Meu verdadeiro nome.

– Viva Anita.

De vadia a heroína. Penso em minha mãe que não vejo há tantos dias. Está na hora de visitá-la.

Enquanto monto em um cavalo que me emprestaram, vejo o general da guarda revolucionária, Canabarro, falar com Giuseppe a sós. Um arrepio me percorre, estendendo-se até o animal, que treme. Como sempre, cavalo e eu nos tornamos um só. Acaricio a crina e faço pressão nele com minhas coxas, mas não muito forte. Ele obedece e começa a se mover. O vento agita meus cabelos para trás. Deixo a praia às minhas costas e sei que Giuseppe me olha. Tenho que ir até minha mãe. Ele sabe e entende.

14

Novembro de 1839 – Laguna – Imaruí, Brasil

Se as notícias estiverem corretas, todos nós que lutamos teremos que ir embora de Laguna para não sermos mortos. E ninguém sabe se conseguiremos voltar. Do mar está chegando uma frota de trinta e dois navios imperiais bem armados. Por terra, o general Soares de Andreia se aproxima o mais rápido que pode para nos deter e nos esganar com calma.

Vou até o armazém, no porto, que agora virou minha oficina. Abro a porta e paro, enquanto meus olhos tentam entender o que aconteceu ali. No chão, um monte de ferro. Aproximo-me. Pistolas, espingardas, facões, punhais, tudo amontoado em completa desordem, amassado, enferrujado. Um monte de sucata.

Ouço uma voz vinda de um canto mais escuro:

- Trouxeram esta noite.

Garibaldi sai da penumbra.

- Quem?

Ele não responde; aproxima-se da porta de trás do armazém, abre-a e faz um gesto para fora. No quintal, entre lixo e outras sucatas, amontoados nos poucos espaços sombreados por algumas laranjeiras e mangueiras, há uns trinta homens.

Não os conheço; nunca os vi. Estão sujos, os cabelos compridos, as barbas por fazer, as roupas esfarrapadas. Boa parte dorme deitada no pó. Alguns catam piolho; outros jogam dados.

- Chegaram esta noite, do interior. Saquearam um armazém militar e trouxeram para cá o espólio.

Olho melhor. Ao lado dos homens não há somente as armas enferrujadas e em más condições dos farrapos. Não. Eles têm fuzis modernos e facões brilhantes. Aproximo-me de um sujeito adormecido e retiro-lhe a pistola da faixa amarrada na cintura. Não se move. O fedor de álcool é insuportável. O cano da pistola deixa em minha mão um resíduo de óleo lubrificante. É provável que nunca tenha disparado. Não é preciso muito para perceber.

– Ficaram com as armas novas e jogaram aqui seus ferros-velhos.

Giuseppe confirma.

– Por isso eu preciso de você.

Faz uma pausa.

– Vamos partir esta noite, quando a maré permitir ao Seival sair do porto. Tenho que ir em uma missão com eles. O general Canabarro quer saber que gente é e se sabe lutar, antes de lhes confiar tarefas mais importantes. Você vem conosco para lhes ensinar como usar as armas.

Depois, dá um berro àquele que deveria ser o chefe da gentalha:

– Daqui a uma hora, treinamento. Estarei presente.

Quando parte, começo a remexer entre as armas amontoadas, separando as que ainda podem ser utilizadas. Sua voz me interrompe; você está na porta:

– Você também vai partir?

– Vou.

Vejo em seus olhos uma pergunta que não ousa fazer. Não compreendo; depois sigo o seu olhar, voltado para o Seival no porto. Giuseppe é pouco mais que um ponto na coberta do navio. Você suspira e, quando fala, sua voz é um sussurro:

– Ele nada me disse. E não é para manter segredo. Já o conheço. Há algo que o incomoda. Sinto que está triste, angustiado.

Você me olha fixamente.

– Ajude-o, no que puder. Se ele vai partir com aqueles que chegaram, você é o único em quem ele pode confiar.

Olho para você.

– Aninha! Você acha mesmo que um manco que cuida das armas porque não pode lutar é capaz de ajudar alguém como o seu Giuseppe?

Percebo de imediato a minha reação infantil. E também violenta. Mas o seu pedido me irritou estupidamente. Você sorri envergonhada.

– Há mil modos de ajudar uma pessoa. E, no entanto, eu pedi a ele a mesma coisa em relação a você. Disse que você é uma das pessoas mais queridas que tenho.

Uma pausa. Você continua com os olhos fixos nos meus.

– E você sabe que isso é verdade. Desde sempre. O destino foi bizarro; não me culpe se eu o amo.

Depois se afasta. Partimos naquela mesma noite, no Seival. Os recém-chegados não me agradam. Logo me chamaram de coxo, de manco. Mas agora não há um tom de brincadeira em suas vozes, como em outras vezes. Só desprezo, escárnio, desejo de ferir. São violentos, agressivos, brutos com todos, inclusive entre si, presunçosos. Nem quiseram ouvir explicações sobre o funcionamento das armas que roubaram. O treinamento mal tinha começado e já se transformara em um caos de gritos e tiros no ar e contra os troncos das árvores. Garibaldi, em certo momento, teve que desistir.

À luz da Lua, avançamos ao longo da linha costeira, até embocarmos na larga foz de um rio.

De repente, tudo ficou claro.

– Imaruí.

Garibaldi dá voz aos meus pensamentos.

Imaruí. A cidade traidora que mudou para o lado do imperador. Olho para ele.

– Você recebeu ordens para fazê-los mudar de ideia?

Silencia por um segundo. Quando responde, seu tom é amargo.

– Não. A ordem de Canabarro é punir a cidade. Saqueá-la e depois destruí-la para dar um exemplo.

Reajo instintivamente.

–Isso é estúpido, injusto. Não temos que nos comportar como os imperiais, como o general Andreia com os rebeldes. A arma dele é o terror, mas nós não somos açougueiros. Somos farrapos, queremos justiça, liberdade, fraternidade. Os rio-grandenses são nossos irmãos, não inimigos. A violência só vai gerar mais violência.

Ele se justifica:

– É uma ordem. Tenho que obedecer. Ou ir embora.

Entendo por que ele nada disse a você. Você certamente não aprovaria; não se dobraria a uma ordem injusta. Depois, ele terá que prestar conta com você, justificar os mortos, o saque, a violência. Mas você está tão apaixonada que irá sempre perdoar tudo.

Lentamente entramos no lago em cujas margens surge Imaruí. Posicionamos-nos o mais perto possível da beira, no raso, a poucas milhas da cidade. Não atacaremos da água, mas das colinas que circundam o lago.

Antes de partir, Garibaldi dá as últimas ordens aos homens. É incisivo no fato de que não deve haver mortos entre os habitantes. Tenho a impressão de que ninguém o escuta.

Então, a um comando dele, os homens montam em seus cavalos e se precipitam, galopando rumo à cidade.

Aos primeiros disparos e gritos, a pequena guarnição se retira para a floresta. Imaruí é nossa em pouco tempo. Garibaldi reúne os homens na praça central. À luz das tochas, tenta evitar o pior, embora saiba muito bem que não poderá impedir a devastação. Espero que consiga convencê-los, apesar de duvidar. Mas qualquer ilusão cai por terra imediatamente. Assim que termina de falar, dois homens saem de um armazém, gritando:

– Cachaça!

Não me espanto; Imaruí é o centro comercial e ponto de encontro de vários vales cultivados e ricos. É lógico que os armazéns estão cheios de provisões. Sobretudo, ao que parece, de vinhos e licores.

Um segundo depois, Garibaldi perde totalmente o controle sobre os seus soldados. Os tonéis são arrastados para o meio da rua e abertos a coronhadas de espingarda; os gargalos das garrafas saltam, arrancados pelos facões. Os homens começam a beber, usando qualquer recipiente. Em pouco tempo, estão todos embriagados. À luz das tochas, começam os saques. Incêndios, portas derrubadas, gente arrastada pelas ruas, violência, agressão, pânico, ameaças, tiros.

Garibaldi, a cavalo, tenta impedi-los. Grita, golpeando-os com o lado oposto da espada; ameaça-os com a pistola. Tudo inútil; não se dignam nem a olhar para ele. Estão tão alcoolizados que não entendem o que ele quer. Ou talvez nem sóbrios entendessem. Vieram para saquear e obedecem às ordens. Nada a dizer. Tento ajudá-lo; percebo logo que só poderemos tentar salvar as vidas humanas, deixando que continuem a furtar e saquear.

Vejo um homem, um sargento que arrasta uma moça pelos braços. Na outra mão, carrega uma pistola. Ela grita e chora. Ele a golpeia com um soco no rosto. Vejo Giuseppe se aproximar a galope.

– Parado aí!

O homem, grande e gordo, reage imediatamente, solta a moça no chão e depois, sem mirar, atira em Garibaldi. O cavalo é atingido e cai; Garibaldi fica desgraçadamente preso ao estribo. É um homem do mar, não um gaúcho.

O homem arranca da cintura outra pistola e, sem dizer nada, aponta diretamente para a cabeça de Giuseppe. Percebo que ele não tem como errar. É impossível. Seu alvo está a pouquíssimos metros. Um disparo me faz estremecer. O homem fica prostrado. Olho espantado o cano da minha espingarda do qual sai um fio de fumaça. Eu. Fui eu. Sem perceber, salvei a vida de Giuseppe Garibaldi, o homem da minha Aninha.

Olho ao meu redor. A moça desapareceu. Na rua, dois de nossos homens viram tudo. Não se movem. Talvez pensem que foi melhor assim. Um homem a menos com quem dividir o espólio. Garibaldi me olha.

– Obrigado.

Penso que não matei para salvá-lo; meu cérebro agiu instintivamente só por você, para não vê-la sofrer.

Ele já está longe. Vejo-o correr na direção de um cavalo sem cavaleiro, montar sem sela e percorrer as ruas de Imaruí, gritando:

– Vamos embora! Vamos embora! Caramuru! Caramuru! São muitos! Para o navio! Para o navio!

Olho em minha volta assustado. Caramuru! É assim que nós, farrapos, chamamos os soldados imperiais. Se vierem para cima de nós neste momento nos massacram.

Nada acontece. Os homens continuam as destruições e os saques. Estão tão embriagados que, se surgisse o demônio em pessoa, eles ririam a caminho das profundezas do inferno. E os imperiais não aparecem; foi só uma tentativa extrema de Giuseppe para acabar com toda a violência.

Nas primeiras luzes da manhã, tudo cessou. Boa parte da cidade está destruída. Entre os escombros ardem ainda algumas pequenas chamas. Pelas ruas, ninguém; grande parte das pessoas conseguiu fugir. Não se veem cadáveres. Talvez Garibaldi tenha conseguido salvar vidas humanas. Talvez; não tenho certeza. Agora, no entanto, estou tentando levar os homens ao Seival. Carregam muitas coisas. Conseguimos colocar um pouco de provisões no navio, inclusive algumas garrafas de aguardente.

A última ordem de Garibaldi em terra estava ligada ao sujeito que matei, para que o enterrassem ali. Os homens se opõem; querem levá-lo para Laguna e dar a ele um enterro cristão. Garibaldi, extenuado, concorda. O morto é transportado até o Seival e colocado em um canto da ponte. Partimos quando já está entardecendo.

À noite, vejo a costa iluminada pelos raios da Lua passar ao lado do navio.

Sinto um passo perto de mim. Garibaldi. Começa a falar, mas não se dirige a ninguém em particular. É um monólogo:

– Espero nunca mais passar por uma situação dessa. Esquecemos que somos homens. Nunca vou me perdoar! Meu Deus, o que eu fiz!

Afasto-me. Se ele quer o meu perdão, não o terá. Para evitá-lo, vou para o outro lado da ponte. Vejo um clarão. O morto jaz estirado no chão. Em torno dele, enfiada em garrafas, uma dezena de velas ilumina a cena, mas não se trata de uma vigília fúnebre. Agachado ao redor do cadáver, um grupinho de homens está jogando dados, usando o peito ensanguentado como mesa.

15

Novembro de 1839 – Laguna, Brasil

A fumaça da chaminé é a primeira coisa que se vê subindo da praia, quando se olha minha casa. Uma chaminé que lembra um tufo de cabelos compacto e amarrado na cabeça. A porta da entrada está aberta e as janelas escancaradas para o sol entrar. As palmeiras ao redor parecem mais altas. Crescidas. Como eu. O cavalo e eu atravessamos o descampado e olhamos na direção da montanha atrás da casa, em busca de lembranças que não doam.

Meus irmãos correndo descalços e lutando na grama; suas risadas sem razão e meus gritos durante suas brigas. Depois, Manuela, que me trança os cabelos e me fala da escola que nunca frequentei, e Felicidade, que, escondida, encurta a barra do vestido para mostrar suas pernas lindíssimas e depois desfila para mim, perguntando se o vestido não está curto demais, pois, como se sabe, as más línguas logo dirão que ela é uma moça que não presta.

Sorrio. São lembranças para guardar na memória. Elas doem, mas apenas um pouco. Doem só porque, no momento em que as coisas aconteciam, eu não sabia que eram tão bonitas e tão importantes a ponto de um dia serem minhas melhores recordações.

O cavalo relincha e me distraio. Minha mãe está na porta com seu vestido preto de luto e as costas sempre curvas; carrega na mão um jarro de água. Acabou de voltar da fonte no alto do morro. Velha demais para caminhar. Algo engasga em minha garganta e não vai embora.

– Mamãe.

– Ana. Você parece um homem.

Visto polainas e uma camisa de Giuseppe. É verdade, pareço um homem, embora nunca tenha sido mais mulher que agora.

Apeio do cavalo e pego a jarra de suas mãos. Tocamo-nos. Ela me olha.

– Você nasceu em agosto, Ana.

Sorrio. Nascer em agosto é sinal de azar. Realmente, parte de minha vida foi marcada por grandes dores. Vi morrerem meus irmãzinhos e vi morrer meu pai, meu pai amado, depois fui dada a um homem que eu desprezava e morri também.

– Sente-se, mamãe. Eu faço o almoço.

A casa está fresca e arrumada. Ponho a jarra na pia e reacendo o fogo. Tosto a farinha de mandioca e esquento o arroz com feijão. Meu pai gostava de comer com carne de vaca, mas nem sempre tinha. Ponho dois pratos na mesa, duas colheres e dois copos.

– Vamos comer juntas, mamãe.

Suas mãos tremem um pouco enquanto leva a colher à boca. A luz entra oblíqua pela janela e ilumina seus cabelos brancos. Gostaria de dizer: "Perdoo você, mãe. Desculpe não ter feito isso antes."

– Você vai embora, Ana, é verdade?

– É, mamãe.

– Para fazer a revolução.

Sua voz é um misto de resignação e desconcerto.

– Vou embora com o homem que amo. Como você esteve com o papai, que você amava. Como você, como Felicidade que seguiu seu homem.

Ela bebe um pouco de água e seu olhar vai para longe. Sei para onde. Para papai, que a segurava pela cintura e a erguia, fazendo-a gritar, fingindo ter medo, e depois a pegava nos braços sem dizer nada e a agarrava forte, aqui na grama, entre as bananeiras e os abacaxizeiros.

– Cometi um erro fazendo você se casar... Mas não encontrava outra solução. Todos diziam que Manuel Duarte era uma boa pessoa. Se eu soubesse...

– Eu sei. Ele enganou todos.

– Seu tio, desde então, não fala comigo e evita me encontrar.

– Tio Antônio é muito cabeça-dura às vezes. Queimaram a casa dele, sabe.

– A revolução.

– É.

– Vão mudar as coisas, e eu não vou ver mudança alguma. Para mim é sempre tudo igual. Limpo as casas dos patrões e envelheço. Giuseppe é uma boa pessoa?

Pronuncia o nome pela primeira vez.

– É, sim.

– Vai cuidar de você, então.

Não lhe digo que aprendi a cuidar de mim mesma e que toda mulher deveria fazer isso, pois viver submisso a alguém é estar morto. Não, não lhe digo. Concordo.

Ela parece sorrir.

– Não posso dar nada a você como dote... Nada de precioso... Mas esta casa é sua e você pode pegar o que quiser.

Aquilo que estava preso na garganta desce e choro. Ajoelho-me diante dela e lhe roubo uma carícia. Sempre teve pouco tempo para fazer carinho.

– Sempre tive tanta coisa para fazer que me esquecia de que vocês eram só crianças.

– Eu sei, mãe. A miséria consome o coração. É essa a injustiça imperdoável.

Levanta-se com dificuldade e vai para o quarto. Fico na porta, enquanto ela solta os cabelos, tirando os grampos. Parece tão pequena. Uma menina. Pega a tesoura na gaveta e, depois, seus dedos escorregam entre os cabelos procurando um cacho. Corta de uma vez só, enrola-o num lenço de linho perfumado de lavanda.

– Veja como eu sou pobre, se só posso dar a minha filha um cacho de míseros cabelos! Não vão servir para a revolução, mas farão você lembrar que é minha filha e que, mesmo tendo errado, amei muito você.

Abraço-a e beijo sua bochecha. O povo sofre, mas as mulheres do povo sofrem mais que os outros; muitas vezes têm que esconder o amor para poder sobreviver. Na gaveta está o pente de osso perto da caixa de madeira, onde guarda as lembranças de meu pai. Penteio-lhe os cabelos, e ela permite. Choro sem barulho, enquanto ela olha pela janela o horizonte de cor alaranjada. Prendo seus cabelos na nuca em duas tranças e, depois, beijo seu pescoço.

– Descanse um pouco, mamãe.

– Sim... Você vá, está na hora.

Olho para ela enquanto se deita na cama. Ocupa somente um pequeno espaço. Quando eu era criança, minha mãe parecia gigante.

– Miguel está com você, não é verdade?

– Está, mamãe.

– Ele a protege. Deveria ter feito você se casar com ele. Você teria sofrido menos.

Sorrio. Beijo sua mão. Em toda nossa vida, nunca estivemos tão próximas como hoje. Quase amigas.

– Não, mamãe... Deu certo assim... Eu não estaria tão feliz agora.

Imagino o que ela teve que enfrentar. O escárnio de quem me chamava de vadia, a prostituta de um estrangeiro vindo de longe. Sei que para ela foi uma dor insuportável.

– Para sermos felizes temos que sofrer muito. Não é justo.

– Não, mãe, não é justo quando o muito vira demais.

– Aninha, que Deus proteja você... Lute por mim também, que não sei lutar.

– Amo você, mamãe.

Ela fecha os olhos e, então, solto sua mão. A mão guerreira, que teve que lutar a cada dia e a cada minuto de cada dia.

Não fecho a porta às minhas costas. Sei que não voltarei mais, sinto isso, e mesmo assim não quero ir embora sabendo que atrás de mim deixei uma porta fechada. Monto a cavalo depois de ter guardado no bolso o lenço de linho de minha mãe. Desço em direção à praia, seguindo com o olhar o voo de um corvo.

A última coisa que se vê da minha casa, antes que desapareça de vista, é o tufo da chaminé. Parece a fumaça de uma nuvem.

16

Punir Imaruí de nada serviu, senão para gerar sofrimento e ódio em relação a nós. Já se avistam os navios imperiais de Laguna.

Ramon, um dos marinheiros do Seival, explicou-me que os navios maiores nunca poderão entrar no porto. A água é muito rasa. Mas poderão usar os canhões, que são muitos, já os vejo despontar ameaçadores das pontes e das escotilhas. Teremos de enfrentá-los com as poucas armas de calibre baixo que trouxemos para os nossos navios e me pergunto se serão suficientes para afastar pelo menos as embarcações menores, já nos arredores, cheias de homens.

Por terra as coisas não estão melhores; a infantaria do general Soares de Andreia chegou às portas da cidade. Estamos cercados. Resta-nos uma única via de fuga, através das montanhas que margeiam o golfo, do lado meridional da laguna. Mas temos que chegar ali por mar, usando um canal navegável. Todo o resto está na mira dos canhões dos navios, e passar por lá seria um massacre.

Vejo Garibaldi gritar na praia, pouco distante de mim. Tenta organizar os homens, animais e mercadorias guardados em local seguro. Um caos. Quem de algum modo se comprometeu com os farrapos agora impetuosamente abandona a cidade para salvar-se. As lojas, a quem quer que pertençam, são saqueadas em busca de algo útil. Assim que uma casa é abandonada, chacais, que nunca se juntaram a nós, revolucionários, e por isso pensam não ter por que temer os soldados imperiais, depredam tudo. Consumam-se em poucas horas vinganças que esperaram anos.

Laguna é uma cidade enlouquecida. Da praia, onde também espero com as mulas carregadas de armas, vejo homens, mulheres e crianças correndo em todas as direções, enquanto ecoam gritos, disparos isolados, xingamentos, insultos, chamados, choros.

Lentamente, Garibaldi começa a pôr uma pálida sombra de ordem no caos na praia.

Primeiro são alinhados cavalos e mulas. Depois, as provisões, pouca carne salgada e muito gado. Comida capaz de caminhar sozinha. Seguem os homens que não combatem nos navios, suas famílias, mulheres e crianças. Eu serei um dos últimos. Garibaldi foi claro:

– Cuide das armas e das munições que não estiverem com os homens. Poderemos precisar delas durante a batalha. Mas, fique pronto para ir embora, se as coisas saírem mal.

Vagarosamente começamos a navegar em barcos de todos os tipos, animais, pessoas e mercadorias rumo à colina da qual seguiremos para o interior. A água, apesar de rasa, é traidora, repleta de redemoinhos e correntezas.

Avisto você no Rio Pardo. Ali perto estão os outros navios, Itaparica e Seival, os três enfileirados para proteger a retirada.

Um ronco prolongado de trovão cobre subitamente todos os outros rumores; os navios imperiais abriram fogo. Vejo Garibaldi correr em direção ao barco e remar desesperadamente rumo ao Rio Pardo, ao redor do qual surgem, como por encanto, dezenas de colunas de água causadas por balas de canhão.

Vejo você enquanto se esforça com o pequeno canhão do Rio Pardo, sem se proteger; ouço os gritos dos marinheiros que, de repente, desencadeima um denso fogo da fuzilaria. A resposta é outro bombardeio de canhões, o que faz os navios desaparecerem numa nuvem de estilhaços. Assim que Garibaldi subiu no navio, uma bala atinge a proa onde está o canhão.

– Aninha!

O grito escapa sem que eu perceba. Uma eternidade depois, você surge da fumaça, aparentemente ilesa, enquanto dispara o mosquete que tem nas mãos contra os navios imperiais.

Então, depois de uma série de tiros, aproveitando a necessidade de os imperiais recarregarem os canhões, vejo você subir em um barco movido por dois robustos remadores e dirigir-se à margem. Você está de pé, em postura de desafio, os cabelos pretos soltos, dançando ao vento, os olhos acesos e brilhantes, o rosto avermelhado. Quando chega perto de mim, você me fala depressa:

– Tenho que ir até o general Canabarro. Giuseppe quer reforços. Ou pelo menos que nos diga o que devemos fazer.

Sem quase parar, você pega um cavalo e parte, galopando em direção à colina. Volta após meia hora e indica o barco com o qual chegou.

– Tenho que passar as ordens a Giuseppe. Venha você também! Temos que pegar tudo o que nos sirva dos navios.

Ao chegarmos aos navios, você entrega um pedaço de papel a Garibaldi, as ordens de Canabarro. E confirma:

– Disse para queimarmos os navios e nos retirarmos.

Garibaldi parece hesitar um segundo.

Depois abre a boca:

– Mas...

Você o fulmina com o olhar. Um marinheiro ao meu lado a olha com admiração.

“O comandante lhe havia dito que não voltasse, que permanecesse em local seguro e mandasse a resposta pelos mensageiros. Mas ela está aqui. Conosco!”

A voz de Giuseppe assume um tom que quase implora:

– Está bem. Então você cuida do transporte dos feridos e de tudo o que há nos navios para que seja levado até a terra.

Você concorda e se volta para mim e para os dois remadores que a trouxeram aqui:

– Vamos! Vamos agir depressa.

Começa uma espécie de carrossel infernal. Carregamos munições, armas e feridos no barco. Os remadores nos levam para as águas do porto.

Rio Pardo, Seival, Itaparica. Rio Pardo, Seival, Itaparica. Uma volta por navio, enquanto os homens continuam a atirar para defender a retirada. Outros barcos se juntam ao nosso; os remadores remam recurvados, como se abaixando a cabeça evitassem ser dilacerados por uma granada. Algumas embarcações são atingidas e afundam com sua carga de mercadorias e feridos. Os feridos lamentam, choram, gritam; sabem que poderemos fazer bem pouco por eles.

Durante um tempo, conto as viagens, o que me serve para não pensar na bala de canhão que pode nos reduzir a migalhas, na faísca capaz de incendiar a pólvora que transportamos e fazê-la explodir, na bala que pode me atingir. Ou atingir você, em pé na proa, combatendo pela liberdade, como sonhou desde menina. Ao lado do homem que ama.

Depois da vigésima viagem perco a conta. Continuo, apesar de os músculos doerem e a perna limitar meus movimentos. Cada vez mais as pontes dos navios se cobrem de sangue e de corpos dilacerados. Não aguentaremos por muito tempo.

Em determinado momento, você para na praia para controlar o fluxo de coisas e pessoas nos barcos que se retiram rumo à colina e à salvação.

Eu volto para o mar, chego ao Itaparica, vejo o comandante Griggs imóvel apoiado em uma murada. Digo a ele que obedeça às ordens de incendiar o navio e venha comigo; restou só ele. Não se move. Grito mais forte; ele não responde.

Subo na coberta do navio. O comandante está morto; mantém-se em pé somente porque foi enroscado pela metralhadora nos eixos da cabine.

Alcanço Garibaldi no Rio Pardo. Diante dele estão dois barris pegos em Imaruí, ambos cheios de aguardente. Nós os estouramos com machadadas e coronhadas de fuzil. Espalha-se no ar um cheiro forte de álcool, que encobre, em parte, o odor de sangue e de pólvora. Ele acende um fósforo e o joga numa poça formada pelo líquido. Uma pequena chama azul serpeia por um instante, contorce-se fraca ao vento, ganha força e começa a se espalhar pela ponte do navio, crescendo cada vez mais. Fazemos o mesmo com os outros navios.

Em poucos minutos queima o Seival, queima o Itaparica, queima o Rio Pardo. Queimam com os marinheiros mortos, com nossas esperanças, com John Griggs, o americano que havia construído o Rio Pardo, um verdadeiro rei no mar.

Ao calar da noite, estamos nas colinas. Não há silêncio. Ouvem-se palavras, choros de crianças, incitamentos aos cavalos, às mulas e aos bois, brigas, disparos isolados. E, longe, o rumor da ressaca, cada vez mais fraco.

No topo da colina, viro em direção a Laguna. Na escuridão, não se vê mais a cidade. Só nas estradas circulam luzes fracas, as lanternas dos caminhantes.

No mar, três fogueiras, três navios continuam pegando fogo, e o vento, às vezes, traz cheiro de carne queimada.

Você puxa a marcha ao lado de Giuseppe. Atrás de vocês, articula-se um longo cortejo.

Caminhamos durante três dias, com poucas paradas, até atingir o lago. As patrulhas dos exploradores disseram que há soldados imperiais nos arredores. Ficaremos aqui por alguns dias.

Cuido da mula que transporta minhas ferramentas, dou-lhe de beber e comer, tiro o arreio. Você passa ao meu lado; com outras mulheres, vocês estão montando o acampamento. As tendas são simples couros de bois e vacas estendidos sobre paus cortados na hora. Você para e me cumprimenta, abraça-me e, pela primeira vez depois de três dias, vejo seu rosto. Seu olhar está luminoso; embora demonstre todo o cansaço acumulado, você está serena, feliz, apesar do sofrimento que nos rodeia. Ao anoitecer, encontramo-nos ao redor das fogueiras onde estão assando a carne. Garibaldi ordena que primeiro os homens e as crianças comam, as mulheres jantarão depois, como de costume. Ouve-se claramente sua voz:

– Vou comer com você.

Você e Giuseppe entrelaçam as mãos.

17

Dezembro de 1839 – Lages, Brasil

Giuseppe a cavalo é ainda mais bonito. Olho para ele e sorrio para o sol que me faz baixar as pálpebras. Olho para ele de novo e nunca é suficiente; seus pés nos estribos e uma mão nas rédeas. Poucos meses atrás, desajeitado, cavalgava da praia para a vila e para os bosques. Ensiná-lo a montar foi muito divertido. Eu me diverti, sim, embora, às vezes, me lembre de tê-lo visto com a face preocupada, murmurando em italiano algo que eu não entendia. Estou aprendendo a sua língua, apesar de ele querer falar a minha. Ele diz que minha língua tem o meu som e nunca quer ficar sem ele. Diz que nós dois somos o amor e que sempre desejou o meu amor. Diz que na primeira vez em que me viu de seu barco, com o binóculo, pensou que eu fosse uma visão. A mulher com quem ele sempre sonhara tinha forma e era real. Diz também que, quando me procurava, nas casas em Laguna, seu coração batia como no momento da primeira batalha; diz que, quando me encontrou na casa de Henriquez, preparando o café, seu coração parou por um instante, como se daquele momento em diante tudo fosse começar.

Quando diz tudo isso, viro areia macia e sinto a água do mar cantar. Está chegando o verão. Novembro terminou e agora deve vir o calor mais forte. Talvez este Natal seja para nós como nascer de novo, juntos desta vez.

Depois de seu retorno de Imaruí, Giuseppe mudou. Está nervoso, inquieto e, muitas vezes, chora durante o sono. Não consigo entender nem descobrir por quê. Nem Miguel me diz nada daquela expedição. Os homens que o acompanhavam não me agradavam, mas tinham sido mandados por Canabarro, e Giuseppe precisa da aprovação dele para continuar a combater, ter espingardas, munições e homens. E, depois, eu o vi quase desorientado quando ateou fogo no Rio Pardo e no Seival, os navios da frota republicana, para que pudéssemos fugir do ataque da guarda imperial. Agora aqui, em Lages, com a bandeira da República, sinto-me bem. Tenho o meu cavalo, a terra sob os pés e a mata que não me amedronta. Conheço as árvores e os pássaros e sei encontrar as trilhas. Meu pai desafiava outros gaúchos a fazer isso melhor que eu; ria quando os via enrubescer de raiva ao ver que uma menina conseguia entender a terra e os animais mais facilmente que eles.

Giuseppe tem muito o que fazer. Todo dia se encontra com o coronel Teixeira Nunes; falam e gesticulam, e Giuseppe fica intratável, e às vezes me olha sem me ver. Eu sei. Eu entendo. As notícias não são boas: Laguna voltou às mãos da guarda imperial; perdemos os navios, os canhões e muitos homens valiosos. Miguel me garantiu que minha mãe está bem, que encontrou refúgio na casa de uma parente nossa distante e que estão conseguindo sobreviver. De minhas irmãs, infelizmente, não recebo notícias. Sinto falta delas, mas tenho que pensar nos feridos e ajudar as mulheres e as crianças; tenho que resistir até sermos livres e, depois, finalmente festejarei com elas. Minha mãe contava que Manuela e Felicidade nasceram bem aqui, em Lages, na estrada da boiada, e me perco pensando que jamais poderia ser feliz aqui, na terra que as viu nascer.

– Ana, vá descansar um pouco. Deixe aqui por minha conta.

A voz de Miguel me assusta. As cabanas que abrigam os feridos da batalha de Santa Vitória têm que ser limpas várias vezes por dia. Largo o pano no balde e vou em direção a ele, que está em pé na porta. Sorrio. Quero beijar seu rosto, mas entendo que isso o faz sofrer.

– Você também tem que descansar, Miguel. Vou fazer café e levar para os homens.

– Não, Ana. Vá dormir. Você está muito pálida e isso não me agrada.

Sempre atento a mim. Sorrio e lhe toco com a mão, depois vou para a casinha de madeira de pinho na qual Giuseppe e eu moramos. No caminho, encontro Isabela. É a filha de uma prima de Maria da Glória; uma moça que fugiu de Laguna e chegou aqui extenuada e desfalecida pela viagem entre florestas e montanhas. Recuperou-se bem, assim como muitas crianças. Pula numa perna só e cantarola.

– Oi, Ana.

– Oi, Isabela.

Rio com ela e a abraço e, no fundo do meu coração, sei que logo eu também voltarei a ser criança. Em casa, silêncio. As roupas de Giuseppe estão amontoadas numa cadeira. Na mesa, papéis e mapas do território e alguns livros. Toco neles. Giuseppe sabe ler e escreve muito. Frequentemente, à noite, à luz de velas, abre os livros e um estojo com uma pena que mergulha num vidrinho de tinta e escreve. Depois lê para mim e sua voz me nina.

All'Oceàno,
Quando prima affidai la venturosa
Tempestata mia vita, alle cocenti
Dell'Ianeiro approdai sponde ospitali.
Ivi un impero, e schiavi ed insoffrenti
Popoli del servaggio. Incarcerato,
Di Santa Croce nell'oscuro speco,
D'Italia un figlio, di color che il Mondo
Trovano angusto, e libertà dovunque
Santa. Il fatal delle battaglie evento
Condusse al piè dell'Imperante un stuolo
Di generosi Rio-Grandensi e seco
Il mio fratello Zambeccari, illustre
Tra gl'Italiani illustri. Il fier vessillo
Repubblicano mi affidaro, e 'l sciolsi
Primo sull'Oceàno.

Gostaria de lhe dizer "me ensine", porém não consigo. É assim. Eu o amo tanto, mas não quero que ele sinta piedade de mim e que me veja em dificuldade. Prefiro pedir a Miguel, embora às vezes perceba que me aproveito dele.

Deito-me um pouco na cama e acaricio minha barriga. Sei o que acontece. Sinto algo forte me envolver e tremo. Abraço-me sozinha e rio. Sei o que acontece agora. Ergo meu vestido e olho a barriga plana e os seios com os mamilos grandes. Comparava-os sempre com os das minhas irmãs e, orgulhosa, pensava que os meus eram maiores.

Aconteceu dez dias atrás. Eu sei que aquela noite terrível foi também a noite de um doce sentimento.

Jamais me acostumarei à guerra, mas não a temo se é o único meio para conseguir a liberdade. Naquela noite, soubemos que o general do império, Cunha, havia acampado com cinquenta mil homens num recinto chamado Santa Vitória. Giuseppe havia mandado espiões e eles voltaram assustados pelo número de soldados que viram. O general estava decidido a acabar conosco para eliminar qualquer risco de um avanço. Não podíamos chegar a Lages. Giuseppe consultou outros chefes revolucionários. Reuniu os lanceiros, nossa melhor arma, os homens libertados pela República. Eram escravos, a maior parte proveniente da África, e trabalhavam nas plantações de café e nos campos de cana-de-açúcar sem receber nem uma porção de mandioca para sobreviver. Os patrões imperialistas os mantinham para lhes servir em suas casas, sem se importar com sua morte ou com o modo como viviam. Estão no exército da República e são os mais fiéis. Têm força, potência e agilidade, como panteras.

Giuseppe me diz sempre isso. Nós libertamos uma força da natureza. Os lanceiros agiram silenciosos. Sabiam como tratar os cavalos e com eles os animais não relinchavam. Tinham um passo semelhante ao dos espíritos. Eu estava atrás deles, com um cavalo que Giuseppe havia me dado. Domei-o como um gaúcho sabe fazer. A uma ordem de Giuseppe, os lanceiros negros agiram unidos: um fronte compacto de lanças com mais de dez pés, músculos vigorosos e coragem. O inimigo compreendeu e se apavorou. Retiraram-se rumo ao Rio Pelotas, acuados pela ação da infantaria. Giuseppe cavalgava de um lado ao outro do rio, onde os homens mais valentes atiravam com os fuzis. Seu terçado volteava no ar. Eu estava na retaguarda, com a tarefa de ajudar Miguel a reabastecer os homens com munições.

Em determinado instante, vi Henriquez, o pai de Isabela, jogando-se no chão, bem entre dois disparos. Saíra para pegar o fuzil de um soldado inimigo e caíra. Então, desci do cavalo e, rastejando, corri para perto dele, enquanto ouvia a voz de Miguel me chamando. Aproximei-

-me de Henriquez, enquanto ao meu redor sibilavam as balas dos dois frontes e o barulho da batalha enchia meus ouvidos. Vi que fora ferido em uma perna. A mancha de sangue se alargava acima do joelho. Ele me olhou assustado e murmurou o nome de Isabela várias vezes. Então assobiei como meu pai havia me ensinado. Meu cavalo se deslocou da retaguarda e veio até mim, passando entre os homens e as armas, depois se posicionou na minha frente como um escudo. Pedi a Henriquez que fosse forte. Tentei erguê-lo, mas era impossível, então o fiz abraçar o pescoço do meu cavalo, que o segurou como uma mãe segura o seu filho, e depois montei quase deitada sobre suas costas e consegui voltar até Miguel. Giuseppe me olhava da margem e tive tempo de acenar para ele com o braço estendido.

– Aninha... não faça mais isso... Quase morri de medo.

Miguel me ajudou a amarrar uma tira na perna do ferido e depois o deixamos em lugar seguro. Enquanto montava no cavalo para alcançar Giuseppe, vi o general Cunha tentando atravessar o Rio Pelotas. Segurava na crina de seu animal, mas o turbilhão o puxava para baixo. Muitos de seus homens já estavam na outra margem. Então, o cavalo afundou e, quando emergiu, o general não estava mais com ele. O rio o havia engolido. Dei um grito de vitória e galopei entre os lanceiros, exortando-os a combater com maior energia. Os soldados imperiais, assustados e cansados, retiraram-se e se dispersaram em pouco tempo. O rio transportava os mortos e, em suas águas, havia o sangue dos homens. Uma chuva forte começou a cair e, sob ela, Giuseppe veio até mim, enquanto os sobreviventes repousavam.

– O sangue derramado por um ou por outro não se distingue. Os tiranos pagarão de qualquer modo.

Sua voz estava rouca e cheia de dor. A chuva cobria-lhe o rosto; eu olhava para ele. O cansaço estava misturado a uma tristeza infinita. Apeou do cavalo e abriu os braços para me acolher. Senti seu cheiro e seu corpo. Era como a casa com a qual sempre havia sonhado. Uma casa com janelas abertas para o sol e o perfume do mar.

Fizemos amor na margem daquele rio que havia mudado de cor, sob a chuva que cantava e se transformava em neblina, protegidos pelos cavalos e por um silêncio que só nós sentíamos. Fizemos amor com força e com doçura, em meio à lama da terra que queria se limpar, e eu senti sua essência percorrer meu corpo várias vezes e lhe dar uma nova vida.

Doce sentimento da minha alma. Logo o conhecerei, e você terá orgulho de mim. Fico arrepiada ao pensar que poderia ter acontecido com Duarte, o bêbado covarde. Quantas vezes pensei nisso. Meu corpo lutava contra esse pensamento e meu coração se enchia de raiva. A má sorte me poupou disso. E agora... sei o que aconteceu com o meu amor. Dentro de minha barriga vibra esse sentimento. E nesta noite, vigília de Natal, darei a Giuseppe a sua paz, e a tristeza se transformará em grande alegria.

18

Dezembro de 1839 – janeiro de 1840
Lages – Curitibanos, Brasil

Você já está famosa. Quando entramos em Lages, você parou com Giuseppe à sombra de uma árvore gigantesca. Ali, as autoridades da cidade vieram nos acolher. Ofereceram a vocês uma casa de madeira para morar, quase uma cabana.

Giuseppe me nomeou sargento. Agora sou o armeiro da sua tropa. Passamos o Natal em Lages; você me convida para comer o doce tradicional em sua companhia e na de Giuseppe. Aproveito para levar o presente que lhe preparei.

Quando abro a porta da cabana, diante de mim está uma Aninha que nunca vi. Você está... elegante. Eis a palavra certa: elegante. Usa um belíssimo vestido cinza e nos ombros tem um xale novo, verde, bordado com flores de várias cores. Percebe que a olho espantado e faz sinal para que eu entre.

– Sente-se. Giuseppe ainda não chegou. Precisou sair.

Você alisa as laterais do vestido, sorrindo; nunca a vi fazer uma coisa assim. Explica, diante do meu olhar perplexo:

– É musselina, um tecido finíssimo, usado para fazer os vestidos das senhoras.

Depois, ajusta o xale verde nos ombros.

– Seda – diz. – Sinta como é macio.

Então me mostra os pés, erguendo levemente a barra do vestido. Está calçando um par de sapatos femininos, muito diferentes das botas de gaúcho que usa sempre.

– Estes também são novos, presente das mulheres de Lages.

Fico calado. Estou envergonhado ao vê-la assim... assim tão feminina. Com o vestido novo que lhe marca o contorno do corpo e destaca o seio. Você rompe o silêncio.

– Vieram me visitar todas as mulheres das autoridades e dos ricos da cidade. Giuseppe disse para não me iludir, pois, se fôssemos derrotados, seriam elas as primeiras a me chamar novamente de puta e a cuspir em mim. Retribuí com aquilo que você também vai comer: o bolo de Natal. Foi minha mãe que me ensinou; é uma das coisas que preparo melhor na cozinha.

Você fala, fala, fala, mas há algo mais, além das roupas novas, dos sapatos, das mulheres de Lages e do bolo de Natal. Sinto isso, tenho certeza; conheço você bem demais e há muito tempo. Claro que é você que está diante de mim, não há dúvida. Mas está diferente, nova, com uma luz estranha nos olhos, suave, doce e distante. Como se estivesse viajando por países estranhos e longínquos que só você pode visitar.

Desajeitado, entrego-lhe o presente, mal embrulhado no pano mais limpo que encontrei. Você o abre e, por um segundo, vejo a Aninha que eu conheço. Seus olhos brilham, enquanto segura o sabre que eu fiz.

– Os sabres dos homens são longos demais e pesados para você. Então cortei um sob medida e pus uma empunhadura menor, mais adequada à sua mão. Tem também a bainha. Cuidado, é muito afiado.

Você o empunha e faz alguns movimentos com o braço. Depois me abraça e me beija.

– É perfeito! Obrigada, Miguel.

Então, você o apoia na mesa, volta a ficar distante e diferente e finalmente vêm as palavras importantes, aquelas que mudam as vidas.

– Estou grávida, Miguel. Estou esperando um filho de Giuseppe. Vai nascer em setembro.

Sinto que enrubesço, enquanto as batidas do meu coração aceleram. Você mãe de um bebê. Imagino-a abraçada a Giuseppe, fazendo amor com ele. Você percebe o meu constrangimento.

– Você é o primeiro a saber.

Ri.

– Depois de Giuseppe, naturalmente.

Olha o sabre sobre a mesa, um instrumento de morte completamente inadequado àquele momento. Percebe o meu olhar e me fixa admirada.

– Continuarei a fazer o que estou fazendo, seguindo Giuseppe, combatendo com ele, aonde quer que ele vá. E tomarei conta do nosso filho.

Volto para casa triste. Entro, e o cheiro de resina das tábuas de pinho me golpeia como um soco. É o mesmo cheiro da sua casa. Mas lá estava misturado ao odor de intimidade de um homem e uma mulher que esperam um filho, ao aroma doce de Natal, ao seu perfume. Aqui é misturado com o do metal, do óleo lubrificante, da pólvora, das armas que tinham deixado para eu arrumar. Há agitação no ar; as tropas imperiais estão novamente se aproximando.

Partimos na manhã seguinte. Procuro-a com o olhar. Como sempre, você está a cavalo, com Giuseppe. Não usa mais o vestido elegante; agora se veste como todos nós e, de lado, carrega o meu sabre. De longe parece até um homem, não fosse pelo xale de seda verde que a destaca como uma flor no deserto. Penso na vida que está nascendo em você.

Caminhamos durante três dias. Na noite do terceiro, chegamos a um desfiladeiro entre as montanhas. Na manhã seguinte, vemos os soldados imperiais alinhados no topo dos morros diante de nós. São muitos, pelo menos cinquenta cavaleiros e cem infantes. Garibaldi decide atacar mesmo assim, juntamente com outro general que está conosco, Teixeira Nunes.

As ordens que recebo são claras. Com a sua ajuda e a de um pequeno grupo de homens não devo deixar faltar munição a quem está combatendo. Faremos um vaivém da retaguarda com cavalos e mulas para levar balas e pólvora.

O ataque tem um sucesso inesperado, até empolgante. As tropas imperiais se retiram imediatamente e depressa. Depressa até demais; tem algo de errado, e percebo em cima do morro onde estou com minhas mulas. Garibaldi começa a seguir as tropas imperiais.

– Cuidado!

Você apenas sussurra, mas é como se Garibaldi ouvisse. Para e o vemos ordenar aos homens que se organizem entre os arbustos de uma valeta, protegidos. É evidente que teme uma emboscada. O coronel Teixeira Nunes, no entanto, prossegue gritando e incitando seus soldados.

A armadilha funciona. A cavalaria imperial galopa para fora do bosque onde havia se escondido e ataca as tropas de Nunes pelas costas e pelos lados. Um massacre. Giuseppe corre para ajudá-los.

Eu, você e um par de homens descemos do morro com os cavalos e as mulas carregados de munições. Quando voltamos para pegar mais munição, percebemos que caímos numa armadilha também. A cavalaria imperial está nos atacando. São dezenas, e nós somente quatro. Olho ao meu redor, vejo uma via de fuga rumo a um bosque fechado onde estão soldados nossos, que podem nos ajudar. Viro-me para indicá-la a você, mas não em tempo.

– Em frente! Em frente!

Você começa a gritar; depois, esporeia o cavalo, tira o sabre e o lança em direção aos imperiais. Vejo um soldado mirando você com o fuzil. Atiro, o soldado cai, mas a fumaça que sai do cano me faz perceber que ele também disparou. Seu chapéu voa e você leva uma mão à cabeça, sem cair, depois tenta acalmar o cavalo espantado.

Você atira e desaparece no pó e na fumaça, mas está sempre montada e mantém distante um grupo de soldados que a cercaram, usando o sabre. Deixo as mulas para tentar ajudá-la. Vejo você sair do cerco dos soldados imperiais e galopar em minha direção; um cavaleiro a persegue, fazendo rodar as boleadeiras sobre a sua cabeça. Miro nele e aperto o gatilho. Ele cai, mas as bolas continuam rodando no ar em sua direção.

É um golpe perfeito e bem-sucedido; as tiras de couro se enrolam nas patas traseiras do seu cavalo, fazendo-o cair e arrastando-a com ele. Você desaparece numa nuvem de poeira. Eu corro em sua direção, ouço um relincho de dor, e meu cavalo cai. Foi atingido. Eu também caio.

19

Janeiro de 1840 – Curitibanos – Rio Canoas – Vacaria, Brasil

Malditos tiranos. Maldito povo que não entende, imobilizado pelo medo, deixando que o mais forte se torne cada vez mais forte e aniquile também a lembrança da justiça. Que estúpida eu sou. Deixei que me capturassem. As boleadeiras prenderam as patas do meu cavalo, e eu caí. Assim, os soldados imperiais puderam me pegar, impedindo-me de levar o material que Miguel havia preparado para os homens que combatiam na lateral do morro.

Por isso estou presa aqui. Um quarto de uma casa confiscada quem sabe de quem pelos guardas, com o fedor de estrume de cavalo e de vaca e um couro onde deitar. Gritei grande parte da noite. Depois cantei. O hino da revolução rio-grandense. Depois chorei e adormeci. Vejo a manhã filtrada pela sujeira da única janela. Giuseppe. Meu filho está comigo. Mas Giuseppe está à minha procura. Provavelmente assustado. Ou talvez ferido. Não, isso nunca. Giuseppe é forte e superou mil batalhas. Um amor. Nada acontecerá a ele. Giuseppe.

– Força, rapaz, levante-se. O coronel quer ver você.

Ergo a cabeça e olho o soldado que entrou. Há algo familiar nele, mas não sei o quê. Ainda não entenderam que sou mulher; melhor, assim não serei violentada, ainda que apanhe. Empurrou-me e deu um chute nas minhas costas, pois eu havia caído e não conseguia me levantar. Minha cabeça lateja. Uma bala passou rente à minha cabeça e me queimou os cabelos. Cortei-os acima das orelhas antes de partir para a batalha. Giuseppe me pedia para que eu não o fizesse, depois, quando lhe disse que muitas mulheres tinham dado os seus filhos à revolução e perguntei o que valeriam os cachos de cabelo diante da vida de um rapaz, ele virou a cabeça e não olhou enquanto eu cortava minhas longas tranças.

Ergo-me do chão e o sigo. O ar fresco me embriaga por um instante. Há estrelas no céu, brilhando como uma queima de fogos. O soldado fede a suor e urina. Segura-me um braço e me conduz para outra entrada da casa. Enquanto caminho, vejo os bivaques apagados e os cavalos amarrados às árvores. O acampamento dos inimigos. Tento caminhar sem tropeçar. A sede consome a minha boca. Quando entramos, tenho que me agarrar ao casaco de um soldado para não cair. Algo do estômago vem até minha boca e não resisto.

– O que está fazendo? Que nojo... Vomitando!

– Não lhe deram nada para comer?

A voz é imperiosa. Tenho dificuldade até para enxergar a mancha ácida que ficou entre os meus pés. Depois, sinto que sou sustentada e me sento. Alguém me deu uma cadeira. Diante de mim, pouco distante, o vulto do inimigo. O coronel Melo. O astuto inimigo que fingiu se retirar e depois esperou que nossos soldados chegassem perto das colinas para nos atacar de surpresa.

Ergo a cabeça e encontro os olhos dele. Escrutam-me e me avaliam.

– Tragam algo para ele comer, agora!

O soldado sai, deixando-nos a sós. Apoio-me no encosto da cadeira e tento não demonstrar medo. O coronel não usa a farda da guarda imperial e sua barba está malfeita. Penso na de Giuseppe, sempre aparada e raramente em desordem.

– Então, rapaz, temos de conversar. Quero um pequeno favor.

Engulo a ânsia que vem da garganta. Ele percebe.

– Desde quando você não come? Os revolucionários mantêm seus rapazes lutando e morrendo de fome?

Respiro fundo. Não é fome. Minha mãe, quando estava grávida, também vomitava sempre. E minha tia Marta vomitava continuamente e em todo lugar. Mas eu sou forte. Sei me segurar.

O soldado com ar familiar volta com uma tigela de sopa. O cheiro revira meu estômago, mas tomo um gole do líquido quente, quase fervendo, tentando não vomitar e, com o esforço, meus dedos escorregam da tigela e a sopa derrama no poncho azul que uso sempre, presente de minha mãe.

Não sou quem grita; é o coronel Melo, que corre perto de mim e tira à força o poncho para que o líquido quente não me queime. Não tenho força para me debater. Deixo que faça. Sinto apenas uma respiração na minha pele. Visto uma camisa e os ombros estão descobertos.

– Meu Deus... Mas você não é um rapaz!

– Coronel... é uma mulher!

Sinto o arrepio de um orgulho distante. Consegui enganá-los; vocês, no fundo, não são mais fortes. Mas é somente um momento. Penso no que farão; penso no filho que tenho que proteger e em Giuseppe, que me abandonou. Sim, largou-me ao meu destino e não veio me libertar. Permaneço parada na cadeira, seminua, diante dos olhos do soldado e do coronel, procurando ar para nutrir os pulmões e buscando outros pensamentos que não sejam de morte.

– Há somente uma mulher que participa das batalhas dos farrapos... Uma única mulher. A mulher do pirata. Um homem sem escrúpulos, se deixa sua mulher se arriscar assim... ou um homem que não cuida dela.

– Ana...

O soldado sussurrou meu nome. Mas não tenho forças para olhar para ele. O coronel Melo entendeu e meu destino agora é certo.

– Soldado, leve a prisioneira para o celeiro. Dê-lhe comida e uma coberta. Vou interrogá-la daqui a pouco. Agora tenho que ver as tropas. O soldado me segura. Tem um toque menos rude, mas seu fedor é nauseante.

– Ana... não se lembra de mim?

Sua voz é baixa, quase um sussurro. Tento olhá-lo no escuro do quarto para onde me leva. Ilumina seu rosto com uma lanterna que carrega. De repente, uma lembrança. João Gonçalves Padilha. O amigo de Miguel. João, que quer falar com minha mãe e, desajeitado, com o rosto vermelho, me pede em casamento depois que havia se espalhado por Laguna a notícia de que Duarte, o sapateiro, pretendia se casar com a filha de Maria Antônia Ribeiro.

João às vezes cavalgava comigo e com Miguel na praia e, juntos, pescamos camarão e colhemos milho. Eu sabia que fora Miguel que o enviara para me salvar de Duarte, sabendo que não tinha nenhuma possibilidade de receber a atenção da minha mãe. João era melhor que Duarte. João trabalhava no correio e era um jovem estimado em Laguna. Minha mãe, porém, tinha se comprometido com Duarte, que mentira sobre muitas coisas, mas ela não tinha como saber.

– João, você... um soldado do tirano? Você escolheu morrer por ele... Como pode?

Falo sem desprezo. Estou fraca demais. Ele abaixa a cabeça para esconder a raiva e a vergonha. A lanterna ilumina seus pés.

– Um pouco de carne seca e de café. Descanse, Ana.

– Sou Anita. A mulher de Giuseppe Garibaldi.

Fecha a porta, e o silêncio retorna. Meu orgulho continua intacto, embora esteja fraca. Forço o meu estômago: como e bebo. Devo recuperar um pouco de força e nutrir a minha criatura. Deito-me na coberta e me encolho, tentando repousar. Mas vêm mil pensamentos, um depois do outro, um junto do outro.

O povo não vê. Tem medo de perder o pedaço de pão mofado e não entende que está nas mãos de um tirano que, por conta do medo, está lhe tirando tudo e não hesitará em tirar também o pedaço de pão.

Nos dias de tranquilidade, em Lages, Giuseppe me contava da Europa. Sobretudo da Itália. Ali também há tiranos. Giuseppe dizia que o papa era o pior dos déspotas e que os padres deviam aprender a arar a terra em vez de viver da enxada dos camponeses. Eu também concordava. Como é possível um padre que vê as pessoas morrerem de fome assustá-las com temores e promessas de fogo do inferno, se não doarem dinheiro para a Igreja? Que amor de Cristo se professa? Que compaixão, piedade e justiça?

Giuseppe dizia que, se surgisse uma sociedade do demônio para combater os déspotas e padres, ele se alistaria. Eu ria um pouco; lembrava-me de dom Ferreira quando me chamava de sangue de diabo.

Ergo-me. Não posso ficar aqui. Giuseppe não me abandonou. Está me procurando. Nós dois vivemos unidos pela alma, e o destino desta vez não irá me afastar de quem amo. Viro um demônio, se necessário.

Uma rajada de vento fresco entra pela porta e, junto com ela, o coronel, que me olha com um misto de ódio e inveja.

– Garibaldi está morto.

Olho para ele sem entender. Repete a frase. Repito-a dentro de mim e, dentro de mim, tudo se lacera e se rebela e, ao rebelar-se, se recompõe. Aperto os punhos até sentir dor nos músculos; da boca sai um gemido rouco, parecido com o grito de uma gaivota.

– Quero vê-lo. Quero ver o seu corpo.

– Ouvi falar de você. Você desafia o fogo das balas e dos canhões e é rápida ao jogar o arpéu nos navios. O estrangeiro talvez tenha ofuscado a sua mente? Por que você luta contra o imperador e sua própria gente?

– Minha gente é que morre na mão do imperador. Eu não sou de ninguém. Pertenço só a mim mesma e ao meu homem por escolha própria. Deixe-me ver o corpo dele para que eu possa enterrá-lo com a terra que ele tentou libertar e com as minhas mãos que só ele tornou benditas.

Sinto os olhos marejados por lágrimas que não saem. Não consigo ver bem nem meus pés. O coronel Melo se move pelo quarto e se aproxima de mim. Sua altura não me assusta e seu poder não me dá medo. Nada mais me dá medo.

– Se só a metade dos soldados fosse como você, poderíamos conquistar o mundo inteiro.

O sentido das palavras que ele diz não chega a mim, apenas os sons. Mas eu não quero entendê-las. Quero só encontrar Giuseppe e, sobre o seu corpo, morrer também. Darei um jeito de morrer perto dele.

– Vou mandá-la procurar o corpo de Garibaldi. Depois você será minha prisioneira. Está amanhecendo. Os soldados a acompanharão.

Na porta aparecem João e um soldado. Ambos seguram na mão uma lanterna e os olhos estão embaçados pelo álcool. Saio entre eles e monto no cavalo junto com João. O outro soldado me olha com desprezo.

– Recrutam mulheres... Vê-se que eles não têm mais homens para recrutar... Queria tê-la embaixo de mim e ouvi-la gritar... O que diz, João? Podemos fazer um pouco cada um...

– Se tocar nela, eu mato você.

– Ah... Quer fazer tudo sozinho? No fundo não é nada de especial.

– O que está acontecendo aí, soldados?

A voz de Melo. Está atrás de nós, a cavalo. João não responde, o outro soldado abaixa a cabeça e ilumina a estrada. Depois da clareira, atravessamos um trecho de floresta e depois... a tragédia. No ponto em que a colina se abranda e vira quase um vale, vejo, angustiada, os corpos de meus amigos espalhados aqui e ali, como folhas jogadas no chão por um vento maligno. A luz tênue da manhã me poupa de alguns detalhes. Apeio do cavalo e, tomada por um frenesi que me faz tremer, começo a caminhar entre os cadáveres. Giuseppe não pode estar aqui, assim mesmo procuro as faces com barba, os olhos fechados, as botas de couro, os cabelos de cor mais clara. Vejo rapazes muito jovens, muitos lanceiros com o corpo mutilado pelas balas e alguns homens de Laguna e de Lages. O vento se ergue e descobre um dia terrível. Não há um gemido: os guardas imperiais já deram um fim nos feridos. O silêncio da morte está dentro de mim. Giuseppe não está. Mais uma passagem entre pernas e olhos que até pouco tempo atrás caminhavam e olhavam, entre pés sem sapatos e braços abandonados. A morte sugou a cor de todos eles.

Os tiranos são responsáveis pelas vidas aniquiladas e pelas lágrimas que mulheres e crianças derramarão pelos maridos, pais e irmãos. Os tiranos terão de sentir o peso de cada gemido e de cada grito. Morte a eles. Morte aos déspotas da terra, aos exploradores, aos que têm sede de terras, de dinheiro e de vícios.

Pego uma porção de terra encharcada de dor e de sangue e a coloco no bolso da calça. Olho o céu que se tinge de luz e falo com Giuseppe, para que ouça que estou viva e logo irei vê-lo. João me olha, o rosto coberto por tristeza.

– Esta é a sua gente. Você matou as melhores pessoas – falo pausadamente, enquanto monto de novo no cavalo junto com ele.

– Você está com uma ferida na cabeça... Tem que medicá-la.

Não respondo. Não é uma ferida de verdade. Uma bala atravessou meu chapéu e queimou meus cabelos e minha pele.

Uma calma estranha me invade, e meus olhos ficam atentos. Agora sei que Giuseppe está vivo. Eu também estou viva. Acaricio o pescoço do cavalo e o sinto tremer ao meu toque. Eu lhe falo com as mãos, sou sua amiga e ele está feliz por carregar o meu peso. Digo-lhe que deverá me guiar rápido, muito rápido, e suas patas raspam o chão, concordando. Enquanto caminhamos para o acampamento e o sol está no meio do céu, olho a floresta e avisto o telhado de uma construção escondida entre grandes árvores de pau-brasil. Sei o que devo fazer. Não tenho outra opção. Prefiro morrer a permanecer aqui prisioneira.

Os soldados cuidam dos cavalos e riem de mim quando me veem chegar. João me acompanha ao celeiro e, um pouco depois, me traz um abacaxi fresco.

– Está fedendo aqui dentro.

Olho em seus olhos, e ele não consegue sustentar o olhar. Vai em direção à janela, abre-a, depois fecha a porta atrás de si. Estendo-me num couro de vaca e durmo.

Quando acordo, os rumores do acampamento se tornaram mais intensos. Os homens festejam a vitória, bebendo e cantando. Já estão bêbados, e a noite ainda não estendeu todo o seu véu. Fico envolta em meu poncho e espero. Sei quanto tempo leva para um homem se embriagar. Duarte fazia isso todos os dias. Quando eu conseguia escapar, no quarto copo ele se sentava e não me via mais. Bastava esperar e ser cautelosa até o quinto, então sabia que estava salva naquela noite. Nunca vi Giuseppe bêbado; depois de uma batalha não bebe até cair e se tornar estúpido. Espero as canções ficarem mais desafinadas e as palavras arrastadas. Espero. Aprendi a fazer isso e sei fazer bem. Pela janela entra ar puro. Saio por ela e pulo sem fazer barulho. Meu filho não vai morrer aqui, entre os inimigos do povo. Giro ao redor do celeiro até o lado oposto ao do acampamento. Acostumo meus olhos ao escuro e procuro o cavalo de João. Está amarrado ao tronco de uma árvore, atrás da casa. Ele me espera. Vou ao encontro dele caminhando com as mãos e os pés. Acalmo-o com sussurros e lhe agradeço, depois o solto e o conduzo alguns passos além. Ele não faz barulho. Ele sabe o que estou fazendo. Monto nele na noite escura e tiro seu freio, a sela e as rédeas. Caminhamos em direção à floresta, rumo à casa que eu vi. Há poucas estrelas esta noite, mas serão suficientes para me guiar. Quando descobrirem que fugi, mandarão os soldados me procurar, mas, antes disso, precisam voltar a ficar sóbrios. Estou livre. Livre. E desta vez não me pegarão. Sinto uma euforia que tenho de controlar. Faço o cavalo se mover no mesmo passo. Já chegamos à floresta, e a casa deve estar próxima. Os pássaros noturnos movem folhas e galhos. O cavalo está tranquilo. Precisaria de um facão para cortar os arbustos. Os espinhos do pau-brasil machucam meu rosto e se enroscam no poncho. Deito-me no cavalo, protegendo sua coluna, e o acaricio, confortando-o e confortando-me. A casa deve estar próxima. A luz da Lua se difunde pouco a pouco, depois as árvores se tornam mais escassas e enxergo melhor. A casa. Uma construção de madeira com uma chaminé de onde sai fumaça. Então está habitada e devo correr o risco. Sem recuperar as forças, não chegarei a Lages. Bato na porta e espero, aguardo, preparando-me para fugir. Ouço um rumor e depois vozes. Talvez a abram com uma espingarda na mão e disparem sem olhar meu rosto.

A porta se abre e aparecem duas mulheres. Não carregam uma espingarda, somente uma lanterna. Sinto o estômago se contrair e uma ânsia de vômito me faz murmurar:

– Por favor, me ajudem!

Apeio do cavalo e nada mais consigo falar, tamanho o cansaço. Vejo os vultos assustados das mulheres. Lembro só agora que pareço um homem. Então ergo o poncho e abro o pedaço de espartilho que sobrou, e os seios, antes esmagados, se soltam.

– Ah... Você é... a Aninha.

– Ana Jesus Ribeiro... a mulher de Garibaldi.

– Sou a Anita. Sim.

– Entre, rápido.

A lanterna ilumina um cômodo acolhedor, bem como as brasas do fogo onde há um caldeirão. Não pergunto como sabem quem sou. Estou tão cansada e, agora que sei que não corro mais perigo, só tenho vontade de dormir. Mas uma das mulheres arrasta uma bacia em frente ao fogo e derrama água nela. A outra prepara a mesa com pratos, talheres e uma sopeira. Devem ser irmãs. Assemelham-se no jeito de se mover e nos olhos, grandes e fundos. Devem ter o dobro da minha idade e não sei quem é a mais nova.

Deixo que façam. Em silêncio, despem-me e depois me dão um pedaço de sabão para que me lave. A água fica escura, e eu arrepiada ao tirar a sujeira da pele e da cabeça. Permito-lhes que me enrolem em uma toalha e depois numa coberta, enquanto o fogo fica mais vivo. Eu também estou viva.

– Benditas – murmuro com a pouca força que me sobrou. – Benditas.

Tomo a saborosa sopa de legumes, a melhor que já comi na vida, e estou certa de que nunca mais esquecerei o seu gosto. Como com voracidade e não tenho ânsia de vômito. Estou cansada, mas tenho que partir. Elas sabem. Colocam o meu corpete e o poncho no fogo, e eu olho queimarem minhas roupas. A melhor coisa. Antônia me traz roupas que creio terem sido de seu marido. Um par de calças, uma camisa leve, um poncho verde e um chapéu. É viúva, sua irmã Benedita também.

– Tome cuidado. O povo daqui é todo contra os revolucionários. Prefere a ditadura à luta. É gente pobre e tem medo. O exército não perdoa. O medo mata mais que os fuzis.

– Obrigada... Vou me lembrar de vocês para sempre. Obrigada.

– Não fizemos nada importante. Não corremos perigo; somos somente duas mulheres.

Sorrio e as abraço. Benedita deu feno e água ao meu cavalo. Antônia acaricia meu rosto e depois sussurra:

– Você está esperando um bebê?

– Sim, está aqui.

Abraça-me de novo e suas palavras fazem renascer a esperança. Monto meu cavalo e me despeço com a mão. Depois, sigo em direção à floresta. Somos eu e meu animal e me concentro para que nos tornemos uma só coisa. Deixo-me guiar pelo seu instinto e tento permanecer acordada. Penso em meu filho. Em Giuseppe, que será um bom pai e que lhe dará força e carinho nessa revolução que não será infinita e que é justa.

Algo me assusta. Um ruído forte como um trovão. Levanto-me e tento entender de onde vem, até que um novo ruído de cachoeira o revela. Um rio. Impetuoso e cheio. Corta a floresta e talvez eu deva descer ao longo de sua margem para encontrar passagem. Depois, de repente, algo se move entre as árvores. Saem imediatamente, armados, e entendo que é uma armadilha. As pessoas das quais falavam Benedita e Antônia. Raiva não é medo. A raiva é somente a cólera que se desencadeia. Então, quando eles gritam para eu parar, aperto os calcanhares na barriga do cavalo e o exorto ao galope na direção deles. A noite me ajuda e a Lua está coberta por pedaços de nuvens. Gritando, galopo rumo ao grupo de homens que não tiveram tempo de mirar. Ouço-os invocar os espíritos e, então, rio, rio de escárnio e de desprezo, depois viro o cavalo e me dirijo ao rio. Antes que me sigam, já estou na água, agarrada ao rabo do cavalo que me leva à outra margem. Uma correnteza me arrasta para o fundo, mas as mãos estão firmes no rabo, e o cavalo pronto para me puxar. Na borda vomito água e sopa; uma pena pôr para fora a pouca comida que me foi oferecida. Depois, monto no cavalo e mergulho novamente na floresta.

Desta vez não consigo permanecer acordada. Quando reabro os olhos, o sol está alto e vejo de longe um grupo de cavaleiros. Giuseppe está com eles.

Desço de Salvador, assim chamo o cavalo do traidor João, e me estendo na terra, beijando-a.

20

Janeiro-julho de 1840 – Vacaria – Lages – Lagoa dos Patos, Brasil

Giuseppe e eu somos os primeiros a reconhecê-la, enquanto você galopa em nossa direção. Olhamo-nos. Depois os outros homens também percebem um cavaleiro que se aproxima. Todos esperam a mesma coisa, e todos sequer ousam entender. Quando reconhecemos você, damos um grito.

Durante os quatro dias que você ficou desaparecida, Garibaldi parecia enlouquecido. Obrigou-me a contar-lhe mil vezes o que havia acontecido. O que você estava fazendo. Como vi você cair. Se parecia ferida. Como o meu cavalo foi morto enquanto eu tentava ajudá-la. Como me salvei, fingindo-me de morto. Como o encontrei e os poucos sobreviventes na floresta onde tinham se refugiado.

Ouvi-o contar mil vezes o que ele fizera. Como tinha procurado você inutilmente entre os mortos, a cada minuto mais desesperado. Como teve que se afastar para não ser massacrado com os sobreviventes. Como tentou ficar próximo ao local da batalha até quando foi possível. Suportamos todo o seu humor nesses dias. E respeitamos a sua dor, com poucas esperanças.

"A esta altura..."

Só isso diziam os homens. E, depois, cada um acrescentava o seu pensamento. Sem expressá-lo em voz alta, como se silenciar pudesse exorcizar tudo. A esta altura é um cadáver. A esta altura foi capturada e é uma mulher na mão de um exército inimigo, seria melhor que estivesse morta. A esta altura, se estivesse somente ferida, não teria sobrevivido. A esta altura, mesmo que tenha conseguido fugir, a floresta a engoliu.

"A esta altura..."

No entanto, agora você está aqui, tomando café. E se alguém, você, em primeiro lugar, ainda duvidasse dos sentimentos de Giuseppe, agora teria certeza. Ele ama você, Aninha. Ama você. Percebe-se pelo jeito como a olha, acaricia seus cabelos, fala em voz baixa, abraça sua cintura, enquanto vocês se retiram para a cabana que de novo não é só dele, mas de vocês.

Eu fico olhando o rio lamacento que você atravessou a nado. Avisto na outra margem movimentos de tropas imperiais. Estão a dois passos de nós, e nós ficamos em poucos e mal armados. Seguimos para Lages, onde esperamos encontrar comida, mas nosso moral está arrasado.

Faz cinco anos que esta guerra derrama sangue e devasta o Rio Grande. O povo está começando a ficar cansado, a querer paz e tranquilidade.

Quando chegamos à cidade, a acolhida é bem diferente da que tivemos da outra vez. Nada de aplausos; nada de pessoas ilustres ou mulheres que a presenteiam com vestidos, xales e sapatos novos.

Giuseppe tinha razão: não hesitaram em nos dar as costas. As pessoas pobres temem represálias, e os ricos estão do lado do imperador. Apoiavam-no mesmo antes e nos acolheram bem só por medo. E agora, sempre por medo, fugiram, abandonando seus armazéns cheios de mercadorias. Nós os saqueamos antes de nos movermos novamente, pegamos o que serve e deixamos o resto à população que sobrou.

Saímos da cidade, e, estranhamente, você vai atrás de todos nós. Justo você, que sempre cavalga orgulhosamente na frente, perto do seu Giuseppe. Quando chega à saída da cidade, na praça onde as autoridades tinham nos acolhido, você para, mexe em uma das bolsas amarradas à sela, pega um embrulho e joga-o no chão.

Reconheço o que há nele: o vestido de musselina, o xale e os sapatos. Então você começa a caminhar por cima de tudo com o cavalo, dando voltas, pisando, até o vestido, o xale e os sapatos se misturarem à lama e ao estrume em que o animal afunda as patas. Depois alcança Giuseppe na fileira da frente.

Dirigimo-nos ao quartel-general do exército republicano, percorrendo um caminho estreitíssimo na floresta. Somos atacados várias vezes pelos habitantes do lugar, pois, a esta altura, somos inimigos, inclusive deles, não só do exército imperial. Não se trata de batalhas propriamente ditas, não poderíamos enfrentá-los, mas de emboscadas, perigosas por outros motivos. Os alarmes falsos nos mantêm apreensivos.

Aumentam os desertores em nosso exército; passamos fome.

Quando chegamos ao quartel-general, estamos realmente uns farrapos, uns trapos.

Entramos, e vejo pela primeira vez o chefe de todos os revolucionários, Bento Gonçalves. Discursa para um grupo de pessoas. Está montado em um cavalo escovado e nutrido, com o pelo brilhante e o rabo trançado como se fosse a um desfile. Ele, então, está limpo, é elegante, distinto, rico, refinado.

Ouço suas palavras:

– Nós somos o corpo e a alma do Rio Grande. Estamos apaixonados e dedicados à causa de sua independência e da República...

Certamente não é um farrapo. Não creio que tenha combatido na lama, na poeira, passando fome, sede, frio no inverno e calor no verão.

Ouço uma voz ao meu lado:

– Quando eu morava no Rio, via-o sempre num café tomando vinho europeu com os ricos como ele – fala um velho rebelde. – E nós sobrevivemos até ontem à base de raízes e água suja e teremos sorte se matarem um boi e nos derem um pouco de carne crua para comer.

Depois, cospe no chão. Não me espantaria se amanhã não o víssemos mais, se tivéssemos de contá-lo entre os desertores. E não seria algo desprezível, se acontecesse.

– ... Seremos sempre guiados pelas paixões que tocam nosso coração...

As palavras de Bento, por mais gritadas que sejam, soam vazias, cascas cheias de podridão. Enquanto ele fala, sinto-me todo dolorido depois de dias montado em um cavalo e noites dormindo no chão. Minha perna dói, meus braços estão rígidos de tanto esforço para manter as rédeas da mula que leva minhas ferramentas, meus olhos estão queimando, tenho fome, sede, sono.

– ... Nossa bandeira... a República... não se rendam... combatam...

As palavras de Bento parecem cada vez mais um ruído sem sentido.

Recordo-me da opinião de Garibaldi sobre Bento uma noite, ao redor do fogo onde se reuniam você e mais alguns poucos que estavam ali. Palavras que nunca pronunciaria diante da tropa.

– Bento é uma pessoa digna da máxima estima. Mas tem o defeito de muitos ricos: falta-lhe poder de decisão e capacidade de resistir.

Olho para ele enquanto fala. E aquele seria o nosso chefe? Vejo os mesmos pensamentos no rosto de quem me rodeia. Inclusive no seu.

Já é claro que nossa causa está perdida, que fomos vencidos. Mas, mesmo se não fosse assim, com um chefe como ele, o que mudaria para nós, farrapos, para nós, pobres? Acho que nada. Continuariam a mandar os que têm dinheiro. Os mercantes ricos de Lages, assim como os do Rio.

Entendo os desertores. Não me pergunto por que não os sigo; sei muito bem. Não porque quero libertar o Rio Grande. Já entendi que mudaria muito pouco. Não por honra. Isso é coisa de gente rica. Para aqueles como eu a honra é um luxo que não nos cabe. E nem porque espero, por um milagre, que você possa me amar, virar minha mulher, viver comigo. Sei que isso nunca acontecerá. Nem se Giuseppe morresse amanhã. A sua amizade, sincera e preciosa, é tudo o que eu posso ter. E então? A resposta é simples. Faço isso porque não posso deixar de fazer. Porque me afastar de você me faria infeliz. Não é uma escolha. Uma escolha comporta sempre pelo menos duas alternativas. Eu vejo só uma.

À noite, ao redor do fogo, começa-se a falar de um ataque a São José do Norte. Uma cidade fortificada nas mãos dos imperiais, onde há muita comida, armas e munições. Importante, pois se trata de um porto com águas profundas para os navios.

– Poderemos receber reforços dos países europeus – diz Garibaldi.

Há uma guarnição de seiscentos soldados. Giuseppe pede que eu verifique as armas dos homens.

21

Julho de 1840 – Lagoa dos Patos, Brasil

Os enjoos nunca passam. Ondas de mal-estar vêm do estômago e vão até a cabeça e as pernas. Então tenho que me sentar, respirar fundo, ou vomitar. Giuseppe às vezes me segura e me mantém erguida a cabeça, depois me apoia as costas até que a ânsia passe. Agora minha barriga está aparecendo, preenche as calças e infla os vestidos. Nos dias quase ociosos de Malacara, enquanto Giuseppe tem continuamente reuniões com os chefes da revolução e treina homens, começo a costurar e penso em minha mãe, de quem não tenho notícias há meses; penso em quando me ensinava a fazer os pontos, e eu, distraída pelo desejo de montar a cavalo e correr na praia, fazia tudo errado e me recusava a continuar. Sorrio. São sempre lembranças que não fazem mal.

Olho a lagoa habitada por lindos patos e costuro roupas para mim e para o bebê. Sinto-o mexendo-se sempre e minha barriga endurece em certos pontos. Giuseppe diz que está aprendendo a andar a cavalo, assim, quando nosso filho nascer, não terá que aprender comigo. Às vezes, parece que o vejo já grande no reflexo do sol na água, correndo até mim e dizendo: "Mamãe, olhe quantos camarões eu peguei! Sou esperto, mãe." Comovo-me ao ouvir sua voz sem som; sinto algo tão intenso que é difícil não chorar.

Na porta da cabana onde moramos, pendurei um sino de conchas; quando o vento sopra, elas soam e me fazem companhia. Agora as conchas estão soando, mas o vento está parado. A sombra de Miguel está à porta. O sol impede que o veja.

– Aninha... olhe quem veio visitar você.

Afasta-se e deixa entrar um homem. Não um homem qualquer. É difícil convencer-me de quem está ali. Ele. Miguel ri do meu desconcerto.

– Senhora, vim sem me anunciar, porque Garibaldi insistiu. Mas acho que fiz uma bobagem. Meus parabéns à senhora, exemplo de coragem e de grande virtude. O povo está orgulhoso de tê-la entre os seus melhores soldados – vira-se e ameaça sair. Levanto-me rapidamente da cadeira, e a agulha de costura fura minha mão. Grito e ele para. – Não se sente bem, senhora?

Miguel corre ao meu lado e entende o que aconteceu. Ri.

– Presidente, sente-se, por favor.

Bento Gonçalves, o presidente da República Rio-Grandense, em pessoa. Parece um sonho. O homem que representa a esperança de nós, combatentes, que sustenta a luta com dinheiro e encorajamento, que quer nossa terra livre do estrangeiro opressor. E assim mesmo nunca confiei totalmente nele. É rico, e acho que nunca trabalhou, e quem nunca curvou as costas segurando uma enxada não conhece o sabor do suor. Assim dizia tio Antônio, e concluía sempre batendo o punho na mesa, e depois mostrava sua mão cheia de calos e feridas.

Bento se senta próximo à janela, na minha frente. Miguel gesticula para que não me levante. Ele irá preparar o mate.

– Há uma batalha a organizar... Vim falar com Garibaldi e soube da bela notícia. Não se preocupe, ela vai deixá-la por pouco tempo! – acena para a minha barriga. Eu concordo. Não sei bem o que deveria dizer. Sinto-me um pouco desajeitada, como quando meu pai falava sobre mim a estranhos em minha presença. Miguel chega com o mate, ergo a cabeça e lhe sorrio. – Garibaldi escolheu bem... E pensar que anos atrás... enfim, quase me tornei seu sogro... Minha filha Bianca tinha se apaixonado por ele. Giuseppe, porém, se comportou realmente como um homem honrado. As mulheres são atraídas por ele como as abelhas por mel.

Toma um gole do mate e ri de suas palavras. Eu sinto meu coração acelerado. As mulheres... atraídas por ele... Que mulheres? Não entendo. Nunca pensei em outras mulheres com Giuseppe. É verdade que, às vezes, noto olhares admirados das senhoras e moças, enquanto caminhamos ou cavalgamos juntos, mas nunca dei muita importância. Temos muitas coisas em que pensar e outras tantas a fazer. Ele me tem. Fazemos amor sempre e com muita paixão. Pelo menos antes que eu ficasse assim. Olho minha barriga e sinto uma ânsia subir à minha garganta. Que diabos estou pensando? Como assim? Tenho um filho dele na barriga. E fiquei menos forte, menos bonita. Mas luto com ele e com os outros homens. Miguel não tira os olhos de mim. São olhos gentis, que tentam me consolar.

Por quê? Não quero nenhum consolo. Giuseppe. Giuseppe me ama. Como poderia ter outras mulheres? Eu sou todas as mulheres.

O nó no estômago não se desfaz.

– Não quero incomodar, Anita. Você é a filha mais ilustre da revolução. O povo lhe será grato.

Levanta-se e caminha com elegância em direção à porta. Eu permaneço sentada sem falar, enquanto Miguel o acompanha.

Deixo cair no chão a coberta de lã que eu estava terminando de costurar e me levanto de uma vez, embora a cabeça pareça vazia. Nunca senti nada semelhante a isso. Estou com medo, raiva, tristeza. Giuseppe é meu. Eu sou todas as mulheres. O que está acontecendo? Saio da cabana, e o céu está cheio de nuvens escuras. Giuseppe me cumprimenta da rua com o braço erguido. Cavalga seguro, o tronco ereto, a cabeça reta. Um verdadeiro cavaleiro. Lindíssimo. As mulheres são atraídas por ele. Minha cabeça roda; agarro-me ao tronco de uma árvore.

– Meu amor... como você está? – sua voz é gentil. As mulheres são atraídas por ele. – Tenho que partir, Ana. Você fica aqui. Decidimos atacar São José do Norte. A cidade tem um porto ideal para os navios e remessas de armas e munições. O presidente prometeu que mandará outros homens.

Ouço-o, enquanto acaricia minha barriga e beija meus cabelos ainda curtos para que eu me assemelhe vagamente a uma das mulheres que são atraídas por ele.

Entro na cabana e preparo calças e poncho. Minha pistola e minha faca estão com Miguel.

– Quando partimos?

– Não, Anita. Você não vai desta vez.

Olho-o nos olhos e, por um instante, o odeio. As mulheres são atraídas por ele enquanto nós combatemos e nos arrriscamos a morrer por elas e por seus filhos.

– Quando partimos, Giuseppe?

Sua voz se altera:

– Você não pode. Não desta vez. Você está grávida e não se sente bem. Raciocine, Anita. Mulheres grávidas não vão lutar.

Eu sou todas as mulheres.

Continuo a me preparar. Uma coberta, farinha de mandioca, um cantil, bandagens e terebintina. Sinto que Giuseppe bate com força uma cadeira no chão e, depois, faz-se silêncio. Não sei o que se passa comigo, mas nunca permitirei que as mulheres sejam atraídas por ele sem que eu as veja.

Chamo Salvador e sinto as lágrimas que não escorrem; verifico suas patas e lhe dou água.

– Aninha... não faça isso.

– Miguel... foi ele quem mandou você? – está quieto. – Foi Giuseppe que o mandou? Pois bem, não vou mudar de ideia.

– O que é isso, Aninha? Tem de pensar na criança.

Não sei o que tenho. A criança está comigo, eu sei que está bem e que a protegerei. Não sou como todas as mulheres, e esta é a minha dor. Gostaria de ser todas as mulheres, mas não sou como muitas delas. Cavalgar para mim é como passear debaixo de uma sombrinha.

– Vou com vocês, e pronto.

– Você está com ciúmes. Por aquela bobagem que o presidente disse. Eu sei. Mas você não precisa ter medo. Giuseppe ama você. Ama você de verdade.

Sim, ele me ama de verdade. Eu sei. Mas há algo que não compreendo e eu tenho que ir atrás disso. Não posso ficar aqui enquanto Giuseppe vai tomar outra cidade. Sei bem o que fazem os homens quando conquistam um lugar. Giuseppe sempre foi correto, mas... eu tenho que ir com ele, tenho que vê-lo e ouvi-lo falar. Caso contrário, morro. Digo isso a Miguel. Morro.

Sinto que se afasta. Não pode dizer nada contra minhas palavras. Conto com seu amor grande e belo e, muitas vezes, me aproveito disso e me envergonho. Gotas de chuva caem sobre minha cabeça. Arrumo o chapéu. Monto a cavalo e alcanço os homens já prontos para partir. Giuseppe vira a cabeça em direção a um oficial e não me cumprimenta. A chuva se torna mais grossa, e nós começamos a descer pela colina. A água se mistura, enfim, a algumas lágrimas.

22

Julho-setembro de 1841
São José do Norte – São Simão, Brasil

Estamos cavalgando há oito dias. Oito dias infernais, durante os quais percorremos quase duzentas milhas sob uma chuva que o vento gélido faz penetrar até debaixo dos ponchos. À noite, organizamo-nos como podemos, montando o menor número de barracas possível, ao redor de pequenas fogueiras que mais enfumaçam do que aquecem, por causa da lenha molhada.

Olho você enquanto cavalga, a única mulher no meio de mil e duzentos homens. Você não quer privilégios, não reclama, age como todos os outros. O único sinal de desconforto, não de dor nem de sofrimento, é um gesto comum a todas as mulheres grávidas. Assim que você desce do cavalo, apoia as mãos nos rins, como se sustentasse melhor o peso do ventre.

Vejo o espanto no olhar dos homens quando você passa perto deles. Porém há algo mais. Tenho certeza de que eles sentem por você não somente a deferência obrigada e forçada por você ser a mulher do chefe, mas, sobretudo, uma estima profunda e respeito por aquilo que você está fazendo, embora nem todos apoiem.

De repente, um canto do forte aparece diante de nós, não muito distante.

Chegamos.

Giuseppe dá algumas ordens em voz baixa. Preparamo-nos para o combate.

– As cargas. Verifiquem as cargas.

A pólvora deve estar seca, se queremos atirar. Intervenho em alguns casos em que é preciso descarregar e recarregar o fuzil. Não é uma operação fácil debaixo de chuva.

Giuseppe, depois de ter dado ordens a todos, se volta para você, que não desceu do cavalo, indicando um grupo de homens, os mais jovens, quase rapazinhos.

– Você vai comandá-los. Devem cuidar dos cavalos.

Vejo que você quer se opor. Garibaldi a olha com severidade. Você ainda parece querer contestar, mas depois suas costas relaxam; você entendeu e se rende. Nas suas condições é impensável se arrastar na lama, subir nos muros, correr, enfrentar um combate corpo a corpo.

Você se dirige aos seus homens, indicando-lhes uma clareira pouco distante:

– Ficaremos ali. Amarrem os cavalos e acendam um fogo. Três de vocês na sentinela.

Nós partimos. Garibaldi ordenou que eu vá com eles. São José do Norte está cheia de soldados e nos depósitos e armazéns há armas e munições. Temos que levar o máximo possível, se conseguirmos conquistá-la. Será minha tarefa organizar a escolha, a carga e o transporte.

À noite, movemo-nos lentamente em direção aos muros. Continua a chover e a fazer frio. Batemos os dentes e o som parece quase um rumor infernal, capaz de acordar mil sentinelas. Mesmo assim, avançamos. Debaixo dos muros, subimos uns nos ombros dos outros, verdadeiras pirâmides humanas. Em alguns minutos, estamos nos espaldões. Poucos disparos secos. As sentinelas se retiraram do combate. Os primeiros que entram, atirando sempre e usando os sabres, descem para abrir o portão pesado. Em pouco tempo nos espalhamos por todos os lugares. Uma hora depois, somos donos das trincheiras de quase todos os fortes, praticamente da cidade toda. Os homens já estão convencidos da vitória.

E tudo deixa de funcionar. Muitos, vários de nós, começam a gritar, descarregam as armas no ar e, convencidos de nada haver mais a temer, param de combater, entregam-se ao saque. Como em Imaruí. Pior que em Imaruí.

Arrebentam portas e vitrines das lojas elegantes da cidade, livram-se das roupas sujas, rasgadas, ensopadas e vestem as roupas novas e secas que encontram. Roupas elegantes, de ricos, não de farrapos. Alguns começam a andar com fraques maiores que eles, uma cartola na cabeça e uma espada na mão. Depois é a vez da comida engolida aos montes por gente que há meses sente fome. E, sobretudo, começa a circular o álcool. As mercearias, os restaurantes, os armazéns são saqueados sistematicamente. Em pouco tempo, quase todos os nossos homens estão caindo de bêbados.

Repetem-se cenas que já vi. Garibaldi corre de um grupo a outro, grita, exige, ordena, ameaça, bate, golpeia com o verso do sabre. Tudo inútil. Os saques e os excessos continuam, desenfreados.

Em determinado momento, ouvimos uma descarga de fuzilaria. Depois outra. Corremos alarmados na direção do barulho.

Numa esplanada, um grupo de soldados bêbados mantém sob a ameaça das armas uns vinte soldados imperiais e civis. Outro grupinho, numa grotesca imitação de um pelotão de execução, está fuzilando um por um. Quatro corpos jazem na calçada manchada de sangue. Contra o muro agora há um rapazinho muito jovem, com o rosto aterrorizado e coberto de lágrimas. Ainda está vivo porque os homens estão tão embriagados que têm dificuldade para recarregar os fuzis, e o único que atirou não conseguiu atingi-lo.

Garibaldi, com um grito, intervém. Ameaça com o sabre, e o revólver dispersa o improvisado pelotão de execução. Consegue afastá-lo. Pego o rapaz pela mão e o levo a um local seguro. Não é um soldado. Treme, balbucia palavras sem sentido.

Olho bem para ele. É muito jovem.

– Quantos anos você tem?

A resposta é um sopro:

– Doze.

Olho Garibaldi, que ouviu. Imagino seus pensamentos, pois são também os meus. Reduzimo-nos a isso? Mas que gente somos? Os libertadores? Os democráticos?

Os imperiais contra-atacam. Aproximam-se na primeira luz da manhã. Centenas deles. Os navios do porto começam a atirar em direção às áreas da cidade que pensam estar em nossas mãos.

Garibaldi procura os poucos comandantes e soldados ainda em condições de combater. A ordem é reunir nossas tropas e bloquear os imperiais. Corremos de todos os lados para encontrar os homens. Inútil. Nossos soldados ainda estão embriagados, cheios de objetos de todos os tipos, roubados nas casas, o que lhes atrapalha os movimentos. Muitas espingardas não servem mais, com a coronha e o cano danificados depois de usados para golpear as portas.

Os imperiais avançam. Começam a rastrear as ruas. Atiram em todos os homens que parecem farrapos, sem encontrar resistência. Um massacre. Garibaldi, quando vê que tudo já está perdido, grita uma ordem para mim e os poucos homens que restaram:

– Vamos para o forte grande, o do Imperador. Está em nossas mãos. Vamos pegar todas as munições que pudermos e sair desta armadilha.

Precipitamo-nos rumo ao forte, uma dezena de homens com poucos cavalos.

Não conseguimos chegar. Um estrondo terrível, surdo e obscuro golpeia o ar. A terra treme, e o forte desaparece diante de nossos olhos numa nuvem de chamas, fogo, destroços e escombros projetados no ar em todas as direções. Entre eles, dezenas de soldados nossos volteiam no ar, com as roupas em chamas, como macabros fogos de artifício. Os que ainda não estão mortos não sobrevivem à explosão no terreno. Ouço uma risada forçada ao meu lado. Um dos homens está olhando o desastre.

– Algum imbecil foi fumar onde não devia.

É provável, considerando que o forte também devia estar cheio de bêbados. Retiramo-nos. Ao meio-dia está tudo terminado.

Quando chego aonde tínhamos deixado a retaguarda, procuro você com o olhar. Seus olhos brilham. Você se aproxima, toca meu braço, seu modo gentil de dizer que está feliz por me rever. Quando você fala, parece ler meu pensamento:

– Depois de Imaruí, São José do Norte. Nunca aprenderemos.

Não respondo. Só aceno com a cabeça.

Um pouco mais distante está Garibaldi com a cabeça inclinada, em silêncio. Não é preciso muito para adivinhar seus pensamentos. Está certo de que em nosso exército há idealistas, pessoas de bem, gente que acredita realmente na causa da independência do Rio Grande. Mas mais ainda há os aproveitadores, aqueles que só pensam na vantagem pessoal. E muitos deles são delinquentes cuja ambição máxima é o saque e a violência.

Somos agora cerca de quarenta homens. Garibaldi nos reúne.

– Iremos para o norte. Vamos procurar um local onde seja possível construir canoas com um tronco só e atravessar para a outra margem.

Uma voz se ergue entre os homens:

– Por que não vamos a pé?

A resposta é calma:

– Está cheio de imperiais que não esperam outra coisa, apenas nos capturar e matar – faz uma pausa. – E entre eles está Moringue.

Um murmúrio corre entre os homens.

Moringue, que rouba os cavalos para vendê-los aos imperiais, que não faz prisioneiros e não deixa testemunhas, que tem uma conta a acertar com Giuseppe, pois uma vez o atacou e saiu com um braço a menos.

De Moringue Aninha não se lembra, pois daquela vez Giuseppe tinha sido pego de surpresa. Em vez de pensar na guerra, pensava na bela filha de Bento Gonçalves. De fato, sempre que Giuseppe toca no nome dele, você se afasta, com a cara amarrada, quase como uma menininha.

Partimos em busca do local onde construir as canoas, atravessando milhas de areias desertas e inundadas pelas chuvas. Após uns dias, paramos em São Simão, na fazenda de um proprietário, simpatizante do imperador, que buscava ali ares mais saudáveis. Há comida, água, cavalos selvagens e gado.

Demoramos pouco para perceber que a ideia de construir canoas é impraticável. Não é fácil; precisamos de ferramentas e conhecimentos que não possuímos. Giuseppe é a única pessoa que não tem dificuldades na água. Todos os outros são gaúchos; é melhor, portanto, que se ocupem de cavalos. E, realmente, conseguem domar e treinar muitos potros selvagens. Eles serão úteis.

Passamos dias tranquilos. A fazenda tem também uma forja. Uso-a para consertar as armas de que precisam.

De vez em quando você vem me ver, conversar um pouco. E você está comigo quando, de repente, ouvem-se rumores, tiros e um grito:

– É Moringue. Moringue chegou.

Estava nos vigiando e escolheu bem o momento em que havia poucos homens na fazenda; a maior parte estava fora, procurando cavalos.

Você, assim que ouve os gritos, toma a minha espingarda e corre em direção à porta. Tento segurá-la. Você grita:

– Meu cavalo também está no curral. Não vai pegá-lo.

Você está furiosa. Você se agita e grita, enquanto tento segurá-la.

Pouco a pouco consigo fazer você me escutar; pensar que está no fim da gravidez, que um tiro de fuzil mataria você e a criança, que é melhor não perceberem que ali, na forja afastada da casa, há somente um manco e a mulher grávida de Garibaldi. Então, nossos homens reagem e Moringue e os seus partem, sem cavalos. O seu também está salvo. Você corre para acalmá-lo e acariciá-lo, falando-lhe ao ouvido.

À noite, quando Giuseppe soube o que aconteceu, reagiu imediatamente.

Pela primeira vez desde que você o conheceu, ouço-o dar uma ordem. Seco, preciso e indiscutível:

– Você vai para Mostardas, uma vila aqui perto, onde há uma parteira. Ela se chama Maria da Costa. É dela que você precisa agora. Não de cavalos, fuzis ou combates.

23

16 de setembro de 1840 – Mostardas, Brasil

A concentração. A dor chega com força, junto com a vontade de dormir. Continuo a vomitar, mesmo com dificuldade, pois não consigo manter a cabeça erguida. Maria solta minha mão e levanta minha camisa até o joelho.

– Estamos quase lá. Coragem; você tem que aguentar e se concentrar.

Lava as mãos mais uma vez. Preparou toalhas de linho e água quente, acendeu o fogo e desinfetou bacias e ferros que nunca vi e que não entendo para que sevem.

A concentração. "Pense em outra coisa", ela diz. Impossível quando a barriga fica que nem pedra e a dor me agita. Penso que só a lâmina de uma espada no estômago produza tanta dor.

Maria me conta de quando ela deu à luz, cinco meses atrás. Teve um menino e fez tudo sozinha. Minha irmã é parteira como ela. Pergunto-me como podem suportar ver as mulheres sofrerem deste jeito. A dor chega dentro do cérebro; sinto todos os músculos se contraírem e se rasgarem em mil pedaços. O suor da testa escorre pela face. Não tenho vontade de chorar, só de gritar, mas resisto.

A concentração. Miguel está do outro lado da porta. Apesar de não vê-lo, sei que está ali. De vez em quando, Giuseppe aparece e, em silêncio, dá um passo, depois vai embora. Dois homens que esperam algo de mim. Aliás, não. Concentro-me. Não. Miguel só quer que eu esteja bem, não quer nada de mim. Nada espera. Só que eu possa voltar a cavalgar e correr na praia. Dou um grito inesperado. Não queria. Agora entendo que o corpo das mulheres é uma coisa à parte. O corpo das mulheres é mais forte que a mente, comandando-a.

Lembro-me de mim pequena nas escadas de casa, a porta fechada, minha mãe gritando e eu tampando os ouvidos com as mãos para não ouvir seu grito cada vez mais forte. Pouco depois, Manuela me disse que tínhamos um irmãozinho. Assim havia nascido um irmãozinho, do grito dilacerante. Eu o odiei porque tinha feito minha mãe sofrer daquele jeito. Manuela me explicou que era normal, porque não tinha espaço para sair. Todos temos de encontrar um espaço e para isso fazemos os outros sofrerem? Manuela, na época, não respondeu. Nunca respondeu àquela pergunta e talvez ainda esteja pensando nela. Desde então, estou sempre buscando o meu espaço, mas me controlando para não causar sofrimento aos outros. Talvez, por isso, tenha aceitado me casar com Duarte, visto que minha mãe fazia tanta questão. Eu tinha 14 anos e, ao ouvir "Aninha, não me parta o coração", pensei que era melhor a minha morte que a de minha mãe, pois um coração partido não pode mais ser consertado.

Sinto o líquido sair do meu corpo. Maria corre para me limpar as coxas. Seus olhos estão embaçados, e ela me parece um espírito sem corpo. Diz:

– Força, Anita. Agora faça força – coloca-se na cama diante de mim, agachada, afasta minhas coxas e, na dor que me sacode, vejo um dos ferros brilhantes entre suas mãos. Não resisto; tenho de gritar. Concentração. Giuseppe perto da fonte, a luz da Lua na água, e seu rosto lindo, e seus olhos maravilhados. "Tenho o céu para lhe oferecer, o mar por onde navegaremos e minha espada para protegê-la. O meu amor para sempre. Só tenho isso." – Anita, estou vendo a cabeça do bebê. Descanse um pouco.

Queria lhe dizer que não quero descansar. Vamos acabar com tudo o mais rápido possível, agora que a criança quase chegou. Ela enxuga o meu suor com um pano molhado. Sinto o perfume de lavanda.

– Você é forte e corajosa. Deve fazer o que eu digo, está bem? Agora seu filho precisa de você.

Então, faz com que me erga sobre os travesseiros e posiciona minhas mãos na borda da cama, dizendo para me agarrar forte como se fosse mergulhar no vazio e só aquilo pudesse me segurar. Sua testa alta é o espaço no qual me concentro. Não devo pensar na dor que atravessa o meu corpo. Meu filho precisa de mim. Meu filho. Meu e de Giuseppe. Um amor para sempre. Um sentimento forte. Um desejo distante, pois já vi você nos sonhos e no horizonte. Um desejo que agora se realiza.

Quando você pede, eu faço força e aperto as barras da cama até não sentir mais as mãos; ela grita:

– Muita bem, Anita, muito bem. Força, empurre assim, mais um pouco, o nenê está vindo, empurre... – ouço sua voz distante, enquanto o meu corpo se dilacera e penso que vou morrer. Depois, fecho os olhos e sinto a barriga se esvaziando como um balde virado no chão. Quando reabro os olhos, ouço o choro de alguém e depois vejo em meu seio a cabeça vermelha de sangue de meu filho. Maria me olha com olhos reluzentes. – É a coisa mais emocionante que possa existir no mundo. Muito bem, Anita, abrace o seu filho. É um menino. Giuseppe vai ficar contente.

Em todos esses meses, pensei frequentemente nele como um menino, embora esperasse que fosse uma menina. Giuseppe me dizia que ele não se importava, mas eu sabia e sei que um menino o orgulharia mais. Nisso todos os homens são iguais.

Ela lava o meu corpo; eu acaricio a criança. Está lisa como um peixe. Escorrem-me lágrimas de não sei o quê. Olho as mãos minúsculas, os olhos fechados e a pele enrugada, e me parece o bebê mais bonito do mundo, e também parece que o conheço desde sempre. Alguém já conhecido. Maria me fala das mulheres que ajudou a parir e que nunca irá se acostumar à exaltação que acompanha um nascimento.

– Giuseppe...

– Agora vou chamá-lo. Está ali arrastando os pés como um potro. Mas antes vou lavar o bebê, e você troque-se – a camisa da cor do mar está pronta sobre uma cadeira. Visto-a. Depois me estendo sobre o lençol limpo e Maria me cobre com uma coberta, apoiando o bebê em meu braço. Sinto um puxão no seio. Maria pôs a boca do bebê em meu mamilo. Sorri. – É um bebê esperto. Entendeu como se faz para viver.

Vejo Giuseppe com a face transtornada, como se tivesse acabado de voltar de uma batalha extenuante.

– Meu amor... você está linda.

– Giuseppe...

Atrás dele, Miguel, a dois passos de distância. Aceno para que se aproxime, mas ele não se move. Giuseppe me dá um beijo. Depois, pega o bebê nos braços, muito desajeitado. Ele chora. Eu sorrio. Tenho todos os homens que amo aqui comigo. Tenho sorte.

– Você vai se chamar Menotti. É meu filho adorado, filho da vitória.

A voz de Giuseppe parece truncada. Sei quem era Menotti. Um amigo dele na Itália, enforcado na praça de sua cidade. Giuseppe me conta sempre que, antes de morrer, ele havia escrito para a esposa, pedindo para que ela contasse a seus filhos o amor que ele sentia pela pátria. E sei também por que o chama filho da vitória. Depois da batalha de Santa Vitória, fizemos amor muitas vezes, e Menotti foi gerado ali.

– Olhe, Anita, ele tem uma cicatriz na testa – ergo-me preocupada.
– É a recordação de quando você caiu do cavalo.

Meu amor ri e eu também. E ri também Miguel, com os olhos tristes.

24

Dezembro, 1840 – Serra das Antas, Brasil

Percebo que nunca pensei em você com um filho. E lá está ele, pequeno, pronto para sugar seu seio, abrindo e fechando as mãozinhas.

Você está diferente agora que é mãe. Tem olhares mais doces, mais tranquilos, mais tristes. Mudou até de cheiro. Como se você e Menotti fossem uma coisa só.

Vê-se o quanto você está mudada por sua atitude em relação à situação que se criou entre nós, farrapos, e o império. Vejo você apartada, afastada, como se isso fosse uma coisa muito distante da sua vida. A Aninha de um tempo teria discutido, brigado, gritado, insultado. A terrível e estúpida derrota de São José do Norte mudou completamente as cartas da mesa; a revolução faliu e agora teremos que tomar decisões dolorosas.

O cansaço pela guerra é geral. O povo está cheio de tanto sofrimento, mortes, privações, saques, um comércio capenga, em que falta tudo. Quer tranquilidade, paz, segurança. O governo do Rio de Janeiro percebeu a situação e quer tirar vantagem dela. Todos os dias chegam notícias novas, e todos as discutem. Li e reli mil vezes os jornais e os documentos do governo aos nossos companheiros, explicando-os, comentando-os, discutindo-os.

Sim, na capital há um novo governo que nos propôs uma trégua.

Não. Não se concede a independência ao Rio Grande. Só mais autonomia.

Sim, é verdade. Para todos nós que combatemos haverá anistia. Poderemos ir aonde quisermos, sem problemas.

Sim, claro. É preciso depor as armas. Parar de combater, render-se.

É verdade. Se fizermos isso, teremos combatido inutilmente por cinco anos.

Sim. Um exército inteiro de milhares de homens está marchando em nossa direção.

Sim, nos últimos dias muitos de nós foram embora.

Sim, não somos capazes de enfrentar os imperiais numa batalha. Eles nos destruiriam.

Não. Giuseppe Garibaldi nunca se renderá. Nem Bento. Propõe que nos retiremos pela floresta das Antas até encontrarmos territórios mais seguros e decidirmos com calma o que fazer. Partiremos nos próximos dias.

Sim. Será difícil. Serão necessários três meses, quase o inverno inteiro, para percorrer toda aquela estrada a pé, atravessando uma serra desabitada.

Sim. Também partirei. Por quê? Não saberia mais aonde ir.

A coluna é longuíssima. Homens, mulheres, crianças, cavalos, mulas carregadas de armas, munições, víveres, todos os bens das famílias. Até uma máquina de impressão. Servia para imprimir o jornal dos revolucionários, "O Povo". Não acredito que será usada; acho que será abandonada logo.

Os imperiais decidem dificultar nossa vida desde o começo. Assim que partimos, surge novamente Moringue, atacando a retaguarda da coluna e matando um querido amigo italiano seu e de Giuseppe: Rossetti.

Vejo você chorar. Era afeiçoada a ele.

Giuseppe está orgulhoso de como ele morreu. Faz dele um exemplo. Com a espada em punho, ferido, incitou até o último de seus homens antes de cair, atingido por uma lança.

Afasto-me. Começam a me incomodar essas histórias de heróis e heroísmos.

Olho a coluna que, neste momento, está parada, depois de uma dura jornada de marcha, e penso que será muito mais heroico o comportamento das mães que precisam manter vivos seus filhos nesta retirada cada dia mais desastrosa.

Penso que muitos de nós não sobreviveremos. E que talvez Rossetti tenha até tido sorte. Morreu depressa, como herói; todos se lembrarão dele nas histórias ao redor do fogo, dedicarão a ele uma lápide, talvez um monumento numa praça que ainda não existe, haverá discursos. Mas ninguém se lembrará dos mortos que semearemos ao longo do nosso caminho. Não generais, não heróis, mas homens e mulheres sem nome, com seus filhos.

Todos os dias é a mesma coisa. Caminhamos de luz a luz entre desfiladeiros e florestas, subidas íngremes e descidas escorregadias e perigosas. Prosseguimos lentamente, muitas vezes abrindo a estrada com golpes de facão. Chove. Chove sempre. Um dilúvio ininterrupto que parece nunca terminar. Estamos ensopados. Faz frio. Os rios em cheia dividem a coluna, arrastam homens e animais. Todas as noites falta alguém que não voltará mais.

A lenha está tão encharcada de água que frequentemente não conseguimos acender o fogo para cozinhar. Comemos carne crua e nos deitamos uns abraçados aos outros, tentando compartilhar o calor e aquecer as crianças com nosso hálito.

Nossos animais, vacas, bois, ovelhas e cabras – nossa comida – estão cada vez mais magros. Não há feno, nem pasto. Somente folhas de bambu, que engolem, pois a fome é terrível para eles também.

Depois até o gado termina. Alguns tentam caçar, mas nesta região há pouca caça e, para persegui-la e pegá-la, é preciso ter um cavalo. Muitos de nós não têm.

Em determinado momento, começamos a matar também os cavalos. Eu mesmo mato minha mula e abandono minhas ferramentas. Nas costas não poderia levá-las. Divido a carne com você e com outras mulheres com crianças. Temo estar somente prolongando uma agonia interminável.

As crianças. São elas as primeiras a desistir. Depois de chorar até não aguentar mais, adormecem e as mães não conseguem mais acordá-las. Prossigo lentamente, apoiando-me em um bastão, sem pensar em nada, em onde, em quando, em se chegaremos a qualquer lugar, no que farei, no cansaço, no frio, na fome. Concentro-me somente no próximo passo, depois no próximo e no outro ainda. Meu pensamento não consegue ir além. E é melhor assim. Se me salvar, será também por isso. Fecho o que resta da coluna e vejo os mortos. Muitos.

Sinto algo detonar. Mais uma vez. Bem diante de mim. Aproximo--me a tempo de ver o homem para quem consertei a espingarda antes de partir. O cano da mesma espingarda que agora ele tenta colocar na boca e apertar o gatilho. Na lama e na terra molhada do chão, uma mulher e uma criança. Uma mancha de sangue no peito. Reconheço ambos. Sua mulher e seu filho.

Ele me olha. Corro em sua direção, embora perceba que o cano da espingarda é longo demais. Nunca conseguirá atirar em si mesmo. Ele também percebe. E então, em silêncio, a espingarda é apontada em minha direção. Mas não há ameaça em seus olhos. Somente uma dor tão grande que toca o vazio.

Paro. Entendo o que quer fazer, não como. Como se lesse a perplexidade em meus olhos, extrai com calma o facão afiadíssimo da cintura. Num só gesto, com a mão direita, corta o pescoço. Cai sobre os corpos da mulher e do filho.

Dentro de mim, um soluço sufocado. É você, a pé para poupar o cavalo, um dos poucos que restam. Você viu tudo.

Um vagido fraco chama a sua atenção. Na trouxa disforme que você carrega no braço, entre panos e cobertas encharcadas, está Menotti. Mal se vê o rosto dele.

Você tenta acalmá-lo com sussurros e palavras cujo sentido só existe para vocês. Enfia o mindinho na boca de Menotti, e ele o suga avidamente por poucos segundos, antes de notar que ali não há leite quente. Não chora; está fraco demais.

Você passa ao meu lado sem dizer nada, sem me olhar. Melhor assim. Há momentos em que qualquer palavra ou olhar seria indecente. Nós estamos vivos e quase nos envergonhamos disso, mas vivos queremos ficar.

Dá alguns passos adiante, depois se volta e fixa meus olhos.

– Giuseppe acabou de me dizer que erramos a estrada.

25

1º de setembro-outubro de 1840
Serra das Antas – São Gabriel, Brasil

Todos estes mortos. Sempre. Mortos. Moringue. Até seu nome lembra a morte. Ele nos caça e nos persegue e, para escapar, temos que mudar de estrada, entrar na floresta, sair dela, sofrer com o frio, com a fome. Menotti tem que viver. Há momentos em que viver é tão difícil que penso em me render. Não quero mais temer não dar ao meu filho o que lhe serve para permanecer vivo.

O terror me dominou quando Giuseppe decidiu pedir ajuda a Luigi Rossetti, um amigo italiano dele. Menotti precisava de roupas, e nós, de dinheiro para comprar comida. Tinha partido um dia atrás, quando Moringue com seus homens chegou aos arredores de Mostardas. A chuva incessante dificultava a busca, mas eu sabia que Giuseppe nos encontraria, era só uma questão de dias, talvez de horas. As pessoas dariam as indicações certas. O medo torna os homens covardes e traidores, diferentemente dos animais, que, quando têm medo, fogem, mas não traem.

Maria me dizia que nada ia acontecer, que a fazenda era bem escondida, mas o nenê chorava muito, e eu senti o choro como um presságio. Então, fugi com ele para a floresta, entre os caules altíssimos das árvores da serra, com as copas que se entrelaçam. Enrolei Menotti numa coberta e o protegi com meu poncho. Rumei para o coração da floresta, marcando os troncos com a faca, para não perder o caminho de volta, e encontrei refúgio entre as raízes de duas árvores que haviam se unido. Amamentava Menotti e dormia agarrada a ele. A chuva escorria entre as folhas. O cavalo Salvador, entre nós e as árvores, protegia-nos. Eu não ousava dormir, com medo dos animais. Procurava não pensar em Moringue, não pensar na morte, enquanto ouvia os fuzis dispararem. Depois vinham outros pensamentos. Giuseppe sorrindo para uma moça com vestido rendado e longos cachos negros; Giuseppe segurando uma sombrinha e tocando a mão da moça; Giuseppe falando-lhe da Lua e das batalhas. De vez em quando, minha respiração falhava e Menotti chorava. Comi bagas e raízes e bebi a água da chuva até ela parar e os disparos também, até que a voz de Giuseppe se tornou real. Segui as marcas nos troncos, e a voz dele cada vez mais próxima, mas minha cabeça rodava e Menotti não chorava mais. Então me agarrei a Salvador e consegui montá-lo. Ele me guiou até Giuseppe. Os cavalos salvam a vida mais que os homens. Giuseppe. Depois de ter nutrido meu filho, dormi um dia inteiro.

E agora de novo em viagem, de novo vendo morrerem crianças e mulheres e animais. As mulas estão exaustas, e não há comida. Giuseppe corta bambus para elas; eu vou a pé para poupar Salvador. Crueldade demais para resistir. Perdemos o coração. Não nos importamos mais se uma mulher se estatela no chão, e é difícil sentir dor por sua vida acabada, pelas canções que cantou, pelos homens que amou e pelos filhos que pariu.

Seguimos. Comemos carne crua do cavalo que antes nos transportava, fechamos os olhos ao mordê-la, e as energias são gastas para não vomitar.

Quanto custa a liberdade. Como é cara a justiça, enquanto deveria ser gratuita para os homens. Estou com medo. Medo de que estejamos pagando caro demais. E de que esse preço não seja justo, pois mais cedo ou mais tarde aniquilará nossa alma, se conseguirmos sobreviver.

Bento prometeu a Giuseppe homens, víveres e munições assim que superássemos este trecho de floresta. E então seguimos em frente, mas acho que todos já esquecemos o objetivo. Nosso objetivo agora é apenas sobreviver.

Menotti busca meu seio árido. Não tenho leite. Giuseppe evita me olhar nos olhos por medo de que o acusem. Falta tudo ao nosso filho, assim como às outras crianças, de que poderia acusá-lo? Mas ele se sente culpado. Ele é o homem que deveria prover o bem-estar da própria família. É estranho, mas eu estou bem porque ele está aqui, porque Miguel, que às vezes segura a minha mão, está aqui, porque

Menotti está aqui e está aqui o povo com o qual gostaria de viver para sempre. E vejo a lama e sinto frio e fome, mas nada pode ser diferente no momento, então por que deveria me lamentar?

Ouço um grito diante de mim e penso na enésima criança morta. Não quero olhar desta vez. Aperto Menotti e seus olhos me fixam. Tento cobri-lo melhor. O grito se repete na ponta da fila. Monto em Salvador e vou em frente, então descubro logo. Um vale, onde pastam cavalos selvagens e, sob o sol que venceu as nuvens, goiabeiras e abacaxizeiros.

– Anita, viu que maravilha? Pasto fresco para os nossos cavalos e comida para nós.

Sorrio para Giuseppe.

– Sim, meu amor.

Desço do cavalo e deixo que Salvador coma em paz. Grito, chamando as mulheres e, juntas, colhemos as frutas redondas e cheias de polpa e olhamos as crianças que brincam de cuspir longe as sementes.

O sol aquece nossa pele. Parece um sonho. Abandono-me, deitada na grama. No alto, avista-se uma cidadezinha.

– Cruz Alta – Miguel me diz, depois de ter olhado um mapa.

Giuseppe me beija a face e pega Menotti no colo; nina-o, sorri para ele, acariciando-o.

– Você é um menino maravilhoso, como sua mãe.

Miguel me dá um abacaxi maduro. Esperaremos Bento aqui, depois construiremos cabanas e barracas e viveremos em paz por um tempo, até chegar a hora de partir novamente, até que os fuzis e as munições estejam prontos para uma nova batalha. Enquanto isso, Menotti crescerá mais um pouco e dormiremos à noite perto de Giuseppe.

Preparo a espada que será enfiada na terra onde surgirá nossa barraca. A espada deve repousar fora da nossa casa: em todo meu lar quero que se sinta a paz.

26

Maio-junho de 1841
São Gabriel, Brasil – Montevidéu, Uruguai

Dias serenos. Estamos nos recuperando da terrível marcha pela serra. Menotti readquiriu cor e ganhou peso; você está tranquila e sorridente.

Mas são também dias tristes. Muitos mortos. No início, algum sobrevivente ainda veio da floresta, cansado, sofrido, ferido, porém vivo. Agora já faz uma semana que não chega mais ninguém. Hoje, Giuseppe me propôs cavalgar com ele. Quer conhecer um homem que vive nos arredores de São Gabriel. Um italiano como ele, Francesco Anzani.

Também ouvi falar dele. É quase um mito por estes lados.

Um pouco como Garibaldi e você no Rio Grande. Giuseppe diz que Anzani combateu na Europa pela liberdade dos povos, que foi ferido duas vezes, sobreviveu, veio para o Brasil e, agora que é o homem de confiança de dois ricos mercantes de São Gabriel, não parece ter perdido a capacidade de lutar.

Ouvimos contar mil vezes, em versões diversas, como ele conseguiu afastar definitivamente do território um grupo de bandidos que, com suas pilhagens, aterrorizava a cidade.

Na entrada da cidadezinha, perguntamos a uma mulher onde podemos encontrar o senhor Anzani. Sem hesitar, indica uma cabana na margem de um riacho. Inclinado sobre uma pedra, um homem com o tronco nu está enxaguando uns panos.

Giuseppe se aproxima, desce do cavalo e para em pé perto dele, que não ergueu a cabeça, mas aproximou com desdém a mão de um sabre apoiado no chão.

– Senhor Anzani? – Giuseppe lhe estende a mão, e o homem o olha e acena. – Sou Giuseppe Garibaldi.

O rosto do homem se ilumina.

– Soube ontem que você estava por estas bandas. Ia procurá-lo. Esperava conhecê-lo mais cedo ou mais tarde.

Imediatamente, começam a conversar. Antes, sobre a guerrilha do Rio Grande. Depois, de lugares que desconheço: Europa, Itália, Roma, sua terra de origem. Ergo-me e dou uma volta pelo vilarejo. Quando volto, ainda conversam, ficando claro que dormiremos aqui. Procuro um lugar tranquilo no estábulo.

Um toque em meu ombro me acorda.

– Vamos! É hora de ir. Anita deve estar preocupada – Garibaldi. Vejo que tem um pacote debaixo do braço, uma calça. Ele segue o meu olhar e ri, depois explica: – Eu tinha só uma camisa e uma calça. Ele, uma camisa e duas calças. Nesta manhã, encontrei a calça mais bonita dele sobre a minha cama. Ele já havia partido – depois faz uma pausa. – Virá nos encontrar. Anita vai gostar dele.

Entendo só depois de alguns dias que Anzani e Giuseppe não falaram somente da guerra na Europa, mas também de coisas mais práticas.

Você vem uma tarde à cabana onde estou tentando retomar meu trabalho de armeiro com as poucas ferramentas que consegui recuperar. Está com Menotti no colo; ele cresceu. Faço uma conta de cabeça, já tem quatro meses. Você não perde tempo explicando.

– Giuseppe e eu iremos a Montevidéu. Ficaremos lá por um tempo.

– Por quê?

É uma pergunta estúpida. Sei os motivos. Mas ela explica:

– A revolução acabou. Os farrapos lutarão, mas não há esperança. E Giuseppe foi derrotado. Não aceitou as condições do governo. Não podemos permanecer no Brasil; seremos considerados inimigos – faz uma pausa e diz o mais importante. – E Menotti tem que viver em um local estável. Não podemos continuar a andar desesperados por florestas e pampas, arriscando nossa vida e a dele.

Eu concordo; é uma boa ideia. Espero que você diga as palavras que desejo ouvir. Você parece ler o que sinto mais uma vez.

– Giuseppe vai lhe pedir que venha conosco. Quis lhe contar antes dele. Assim você pode pensar – ela lê a pergunta muda em meus olhos.

– Sim, Miguel. Não preciso dizer. Eu gostaria que você viesse conosco. Você é da minha terra, é da minha família, quero-lhe bem. Indo a Montevidéu, Giuseppe vai se aproximar da sua Itália. Já fala em voltar para lá e lutar pela liberdade.

Então, você para um instante com um suspiro.

– E eu acho que nunca mais verei Laguna. Nem minha mãe e minhas irmãs – gostaria de lhe dizer que não é verdade, que você poderá voltar, mas percebo que tem razão. E sei muito bem que a mesma coisa vale para mim: Laguna pertence a um passado que não volta mais. Você ajeita Menotti nos braços e continua: – Pensei em nada lhe falar, mas estou convencida de que é a melhor solução para você também. Não creio que nos próximos meses seria fácil para o armeiro de Garibaldi viver no Brasil, se alguém o reconhecesse.

Você tem toda a razão; no Brasil eu correria um grande risco. Poderia ser preso, surrado, morto, se encontrasse as pessoas erradas. Garibaldi fez muitos inimigos, e eu sou um pobretão, um farrapo, não um senhor daqueles que caem sempre em pé como Bento.

E há outro motivo que faz de Montevidéu a escolha certa. A esta altura sou um armeiro e na cidade grande poderei encontrar trabalho. Viver melhor do que vivi até agora. E depois... E depois veremos. Sei muito bem que o motivo principal de minha felicidade é porque você também vai a Montevidéu.

Giuseppe aparece alguns dias depois. São poucas suas palavras:

– Falei com Bento. Vai me dar um rebanho de novecentas cabeças. Vacas, touros e bois. É o pagamento pelo que fiz por Rio Grande. Vamos começar a reuni-lo amanhã. Se me ajudar a levá-lo a Montevidéu, quando o vendermos, darei uma parte do que ganhar a você.

No dia seguinte, estamos no Curral de las Piedras. Levamos vinte dias para reunir o rebanho. Garibaldi é um soldado que sabe como se faz a guerra, um marinheiro que sabe navegar rios e mares, não um gaúcho, e Anita, com Menotti, nos ajuda como pode.

Depois partimos. Aguardam-nos muitas milhas e, sem uma pista certa a seguir, levaremos um par de meses para percorrê-las. Além de nós, há alguns tropeiros, pastores que nos ajudarão com o gado.

Menotti está reconfortado e aquecido num carrinho puxado por um pônei, enrolado com um poncho colorido e várias cobertas, para evitar chacoalhões e possíveis trancos.

Os primeiros dias são perfeitos. Partimos pela manhã; ao entardecer paramos, você pega Menotti nos braços e o amamenta, enquanto Giuseppe acende o fogo. Depois cozinhamos o jantar, pouca coisa, amendoins e a carne de algum animal mais fraco que abatemos. Esta vida me agrada. Poucos riscos, pouco cansaço, o mate ao redor do fogo, o silêncio ao nosso redor e você só pouco distante.

Depois toda esta paz é alterada. Não temos forragem. É inverno, os animais têm dificuldade para encontrar pasto e começam a morrer.

Tentamos acelerar a marcha. Chove, e os rios em cheia acabam diminuindo nosso ritmo. Quando tentamos atravessar o Rio Negro, quatrocentas cabeças são engolidas pelas águas violentas e barrentas.

Na manhã seguinte, não encontramos mais os tropeiros. Cansados da viagem, simplesmente foram embora. Porém não sozinhos; do rebanho, falta uma centena de cabeças. Prosseguimos e, após um mês de viagem, conseguimos finalmente entrar no Uruguai.

Encontramos uma fazenda. Giuseppe tenta vender o gado que sobrou. Está tão magro e desnutrido que quase nada mais vale.

O fazendeiro dá a Giuseppe um conselho:

– Para chegar a Montevidéu, faltam muitas milhas. Estes animais não aguentam; é melhor matá-los e tirar o couro. Na cidade, pagarão bem por ele, e vocês poderão viajar em melhores condições.

Naquela noite vejo você discutir com Giuseppe ao lado do fogo.

Na manhã seguinte, começamos a abater os animais e retirar o couro, conservando só algumas cabeças para usar como comida. Alguns dias depois, dos cavalos que trouxemos conosco, restam trezentos couros malcheirosos. Partimos e, em quinze dias, estamos em Montevidéu.

27

Fevereiro de 1842 – Montevidéu, Uruguai

Preparo o mate. Os amigos de Giuseppe chegarão daqui a pouco. Acendo as velas e reavivo o fogo. Menotti já está dormindo, e eu posso terminar de costurar sua camisa. Cresce a olhos vistos o meu filho. Agora que estamos numa casa de verdade, toda nossa, a vida nas florestas intermináveis parece distante. E poucos meses se passaram. Quando entramos em Montevidéu, esgotados e sujos, as pessoas fizeram festa para nós nas ruas. Giuseppe sobre a sela do cavalo, e eu, montada em pelo com Menotti. As mulheres com os cabelos presos por fivelas sorriam para Giuseppe, e eu tive vontade de rasgar seus vestidos de tecido brilhante e rendado; desconcertavam-me seus lábios tingidos de vermelho e suas faces frescas de maquiagem. Giuseppe inclinava a cabeça diante daquelas beatas e ignorantes do que seja uma batalha e da utilidade de um ruge quando é preciso carregar um fuzil. Eu tentava não olhá-las; tentava admirar uma cidade de verdade, a primeira que via com ruas e lojas e gente de todas as raças passeando ou fazendo compras apressada. Não tínhamos quase nada, só o dinheiro dos couros das vacas que vendemos com dificuldade, pois muito pouco valiam.

Sorrio. Giuseppe nunca foi capaz de fazer bons negócios, não sabe negociar, e se alguém lhe pedisse daria de presente até seu boné. Mas é por isso que gosto dele. Pouco me importa não ter vestidos e a dispensa cheia; tenho Giuseppe que me fala de liberdade e de justiça e que me ama todas as noites como naquela noite de Lua, próximo à fonte de Laguna.

– Anita... você está aí?

É sua voz à porta. Depois de meses na casa de um amigo seu e da família dele, encontramos este lugar, graças ao trabalho de Giuseppe. Vende grãos, tecidos e queijos nas lojas da cidade; leva amostras de tecido e provas de queijos, recebe os pedidos e depois fornece a mercadoria aos negociantes. Além disso, dois dias por semana dá lições de matemática a jovens filhos de mercantes. Ninguém imaginaria, nem ele, mas é um trabalho temporário, enquanto não aparece outro. Enquanto não voltamos para a Itália. Fala disso frequentemente com os amigos. Ouço e sinto um pouco de medo. Esta casa cinza em Calle del Porton, com um lampião bem em frente à janela, dois quartos e um terraço para ver o mar, é a coisa mais linda que já vi. Menotti cresce bem porque está aqui, na tranquilidade de um bom lar.

– Giuseppe... você voltou. Fale baixo, amor, o menino está dormindo.

Seus olhos se suavizam imediatamente. Sua voz agora é baixa, mas não menos urgente.

– Você tem que ouvir uma pessoa. Está aqui fora, Anita. Tenho que deixá-lo entrar e você deve manter a calma.

Conheço todos os seus amigos. Castellini, Giovanni Russo, Giovan Battista Cuneo, que escreve palavras e palavras num jornal que depois outros leem. Penso logo em outro amigo que Giuseppe talvez tenha encontrado no porto, outro com o qual fala da revolução e de estratégias militares, outro com quem compartilha o mate e o café.

Entra um homem curvo, com o chapéu na mão e os cabelos arrancados em vários pontos. Outro a quem dar asilo, talvez um exilado, expulso pelos governantes de seu país, que busca ajuda. Atrás dele está Miguel, que me saúda, tocando-me o braço e perguntando por Menotti.

Giuseppe o faz sentar-se à mesa da cozinha enquanto acena para que eu pegue uma cadeira para mim.

– Giovanni, diga a Anita o que você sabe.

Miguel me olha apreensivo. Também fico ansiosa.

– Senhora... eu era... se lembra de mim? Cresci em Laguna.

Um instante de confusão e depois as imagens afloram à memória.

– Giovanni? Claro que me lembro. No Rio Pardo você me ensinou a desfazer os nós.

O abraço. Um vínculo com Laguna... Um fio que não se rompeu totalmente.

Giuseppe serve o mate. Tive vontade de fazer perguntas, de saber mais, mas ele se antecipa.

– Combati no exército de Bento, na serra, e vi Manuel Duarte morto. É isso que queria lhe contar.

A voz não sai da minha boca. Olho Giovanni sem vê-lo bem. Manuel Duarte morto. Não pensava nele há anos. Quando renasci, deixei tudo de ruim que me havia acontecido nas areias de um lamaçal e esperava que a coisa tivesse sido engolida. Não sinto nada, apenas estupor. Estupor por um nome que não ouvia há anos. Não me alegro por sua morte; não sofro por ela.

– Queria lhe dizer isso, porque agora você é... viúva.

Ouço o choro baixo do bebê no outro quarto. Miguel se levanta sem hesitar e desaparece de vista; poucos segundos depois, Menotti silencia.

Sou viúva. Sim. Mas o que muda? Viúva ou adúltera ou puta. Talvez Giovanni pense que agora me tornarei mais respeitável.

– Anita, meu amor, agora poderemos nos casar – Giuseppe pegou minhas mãos nas suas. Como sempre, a mesma sensação toma conta dos meus sentidos e tudo se mistura. Minha mão pequena e escura em suas mãos grandes. Perco-me, sentindo o amor que se renova. – Anita, está me ouvindo? Quero me casar com você. Você não quer?

Casar-me? Giuseppe quer se casar comigo. Já sou sua esposa. Sua mulher, sua companheira. Olho em seus olhos e vejo o mar. Um mar calmo e quieto que convida a navegar. Sorrio.

– Claro que quero me casar com você... de novo...

– Tem razão. Nós somos casados na alma há muito tempo. Mas um casamento servirá para o mundo que não sabe disso.

Giuseppe acompanha Giovanni até o porto e promete ajudá-lo a se instalar. Fico em casa com Miguel, que está ninando Menotti.

– Você faz bem em se casar. Ficará protegida de muitas coisas.

– Não me caso por isso, Miguel, você sabe. A proteção eu já tenho. Você e Giuseppe.

– Também para Menotti, assim poderá ser reconhecido por lei.

Não me escuta; não quer escutar. Entendo que o invade uma dor em algum lugar ou em todos os lugares. Sei que você se encontra com uma mulher de vez em quando, embora nunca fale sobre isso. Como eu seria feliz, se você fosse feliz. Eu e ele somos condenados a um amor único e eterno.

Troco Menotti, e ele sorri para mim. Tem quase 1 ano e se parece cada vez mais com seu pai, exceto na cor da pele. Ajeito seus cabelos na testa, cobrindo-lhe a cicatriz, toco sua face. Isto é amor. Queria que Miguel o sentisse.

– Você tem que ter filhos seus.

– Quer dizer que não posso mais brincar com Menotti?

Por um instante, sua voz se torna raivosa.

– Você entendeu bem, Miguel, não finja.

Depois, fico quieta e o olho ir embora com seu passo incerto e penoso. Ele sente meu abraço mesmo distante e volta para se despedir. Dirige a mim um sorriso. Como sempre.

Minha amiga Marta, que mora a poucos passos daqui, me diz sempre que os homens não entendem a dor das mulheres. Eu acrescento que todos, menos Miguel. Ele convive com uma dor que nunca o abandona. Marta, então, responde que nem ele entende porque está ocupado com o próprio sentimento.

Gosto de Marta. É uma bênção tê-la como amiga. Tem 39 anos e os cabelos grisalhos. Ela também fugiu do Brasil, do Rio Grande do Sul. Nunca se casou e diz que não sente falta disso. Às vezes, nós nos sentamos no terraço, olhando os navios no porto e o pôr do sol em chamas, enquanto Menotti brinca com meus cabelos. Conta-me de quando namorava e descobriu que seu noivo dividia a cama com uma viúva do outro lado da cidade. Sua mãe lhe disse que devia tolerar, que os homens têm necessidades que nós, mulheres, não podemos entender e que, quando se casasse, ela entenderia. Mas ela queria entender naquele momento e não depois. Assim, foi falar com a viúva, e ela foi gentil, ofereceu-lhe café e disse que estava apaixonada por Roberto, com lágrimas que desciam pela face. Então, Marta pensou e decidiu que, no fundo, estava menos apaixonada por Roberto que a viúva, e rompeu o noivado.

Sua família a expulsou de casa pelo escândalo a que tinha submetido todos, inclusive o pobre Roberto, abandonado pela mulherzinha com quem ia se casar.

Às vezes ela ri, mas eu morro de raiva. As pessoas são assim. Julgam sem saber e sem querer olhar de verdade.

Marta vive de seu trabalho de costureira e, muitas vezes, me presenteia com restos de tecidos para que eu costure roupas para Menotti ou remende minhas camisas.

Tenho sorte de ter uma amiga assim, que se parece comigo.

Quando Giuseppe volta, as velas estão todas consumidas e a camisa de Menotti está pronta, dobrada sobre a mesa.

Não sinto sono. Quero escutar sua voz, toda animada:

– Informei-me, Anita. Soube que o casamento precisa da permissão da cúria.

– Quer dizer dos padres? Precisam nos dar permissão? Você está brincando?

– Ah! Não se preocupe, meu amor. Por enquanto é assim. E pensar que um tempo atrás atravessei o mar com meu pai para levar vinho aos peregrinos vindos para o jubileu. Como as coisas mudam. Vamos dormir... Amanhã cedo falaremos sobre isso.

Você pega o meu braço com delicadeza e me leva para o quarto. A cama é macia e Giuseppe, embaixo de mim, tem os olhos apaixonados como o mar em tempestade.

Suas mãos tocam minha pele, que parece derreter sob suas carícias. Ele me olha nos olhos. Sempre. Agarro-me a ele. Ele me diz coisas que nunca pensei ouvir, embora seja como se as conhecesse, como se alguém as tivesse preparado para mim, para ouvi-las dele.

Nossos corpos se unem, fazendo desaparecer os limites entre um e outro, e eu espero que alguém agora sofra menos e que se conserve todo o amor que sinto. Rezo, como sei rezar, por isso.

Não quero estar em nenhum outro lugar, nem em nenhuma outra hora do dia. Nada mais quero.

Depois, de repente, um lampejo na cabeça. Respiramos juntos e, em segredo, ouvimos juntos a batida rápida de um só coração.

28

Você chega repentinamente, com Menotti no colo, ao quarto improvisado que divido com três companheiros. É a instalação mais barata que encontrei e, mesmo assim, peno para pagá-la. Hoje, porém, irei a outro armeiro para tentar um trabalho. Digo-lhe isso e você me acompanha.

Sinto imediatamente algo errado. Você não veio até mim só para falar do tempo, de Menotti e dos meus trabalhos. No entanto, por enquanto, permanece calada.

Entramos na loja e, diante do balcão, há um homem e uma mulher, dois gringos que pertencem a uma das tantas delegações europeias que abundam em Montevidéu. São elegantes, ricos, arrogantes.

O proprietário está tentando lhes vender uma velha pistola estragada.

Fico horrorizada ao ouvir suas palavras:

– Vinte pesos não é muito para esta arma. Pertenceu àquele bandido, Giuseppe Garibaldi, que chegou à cidade alguns dias atrás. Foi ele mesmo que a trouxe para que eu encontrasse um comprador.

A mulher está encantada com o que ouve.

– E por que quer vendê-la?

A voz abaixa e assume um tom entre o confidencial e o conspiratório:

– Precisa de dinheiro. Com aquela mulher. E depois com o menino...

Você está para explodir. Controlo-a, apoiando uma mão em seu braço. Estou curioso para ver o que acontecerá.

A mulher quase grita:

– A pistola de Garibaldi! Vamos comprá-la!

O homem a pega na mão e a examina.

– Ainda está carregada. Por que não a descarregou?

– Não consegui. É um modelo velho. Não tenho a ferramenta adequada. E não consegui atirar. A pólvora não deve prestar mais.

Sorrio.

Conheço aquela pistola; esteve em minhas mãos mais de uma vez. Pertencia a um de nós, a um sobrevivente da serra, que agora também deve estar em Montevidéu. Se ainda não partiu para sabe-se lá onde. Deve tê-la vendido ao armeiro como se fosse de Garibaldi. Ou talvez tenha sido ideia do próprio comerciante. Mas, neste momento, pouco importa. Olho você com o canto dos olhos e vejo que está tranquila, curiosa com o que está acontecendo.

Dou um passo adiante.

– Um peso e a descarrego.

O armeiro me olha, concorda e põe a moeda sobre o balcão.

– Porém você a compra depois.

Faço sinal afirmativo e começo o trabalho. Pego a única ferramenta que me restou depois de ter matado a mula, um saca-balas, uma espécie de saca-rolhas de aço, que tinha sempre no bolso. Usava-o muito nos dias na serra para descarregar as armas com pólvora molhada, para que pudessem ser depois recarregadas. Atarraxo-o numa varinha e o enfio no cano da arma; consigo fazer com que corra sem dificuldade, até alcançar a bala de chumbo, extraio-a e faço sair a carga de pólvora.

Não é uma operação particularmente difícil, pois já foi feita mil vezes. Peço um pouco de pólvora, outra bala, recarrego, saio até o quintal, onde um par de eixos furados formam um polígono rudimentar de tiro para testar as armas, e atiro. Nos eixos, abre-se outro furo. A pistola está funcionando perfeitamente. Ponho no bolso com rapidez a moeda do balcão. O homem puxa a carteira, a mulher aplaude. Logo em seguida me encara.

– Você estava com o comandante Giuseppe Garibaldi? – concordo. – É verdade o que se diz, que pretende se casar com sua... – hesita como se estivesse procurando a palavra adequada antes de continuar. – ... sua mulher. Aquela que lhe deu um filho?

De seu casamento todos já sabem, especialmente as mulheres que rodeiam Giuseppe. Decido ficar quieto, esperando sua explosão inevitável, que estranhamente ainda não aconteceu.

– Ouvi falar. Acho que é verdade. Já vivem juntos há quatro anos.

Ela insiste.

– É verdade que ela cavalga melhor que um homem e que combateu ao lado do comandante?

Por que mentir?

– É. É uma mulher que todos os farrapos admiram e respeitam.

Não parece feliz com a resposta. A voz se torna um pouco ácida, enquanto seu companheiro começa a dar sinais de impaciência.

– E esta é realmente a pistola de Garibaldi?

Meu olhar se cruza com o do armeiro. Leio nele um pedido mudo, que chega perto de uma ameaça. Ele sabe muito bem que o ferro-velho que quer vender aos gringos pertenceu a um farrapo, mas certamente não a Giuseppe Garibaldi.

Não preciso dizer nada, porque desta vez você toma a dianteira. Digna, orgulhosa, quase arrogante, uma rainha. Pronuncia uma palavra só, breve e seca:

– Não! – a senhora se vira surpresa. Vejo que está para abrir a boca, mas, seja lá o que pretende dizer, cala-se, olhando você com um olhar que, numa fração de segundo, passa do ressentido ao surpreso e ao consciente, quando se lê em seu rosto que teme ter entendido quem está diante dela. Talvez até perguntasse, mas você não lhe dá tempo. – Não! Garibaldi, o meu homem, pai do meu filho, nunca possuiu essa pistola, e, de todo modo, não venderia suas armas. Jamais.

Depois sai com a cabeça erguida, enquanto Menotti dá adeusinho com a mão, uma ironia tão inconsciente quanto eficaz.

Sigo você. A esta altura, é inútil pedir trabalho ali, mas pelo menos uma moeda eu consegui. Depois de alguns passos, você esvazia o saco.

– Ontem à noite quase briguei com Giuseppe – olho-a espantado. Você explica: – Precisamos de dinheiro. O que ele ganha nunca é suficiente. Então lhe disse que me ofereceram trabalhos de costura, para fazer em casa, e que os aceitaria. Em Laguna era uma boa costureira.

Você se cala. Espero a continuação.

– Ele começou a gritar que minha tarefa é cuidar de Menotti e só. E que, se o dinheiro não é suficiente, ele achará outros trabalhos.

Percebo as lágrimas presas em seus olhos. Entendo que não é a falta de dinheiro que a preocupa, afinal de contas, você e Giuseppe sempre conseguiram se virar e, como eu, vocês vivem com pouco. Nem é o fato de Giuseppe ter imposto a sua vontade e de você ter aceitado. Apesar de isso pesar. Não. Você está triste porque a cena de Giuseppe deixa uma marca suja no brilho de um espelho. Uma sombra na sua felicidade presente. Uma espiral aberta para um futuro que nunca mais poderá ser como em seus anos mais luminosos.

Calo-me porque não saberia o que dizer, sem mentir ou ser irônico. Por outro lado, você não espera uma resposta. De um modo confuso, talvez, mas você compreendeu sozinha os motivos de sua melancolia. E, talvez por não querer confessá-los nem a si mesma, diz que Menotti tem de dormir e se afasta.

Sorrio, pensando nos trabalhos que Giuseppe irá procurar; não duvido da vontade dele. Mas eu estava presente poucos dias atrás, enquanto ele tentava vender a pasta de amendoim ao proprietário de uma loja no porto. Era como olhar um cavalo selvagem constrangido ao rodar em círculos numa moenda, cavando um sulco cada vez mais fundo e vendo diante de si sempre as mesmas coisas, dia após dia, mês após mês, ano após ano. Você pode obrigá-lo, mas trabalhará mal e só irá se destruir. Não é o seu trabalho, não é a sua vida. Há cavalos de corrida e de trabalho, como eu, e aqueles de batalha, como você.

E tenho certeza de que não faltarão oportunidades, pois as tensões entre Uruguai e Argentina talvez provoquem uma guerra. A enésima, um conflito que vejo se aproximar cada vez mais, até que, uma noite, do terraço da sua casa em Calle del Porton, assistimos a uma verdadeira batalha entre os navios do Uruguai e os da Argentina na entrada do porto, passando o binóculo de um para outro, até que Giuseppe o pegou e não o soltou mais.

Olha e brame, comenta, critica ou aprova as escolhas dos combatentes. Este é o seu mundo, não a pasta de amendoim ou o ensinamento de álgebra. A frota uruguaia, segundo ele, manobra mal e, em determinado momento, grita diante de uma manobra que ele considera idiota. De fato, o navio é atingido por uma saraivada de balas de canhão e, com uma lateral semirretalhada e talvez vários mortos a bordo, encalha miseramente num banco de areia. Para a sorte dela, os navios argentinos já estão se afastando.

Poucas horas depois, como era inevitável, e você provavelmente já sabia, a guerra termina por bater novamente à sua porta. Em Montevidéu sabem muito bem quem é Giuseppe, conhecem suas empreitadas, suas capacidades como marinheiro, e o comandante do porto, tarde da noite, vem procurá-lo porque precisa de sua ajuda para desencalhar o navio.

Você ainda está dormindo com Menotti ao seu lado, quando, na manhã seguinte, ao surgir do sol, Giuseppe está na água, dirigindo a recuperação do navio. É uma tarefa complicada, árdua, que se prolonga por horas e horas, empenhando dezenas de homens, que Giuseppe consegue perfeitamente coordenar no delicado trabalho de estender e soltar cabos e amarras no tempo certo. Ao meio-dia, o navio está de novo boiando triunfalmente. Um aplauso acolhe Giuseppe no trapiche, quando desce do navio, os cabelos loiros molhados, o tronco bronzeado e nu. Você corre para abraçá-lo.

Naquela noite, o ministro da guerra, Francisco Vidal, oferece a Garibaldi um cargo na marinha do Uruguai, com o grau de coronel. Ele responde que agora tem que pensar em seu casamento.

29

Fevereiro-março de 1842 – Montevidéu, Uruguai

Não há nada a fazer; estou nervosa. Hoje, preferiria lutar face a face com Moringue a me apresentar na toca dos lobos. Preferiria carregar os fuzis e armar os canhões a ter que falar diante dos padres.

Menotti segura minha mão, solta, cai no chão e depois se joga embaixo da mesa, gritando palavras só suas. Está começando a caminhar bem, mas muitas vezes ainda prefere apoiar as mãos no chão para ganhar agilidade. Ri, brincando de cobrir a cabeça com uma toalha. Mas eu estou quase explodindo.

– Anita, você está pronta?

Marta está na porta, usando um vestido cinza estampado com flores lilás. Tem um véu sobre a cabeça e, na mão, uma bolsinha escura com as alças ovais.

– Você está muito elegante... Eu nada tenho para vestir. Não vou. Paciência se não me deixam casar. E depois Menotti vai ficar com quem? Não podemos levá-lo conosco.

– Claro. Paciência. Assim, Garibaldi irá declarar guerra ao Estado Pontifício inteiro. Pare com isso, Anita. Prepare-se. Tenho um vestido adequado para você. E Miguel estará aqui daqui a pouco. Oh, céus, a mulher que sobe nas barricadas está com medo de se apresentar à cúria.

– Não é verdade! Não estou com medo – noto que ergui demais a voz. Menotti me olha espantado. Pego-o no colo e vou para o quarto. Marta me segue. Não sei onde arranjou, mas em suas mãos aparece um vestido que põe sobre a cama. É um conjunto de lã da cor do céu da manhã. O casaco tem uma gola pequena, com as pontas arredondadas. Os botões, então, são lindos. Madrepérola. – É demais para mim!

– É só um velho vestido de quando eu era jovem, reformado. E depois... nada é demais para a... minha filha!

Ri com gosto, e eu me sinto arrepiada. Essa encenação que teremos que fazer, eis o que me preocupa. Não sei encenar. Eu sempre digo o que penso. Como farei para mentir e dissimular? Giuseppe me disse que tenho que pensar em Menotti. Espero conseguir. Espero que as faces deles estejam sempre estampadas na minha cabeça. Se penso em tio Antônio... sinto-me uma traidora. E depois Giuseppe está sempre inquieto, mas não pelo casamento, que ele deseja tanto, mas é como se a notícia de que Manuel Duarte está morto lhe causasse alguma dor. Vimos morrer mulheres e crianças e rapazes, amigos queridos pelos quais choramos juntos. Manuel Duarte era para ele um desconhecido, que por acaso foi meu marido. Desconhecido para mim também. O que está acontecendo?

– Não quero apressá-la, mas o bispo e a congregação não têm muita paciência.

Saímos de casa com Menotti agarrado ao meu pescoço. Miguel está perto do lampião, esperando. Menotti sorri e estende os braços para ele.

– Vá tranquila. Tudo dará certo.

Concordo e me pergunto como faço para me tranquilizar. Giuseppe saiu de manhã para ir ao porto, dizendo as mesmas frases.

A catedral da Imaculada Conceição é grandiosa. Penso em quantas famílias poderiam viver nela e em quanto dinheiro ela custou, dinheiro roubado do povo. Depois, afasto meus pensamentos. Marta me leva em direção a um canto em que se abre uma grande porta; na madeira, muitas incisões que me lembram o inferno do qual falava sempre dom Ferreira.

Dentro está quase escuro, e as velas acesas não bastam para ver a face do padre que nos cumprimenta e faz sinal para segui-lo. Respiro fundo, como para afastar uma ânsia de vômito, e não me inclino diante do crucifixo, como faz Marta. Logo que passa o altar, bem na parte de trás, estamos numa sala mais iluminada. E aqui, ao redor da mesa, sete padres nos olham, um deles com um chapéu pontudo. O bispo Dámaso Antonio Larrañaga. Marta me fez repetir seu nome várias vezes ontem à noite. Ensaiamos, e bebi até um pouco de cachaça para aliviar os pensamentos.

O bispo nos olha sem insistência e nos mostra duas cadeiras forradas de vermelho e dourado. Sento-me. Um dos padres, com uma grande verruga sobre a sobrancelha, abre um livro e mergulha a ponta da pena em um vidro de tinta. Giuseppe também tem uma pena parecida. Perco-me um instante ao pensar que em Laguna me chamavam de puta e, sobretudo, que os padres me apontavam como uma mulher perdida com os dois pés no inferno.

– Então, temos diante de nós Maria Antônia de Jesus Bento, mãe de Ana de Jesus Ribeiro da Silva.

O nome de minha mãe me provoca arrepios. Marta sorri, inclinando um pouco a cabeça.

– Sim, excelência.

– E por que motivo vocês se dirigem a este Sacro Congresso?

A palavra sacro me provoca ainda mais arrepios.

Marta respira fundo, como se reunisse os pensamentos. Tudo como no ensaio de ontem à noite. De vez em quando, porém, ela ria e punha a mão na boca para não fazer muito barulho e acordar Menotti.

– Excelência, minha filha Ana e eu chegamos aqui em Montevidéu vindas de Laguna, como o senhor sabe. Aqui encontramos amigos e tranquilidade. Minha filha, além disso, foi pedida em casamento pelo coronel Giuseppe Garibaldi e, para a celebração do matrimônio, nos solicitaram a certidão de solteira.

– E vocês têm essa certidão?

O padre com a verruga mergulha a pena na tinta e escreve.

– Como poderíamos, excelência? Fugimos de Santa Catarina por causa da desordem dos revolucionários, dos quais o senhor deve ter ouvido falar. Mas eu, sua mãe, posso testemunhar. Ana tinha sido pedida em casamento por um homem de Laguna, que logo depois partiu para servir à guarda imperial, e não tivemos mais notícias dele.

– Então, Ana de Jesus Ribeiro da Silva é uma mulher solteira.

– Sim, excelência.

É enlouquecedora a inquisição. Giuseppe me explicou que, para a lei daqui, não bastava declarar que sou viúva. Era preciso ter provas, e o testemunho de Giovanni não seria suficiente. Giuseppe teve de encontrar algumas testemunhas que declarassem que ele não era casado.

– Você juraria sobre o Livro Sagrado?

A voz do bispo se tornou mais animada, como a de dom Ferreira antes de trovejar os castigos eternos.

– Sim, excelência.

De novo, ela inclina a cabeça. *Io ho lame sotto la sedia*. Uma bíblia é posta sobre a mesa, e Marta, com delicadeza, apoia sobre ela a sua mão.

– Relataram-nos que sua filha vivia em estado de concubinato e que deu à luz.

Marta arruma o véu e inclina a cabeça. Tem a expressão severa de uma mãe que desaprova, mas que se resignou aos fatos.

– O filho é de Giuseppe Garibaldi, que, para honrar a Igreja e nossa família, decidiu regularizar a união.

Essa frase foi estudada com o próprio Giuseppe. Espanto-me ao ver como ela está se saindo bem. As palavras fluem de sua boca com segurança, como verdadeiras.

– A ofensa em relação à Igreja foi grande, mas a Igreja é uma mãe que perdoa.

– Obrigada, excelência.

Marta entrega as moedas em oferta, pedidas explicitamente por um padre, e as deixa sobre a mesa, depois toca meu braço com afeto e espera.

– Obrigada.

Apenas isso consegui dizer. E não acrescentarei o "excelência" porque não vejo nem sinto. Obrigada já me parece muito. Agradecer por quê? Por me permitir amar quem desejo e poder dizer isso diante de todos? Outra encenação. A única coisa que me convenceu a vir até aqui, visto que não se pode mudar o mundo em poucos anos, é o pensamento de que Menotti viverá seguro se tiver o nome do pai.

Marta assina a folha que o padre com a verruga lhe estende. Eu, por sorte, não tenho de escrever. Consigo entender a data: 6 de fevereiro de 1842.

Marta se inclina diante do bispo e beija o anel que ele usa; eu me limito a um aceno com a cabeça.

Fora, o céu se encheu de nuvens e o vento do mar as leva, juntando--as todas. Sinto-me como uma folha que flutua entre céu e terra. Marta segura meu braço e caminha depressa, quase me arrastando.

– Obrigada, Anita, nunca me diverti tanto assim na minha vida. Por uma hora fui casada, mãe e até avó, além de futura sogra de um herói. Você me deu uma alegria imensa. Obrigada, minha filha, você é a bênção de toda mãe.

Uma explosão jocosa de risadas sai de sua boca. Eu só a abraço forte.

30

Março de 1842 – Montevidéu, Uruguai

Perdi a conta das tavernas e dos bares em que entrei em toda Montevidéu nos últimos dias. Estou com dor de cabeça e enjoo, pois, para procurar alguém capaz de me dizer algo, tive que beber e oferecer bebida, correndo o risco de acabar jogado em alguma sarjeta suja tentando lembrar ao menos o meu nome.

Diante da enésima bodega, desisto. Chega! É inútil continuar a seguir Giovanni, o homem que levou a notícia da morte de Manuel Duarte, tornando possível o casamento de Giuseppe e Aninha. Não consigo encontrá-lo. Se ainda estivesse em Montevidéu, já o teria achado ou, pelo menos, teria notícias dele.

Mas só ouvi dizer, sem nenhuma garantia de confiabilidade, que ele partiu. Para onde? Ninguém soube responder. Somente um velho alcoolizado me disse, resmungando, que ele foi para a Europa, para Marselha. Um oceano distante. Com uma bela soma no bolso, acrescentou em voz baixa.

Em troca de quê?

Nesse instante, o tom da voz abaixou ainda mais. Todos sabem que Garibaldi não é o tipo que deixa passar impunemente certas afirmações e têm medo.

Dizem por aí que foi Garibaldi quem mandou matar Manuel Duarte para poder se casar sem problemas com Aninha, pois assim ela não seria mais uma mulher bígama, mas viúva. E, mais, que ele sabe muito bem onde está enterrado o defunto e que, para evitar problemas, não lhe deu sequer uma sepultura digna.

Não creio nisso. Giuseppe poderia matar um rival, como tantos de nós, mas durante uma disputa, um confronto, não a sangue frio. E, depois, não teria nem a oportunidade de cometer um assassinato. Nos últimos meses não saiu de Montevidéu.

Sim, mas poderia ter mandado matar Manuel Duarte, talvez até Giovanni o tenha feito, pois, após de ter dado a notícia da morte, desapareceu, acrescentou o beberrão à minha objeção, ainda em voz baixa.

Mas que sentido teria?

Aninha está com ele há quatro anos, vivem juntos, é sua, ama-o incondicionalmente e já demonstrou isso várias vezes. A ligação entre eles precisa realmente ser oficializada por um casamento religioso? Bem ele, sempre contra os padres e a Igreja? E o dinheiro que Giovanni teria recebido? Se é que ele existe, não veio de Giuseppe, que, ensinando e vendendo tecidos, grãos e outras mercadorias sortidas, mal consegue sobreviver.

Não. Garibaldi não pode ter feito uma coisa do gênero. Porém, Giovanni deveria ser meu presente de casamento para você, Aninha. Para que confirmasse mais uma vez, diante dela e dos outros convidados, como, onde e por que está morto Manuel Duarte. Ela também havia ouvido falar sobre Giuseppe, não há dúvida de que são coisas que dizem seus inimigos, mas eu gostaria de ter podido desfazer pelo menos em parte a perplexidade de muitos.

Decido voltar para casa; já está escuro. Repentinamente, uma sombra aparece atrás de mim, apoia uma mão em minhas costas, cumprimenta-me carinhosamente. Reconheço Anzani, o amigo de Giuseppe e de Aninha. E meu também, desde que tem aparecido cada vez com mais frequência em Montevidéu. Segura meu braço.

– Venha. Estou indo à casa de Garibaldi. Temos de definir os últimos detalhes para o casamento depois de amanhã.

Eu o acompanho com prazer. Na casa de Calle del Porton já há várias pessoas. À luz fraca de poucas velas enfiadas no gargalo de garrafas, conversam, mas não sobre o casamento. Estão discutindo sobre a guerra entre Uruguai e Argentina. Concordo em apoiar a causa dos uruguaios e amaldiçoar o ditador argentino Rosas, que ordenou o fuzilamento de dez pessoas de uma só vez porque riam de seu proclama cheio de erros de gramática; que obriga as pessoas a usar uniforme, os homens, tingindo as calças de vermelho, e as mulheres, o xale, e faz colocarem sua imagem nos altares, perto da de Cristo.

Com sua polícia secreta, a Mashorca, aterroriza todos e instituiu nos batalhões de seu exército a figura do *degollador*, cuja função é só uma: cortar, com um facão, as cabeças dos prisioneiros capturados durante as batalhas, postos em fila e ajoelhados, esperando a morte.

No cômodo estão todos os compatriotas de Giuseppe. E, então, passam logo a comentar as notícias que chegam da Itália, vindas nos jornais trazidos pelos navios. De novo, falam de insurreição, de mortes pela independência, de feridos, de enforcados, de torturados. Dizem que algo está mudando, todos esperam poder voltar logo, não só sem temer a condenação à morte que pesa sobre eles, inclusive sobre Giuseppe, mas acolhidos como heróis, libertadores.

Discutem também se Garibaldi deve aceitar a proposta do governo uruguaio ou deixá-la passar para ter as mãos completamente livres quando na Itália se acender a faísca que dará início à revolução e todos tiverem que partir o mais rápido possível.

Saio no terraço; preciso de ar. A história de Garibaldi na Itália me perturba e inquieta. Você certamente irá com ele. E eu?

Sinto o som da roupa roçando atrás de mim, enquanto olho o mar. Viro-me. É você.

Olho-a e explico por que saí.

– Estou cansado dessas conversas.

– Por quê?

Não menciono a Itália. Acredito, porém, que você compreendeu os meus sentimentos. Falo da guerra que está acontecendo.

– Aninha, desafio qualquer um a entender algo no emaranhado de guerras civis e traições recíprocas que vão adiante há anos entre Argentina e Uruguai...

Você não me deixa terminar.

– A Argentina quer conquistar o Uruguai. Não é justo. Rosas é um ditador e um assassino que oprime seu povo e também quer nos pisar.

Você quase me comove com sua segurança.

– Concordo. Rosas é um delinquente, mas já vi batalhas de mais para me iludir.

No silêncio que paira entre nós, vejo que você se culpa. De dentro, chega o eco de cantos. Não entendo as palavras, devem ser em italiano. Creio compreender por que você se cala obscurecida.

A Itália. Ela assusta você, assim como me amedronta, tenho certeza. Mas há algo mais. E, finalmente, a pergunta chega.

– Você acha que Giuseppe vai aceitar combater pelo Uruguai?

Olho o horizonte. Não quero responder, mas meu silêncio já diz tudo.

É uma pergunta inútil, cuja resposta você bem sabe. Para Giuseppe a guerra nunca será aquela discutida e cantada à luz das velas diante de uma garrafa de vinho.

Você, mais que os outros, entendeu a dificuldade dele, a sua infelicidade, o seu mal-estar em fazer o que faz para viver em Montevidéu. Todos o vimos muitas vezes, à noite, sentado no cais, lendo, vestindo um casaco liso e um chapéu de aba larga, como se quisesse esconder os cabelos cada vez mais longos. Um professor funesto que prepara a lição com os livros em mísero estado. Mas, no dia seguinte, diante dos rapazes, não ensinará álgebra ou gramática; irá contar, com os olhos brilhando, sobre cavalgadas, ações, heroísmos, batalhas e aventuras.

Aceitará, claro que aceitará o cargo na marinha uruguaia. Não por dinheiro; o grau será o de coronel, mas o pagamento, o de um soldado simples.

Não por ideais, não totalmente, ao menos. O Uruguai, em teoria, está lutando contra a Argentina para ser independente. Na prática, porém, trata-se de uma verdadeira guerra civil entre duas frações de uruguaios, com os estados europeus prontos para intervir em prol de seus interesses. Giuseppe é esperto demais e também muito inteligente para não ter percebido isso.

Aceitará porque a guerra é a sua vida e será sempre. Na América, na Itália ou no fim do mundo. Porque a oferta o fez novamente se sentir o coronel Giuseppe Garibaldi, o herói de Laguna, de Santa Vitória, de Curitibanos, não um vendedor de grãos ou professor rançoso.

Olho você à luz da Lua. Em sua pergunta simples há infinitamente mais do que a meia dúzia de palavras que a compunham.

Acho que, ouvindo os cantos, os gritos e as discussões do lado de lá da parede, de algum modo você começa a sentir falta do tempo e dos lugares conhecidos antes do presente em que se move agora. Lá você estava realmente viva, apesar do sofrimento, da fome, dos riscos e do perigo. E Giuseppe era todo seu; você tinha que dividi-lo somente com as batalhas e a morte. Não com a independência do Uruguai, a liberdade da Itália, seus amigos ou companheiros, as senhoras elegantes dispostas a comprar a pistola do aventureiro loiro e bonito, o mundo inteiro.

Calo-me. Não saberia o que dizer sem feri-la. Penso que para você o tempo das batalhas e das aventuras esteja terminando. Aliás, já terminou. Existe Menotti agora. Tudo mudou.

Sonhos, batalhas, paixões, vidas que seguem tumultuadas e plenas estão se tornando cada vez mais somente uma corrente enferrujada, que um comerciante meloso e trapalhão tenta vender a um par de gringos tão arrogantes quanto crédulos. Não acho que o casamento irá mudar o que é. Embora, neste momento, faça você feliz.

31

21 de março de 1842 – Montevidéu, Uruguai

Meu vestido. Só meu. Marta me deu o tecido. Planejou tudo com artifícios inacreditáveis para economizar centímetros de musselina de um vestido de passeio que fez para a mulher de um contador. Agora está pronto na cama. Lindíssimo. O verde é uma das cores do mar, e agora entendo o que é sentir no corpo um vestido que realiza um sonho. Provei-o dezenas de vezes em frente a Menotti, que me olha sem mudar de expressão, e diante de Marta, que me ajudou a terminá-lo com um bordado prateado nas mangas e no decote. Estou feliz. Rio por nada e sinto o coração leve. Vou me casar com Giuseppe.

É Sábado de Aleluia e os sinos não tocaram, mas a música está dentro de mim. Os amigos esperam diante da igreja de São Francisco de Assis, a poucos passos de casa. Limpei tudo durante esses dias, lavei os vidros e o chão e enfeitei a mesa com uma toalha branca de linho e flores espalhadas por todo lado. Minha casa. Meu marido. Meu filho. Tenho tanto que me parece até demais. Gostaria que minha mãe e minhas irmãs estivessem aqui hoje para festejar comigo. Uma festa de verdade. Gostaria que meu pai acariciasse minha cabeça e me dissesse que está contente em me ver feliz assim e que tio Antônio finalmente pudesse ter a alegria de estar orgulhoso de mim e do meu homem.

Giuseppe saiu cedo sem me dizer o porquê, já vestido para o casamento. Durante a cerimônia, Menotti vai ficar com Miguel, que, junto com o casal Semidei, os diretores da escola onde Giuseppe dá aula, será nosso padrinho de casamento.

Visto-me e me olho enquanto Menotti está sentado na cama, brincando com a bainha da espada de Giuseppe. Também estou bonita como as mulheres que suspiram diante de Giuseppe e falam como pássaros piando. E depois ele ama a mim. Sou eu que lhe agrado. Hoje agradarei ainda mais. Prendo os cabelos na nuca com uma fivela. Meus cabelos... finalmente cresceram de novo. Estou usando os sapatos que um sapateiro, amigo de Miguel, me deu de presente. A senhora que os deixara para consertar havia percebido que não lhe agradavam mais e não foi buscá-los. Cabem direitinho em meus pés e são sapatos de verdade, com salto e uma tirinha que se prende ao tornozelo. Rodo, e o vestido infla; parece que vou voar.

Sinto um leve toque na porta. Vou abrir quase correndo. O olhar de Miguel me diz que estou lindíssima. Rio e o abraço e depois volto ao quarto correndo para pegar Menotti, que está tentando descer da cama.

– Aninha... – segue-me e balbucia algumas palavras, depois pega Menotti e beija seu rosto. Fez a barba e seus cabelos estão brilhantes; talvez seja emprestado o paletó que está usando, pois nunca o vi antes. Marta e Miguel são os meus padrinhos. Não poderia ter pessoas melhores perto de mim no dia mais maravilhoso de minha vida. – Giuseppe está esperando você em frente à igreja.

– Ah, então estava com você. Aonde vocês foram? – não responde logo. Abaixa a cabeça como se fugisse de algo. – Ei, Miguel...

– Não consegui lhes dar um presente de verdade. Você sabe...

Não o deixo terminar de falar, apertando-o forte, ele e Menotti, que está em seu colo. O presente é ele. Seu amor, sua amizade, sua dedicação total a nós. O presente... que homem tolo e doce.

– Vamos... E não pense mais nessas bobagens.Venha comigo, Miguel. Seremos invejadíssimos!

De braços dados, caminhamos pela rua enquanto o céu se abre ao sereno. Sorrio para as pedras, para as casas, para alguém que passa e sei que vou conseguir sorrir até para o padre hoje. Chegamos à praça onde fica a pequena igreja de São Francisco de Assis. Um santo italiano. Marta me cumprimenta de longe; perto dela estão os Semidei, alguns amigos e Giuseppe, que me olha e me espera.

Miguel se afasta e solta meu braço; então, com os sapatos de salto, caminho em passos longos e chego até Giuseppe.

–Meu amor, único amor. Você está... linda.

Rio de seu espanto e de sua doçura. Os amigos estão ao nosso redor, mas não ouço suas palavras. A igreja tem um perfume de incenso, e o padre usa uma batina roxa. A cruz está coberta. Acho que é um bom sinal. Nada de cenas de morte hoje para nós. Então, quando Giuseppe tira do bolso do paletó uma caixinha e de dentro dela duas alianças de prata, penso que tudo o que fiz, tudo o que sofri, hoje foi engolido pela boca de um canhão e arremessado longe, dando lugar a uma cachoeira de água perfumada e doce. Tenho tudo. Sou a criatura mais poderosa da Terra.

Ouço o breve comentário do senhor Semidei:

– Ele empenhou o relógio de prata, que ganhou do pai, para as alianças.

Sou a criatura mais amada da Terra.

Tento ficar atenta às palavras do padre, mas me distrai o brilho dos anéis, a chama das velas acesas sob a estátua de Maria, o perfume das flores nos vasos, o jogo de luzes e sombras ao redor do altar. Distrai-me o sonho. Depois, Giuseppe pega minha mão e coloca a aliança no dedo anular. Sei que agora é minha vez. Minha mão treme, então ele segura meu pulso e sorri. Pronto. A aliança está no seu mindinho; no anular não coube.

– Eu os declaro marido e mulher.

Ouço a risada de Marta junto com os aplausos dos amigos.

– Desta vez não vou tropeçar, com certeza.

Minha frase saiu assim, sem pensar. Giuseppe ouviu e segura meu braço.

– Melhor não arriscar, amor – apoio-me nele e, juntos, deixamos a igreja e o padre, que cumprimento com uma meia reverência. Mais do que isso não posso. Caminho abraçada a Giuseppe até nossa casa. Em frente à porta há algo parecido com um pacote, coberto por um pano branco. – É para você, Anita.

Fico meio espantada quando puxo o pano e aparece uma gaiola com duas pombas brancas. O barulho das asas batendo e o arrulhar. As risadas de Marta e do casal Semidei. Menotti resmungando e gritando. Eu pequena, brincando de adestradora de pombos.

Beijo a boca de Giuseppe e lhe digo obrigada. Deu-me um pedaço das coisas boas e belas de Laguna. Com amor e só por amor.

A casa nos acolhe e a acho ainda mais bonita. Na mesa vejo um grande bolo decorado com rosas de açúcar. Olho Miguel e depois Marta.

– Fui eu que fiz; espero que você goste.

A senhora Semidei, com seu chapeuzinho verde-bosque, me parece uma fada.

Giuseppe me ergue, pegando-me em seus braços.

– Meu amor, você merecia muito mais que isso, mas prometo que farei tudo para que você seja feliz.

Olho-o espantada. Mais feliz que isso? Como é possível? Não entendo. Talvez mais feliz que isso seja arriscar estar mal.

– Corte o bolo, Giuseppe. Menotti não vê a hora de experimentar.

Marta pega minha mão e toca na aliança. Não consigo parar de olhar aquele anel, a aliança de Giuseppe.

Procuro uma faca para o bolo. Temos só uma, com a lâmina amassada.

– Não, amor, este bolo merece uma faca mais nobre.

Puxa a espada da bainha, limpa-a com um pano e afunda a lâmina que corta o glacê e faz desaparecer uma rosa no creme.

Rimos e bebemos.

Que magnífica festa acontece hoje. 24 de março de um ano qualquer. 1842. Uma festa. Toda para nós.

32

Junho-dezembro de 1842 – Rio Paraná – Santa Lucía de los Santos, Uruguai

Março, abril, maio. Três meses em que vi você totalmente radiante e satisfeita. Da felicidade irrequieta e agitada de quando você conheceu Giuseppe e fugiu com ele, adquiriu agora a plácida serenidade da vida conjunta, o crescimento de Menotti, que chegou àquela idade em que as crianças são fascinantes e encantadoras, os cuidados com a casa de Calle del Porton, sua primeira casa de verdade depois de anos. Sim, acho que realmente o último foi um dos períodos mais belos da sua vida. Depois veio junho.

Partiremos com os navios. O Constitución, armado com dezoito canhões, o Pereyra, com dois, e o Prócida, desarmado e destinado a servir como navio de carga e hospital, no qual embarquei como sargento responsável pelas munições.

A missão é levar provisões e tropa à província aliada de Corrientes.

Será uma tarefa difícil e arriscada, e nem a partida é serena. Pela cidade há rumores que a definem suicida, idealizada por Vidal, o ministro da guerra, para se livrar dos poucos navios da marinha uruguaia que ele acha que custam uma fortuna e não servem para nada, e confiada a Giuseppe só porque nenhum de seus generais quis realizá-la.

Se corresse bem, seria sorte do Uruguai, e Vidal ficaria coberto de honras. Se corresse mal, ficaria sem as honras, mas o ministro teria ao menos atingido um de seus objetivos: desfazer-se dos navios e talvez de alguns deliquentes. Afinal, somente uma parte dos quinhentos homens que partem com Garibaldi são soldados de verdade, experientes em guerra e dispostos a aceitar seus riscos.

Os outros são deliquentes, afastados do exército por ultrajes vários e enviados a esta missão por punição. Muitos deles têm nas costas alguma condenação por homicídio e, se não voltassem mais, em Montevidéu ficariam felizes.

Temos diante de nós, perseguindo-nos e impedindo-nos de realizar nossa missão, uma frota muito maior e mais bem armada que a nossa, comandada por um almirante competente e esperto, William Brown.

Giuseppe, no início, demonstra mais uma vez sua bravura. Consegue enganar o inimigo e prosseguir por quase dois meses; primeiro, fazendo-o acreditar que tinha intenção de navegar o Rio Uruguai e, em vez disso, subindo o Paraná; depois, conseguindo liberar-se habilmente quando foi alcançado.

Mas, na metade de agosto, Brown nos alcança. A brincadeira acabou e temos de combater. É uma carnificina. Apesar da habilidade de Giuseppe, somos atacados por uma tempestade de fogo e chamas. Combatemos duramente por três dias, sofrendo e causando perdas terríveis.

Durante a última noite, os poucos navios aliados que se uniram a nós durante a viagem deixam de cumprir as ordens de Garibaldi e desaparecem pela manhã. Capitães e tripulantes desertaram. A situação nos deixa sem esperanças.

No final, em frangalhos e sem munição, continuamos a atirar, usando como projéteis as correntes feitas com peças e sucatas metálicas de todos os tipos. Até que, com dois terços dos homens mortos, Garibaldi ordena que retiremos os feridos do barco e explodamos os navios.

Usamos todas as reservas de pólvora para destruí-los e nos refugiamos em terra, enquanto no Rio Paraná acontece um apocalipse de explosões. As sucatas voam por todos os lados em uma nuvem de fogo. O mastro de um dos navios é lançado em chamas para o alto, terminando plantado verticalmente como uma enorme chama na margem arenosa.

Muitos homens morrem com os navios. Para facilitar a explosão e o incêndio que vem depois e não deixar nada intacto à disposição do inimigo, Garibaldi ordenou que espalhássemos a aguardente dos barris que estavam nos porões. Alguns preferiram bebê-la e não conseguiram mais se salvar.

No fim da tarde, estávamos às margens do rio. Temos sorte, pois os argentinos não nos seguiram, mas agora só restou menos de um terço dos homens que partiram. Muitos estão feridos gravemente. Montevidéu está a cerca de cem milhas, e não há possibilidade de chegar por essas bandas alguma nave que nos embarque. Devemos marchar para o vilarejo mais próximo.

Não temos cavalos. As armas e munições foram perdidas quase completamente. Em caso de ataque seremos massacrados. Falta comida, e o pouco que temos foi racionado: um biscoito por dia.

Prosseguimos, passando a pé dentro de um número infinito de riachos que atrasam nossa marcha, perdidos no mato alto que nos impede de ver, exceto o último da fila, eventuais assaltantes e favorece todo tipo de emboscada.

Finalmente, conseguimos chegar a uma cidadezinha, Santa Lucía de los Santos. Ainda antes de chegar à vila, encontramos uma rica fazenda. No centro do grande quintal para o qual estão voltadas várias construções, há um poço. Os homens começam a puxar baldes de água.

Da casa principal, então, sai uma jovem mulher, bonita e elegante. Segura na mão uma garrafa de água e um copo, vem em nossa direção e dá a jarra a Garibaldi com um sorriso. Ela se apresenta, Lucía Esteche, filha do proprietário da fazenda, e depois se afasta. À porta de casa, vira, cruzando seu olhar com o de Giuseppe, que não a perdeu de vista um instante sequer.

No dia seguinte, Giuseppe começa a mandar mensagens a Montevidéu, pedindo ordens e disposições. Por semanas, nada chega. E então ficamos ali. Estamos bem, há tranquilidade, comida e água. Os homens vivem contentes. Vejo cada vez mais frequentemente Lucía e Giuseppe caminharem, conversando amavelmente entre si, ou afastando-se a cavalo para algum lugar nos arredores. Não é preciso ser um gênio para entender o que está acontecendo entre eles.

Penso em você em Montevidéu, sozinha com Menotti. Não tenho nem forças para sentir raiva. E de quem? De você, que ama um homem como Giuseppe? Dele, que se comporta como provavelmente se comportaria a maior parte dos homens diante de uma mulher jovem, bonita e disponível?

Estou triste, e a tristeza aumenta no dia em que vejo Lucía sair da casa e ir em direção a Garibaldi, que a espera no quintal, como todas as manhãs. Desta vez, contudo, sorri um sorriso estranho, lânguido e misterioso, enquanto com a mão direita acaricia o ventre. Um gesto delicado e doce como se transmitisse calor e amor a algo dentro dela. Quando chega perto dele, ergue-se na ponta dos pés e lhe sussurra no ouvido. Ele se espanta, parece que o vejo enrubescer sob o bronzeado, então a abraça, erguendo-a do chão. Poucos minutos depois, vejo que se aproxima de mim. Está visivelmente embaraçado. Vai direto ao assunto.

– Preciso de um homem de confiança que tente chegar a Montevidéu. Devo receber ordens. Não podemos permanecer aqui por muito tempo.

Olho-o. Por que dá ordens a mim? Por mais acostumado que esteja à minha perna mais curta, sou sempre um manco, um coxo, como me chamam os soldados. E, sou o único que está trabalhando, tentando organizar as armas que sobraram. Os outros estão por aí, repousando e no ócio. Não entendo e digo:

– Qualquer outro seria mais adequado que eu para ir.

– Quero que seja você.

Continuo a não entender. A esta altura, sua relação com Lucía se tornou pública; acho, aliás, tenho certeza de que a notícia chegou a Montevidéu e a você. Apesar da guerra, os despachos viajam e os mensageiros falam. Quer me afastar agora que há uma gravidez no meio? Absurdo. Seria um pouco tarde para tirar de perto uma testemunha incômoda. Ele hesita antes de falar e repetir quase as mesmas palavras de antes:

– Gostaria que fosse você.

A voz é baixa, o olhar, constrangido. Nunca vi Giuseppe assim. E, desta vez, compreendo. Ele precisa de alguém que prepare você para a notícia da gravidez de Lucía. Alguém que a escute, em quem você confie e que, justo porque conhece você profundamente desde sempre, saiba encontrar as palavras certas. Por isso eu, Miguel, seu amigo de infância, e nenhum outro. Fixo meus olhos nos dele e a resposta é clara:

– Não.

Não, Aninha, não serei eu a lhe dar a notícia da relação de Giuseppe e Lucía. E, se você já sabe, não quero que leia em meus olhos a certeza que anula qualquer esperança. Não. Não farei isso com você. Claro, também por covardia, mas sobretudo porque não quero ver seu sofrimento naquele momento.

Giuseppe me olha, ameaça dizer algo e depois se afasta com as costas curvas. Nós nos entendemos, e ele respeita o meu comportamento, a minha desaprovação, a minha dor.

Ficamos ali mais uns dias. Depois, finalmente as ordens chegam e partimos.

33

Setembro-dezembro de 1842 – Montevidéu, Uruguai

Olho-o partir e, dentro de mim, sinto como se me arrancassem algo. Dois meses de paz e de tranquilidade, de mate quente, de costura, de carne assada, de cama cômoda; só dois meses para ver apontar outros dentes em Menotti e depois tudo termina. A revolução continua. Outros ditadores a combater, sempre a buscar a todo custo a mesma justiça. Na noite antes de embarcar, Garibaldi ninou meu sono inquieto com as palavras que havia escrito, pensando em Montevidéu. Mais e mais vezes, até fixar os sons na cabeça.

Eri pur bella, o di Colombo terra
avventurosa, e l'ospital tuo seno
al proscritto porgesti! Ivi trovammo
non quiete, no, perché dalla malnata
dei tiranni genìa anche gl'immensi
non difettan tuoi campi, ma una daga
per combattere gli infesti, ed una patria
non di rovine seminata. Un cielo
come d'Italia, abitator fratelli
e donne impareggiate

E mais uma vez ouvi a palavra Itália e senti medo. Mas agora, agora que não tenho notícias dele há meses, ouço na memória os sons, procurando sua voz.

Queria lhe dizer que toda noite acaricio a camisa que ele deixou na cadeira e que Menotti já está pronunciando o nome do pai, meio enrolado, é verdade, mas a primeira palavra que saiu de sua boca não foi mamãe, e sim Giuseppe; queria lhe dizer que estou organizando a defesa do porto com as outras mulheres e com os homens que ficaram; queria lhe dizer que muitas vezes levo Menotti comigo ao hospital, onde ajudo os médicos e as enfermeiras, assim ele está seguro; queria lhe dizer para voltar logo, pois você me faz tanta falta que, às vezes, me sinto como um peixe na areia.

– Anita... venha. Vamos... Chegou um navio ao porto.

A voz de Marta. Debruço-me no terraço e a vejo. Protege-se do sol com o braço e sorri para mim. Talvez notícias de Giuseppe. Pego Menotti e voo pelas escadas. Caminhamos rápido até o porto. É verdade, um navio atracou. Há um rumor de gente, parentes que procuram familiares e soldados que vão e vêm. Procuro o capitão, mas me dizem que correu para casa. Marta para diante de um grupo de pessoas, sigo-a e escuto. Há uma mulher falando. Conheço-a de vista, chama-se Antônia, também ajuda no hospital e é mulher de um médico.

– ... fez com que os navios fossem incendiados para não deixar nada ao inimigo. Brown não devia ficar com nossa frota. Ouviam-se os boatos de Corrientes. Garibaldi obedeceu às ordens e... – olhamo-nos por um segundo, e ela estremece. Sorrio para ela, convidando-a a continuar. Ela olha para Marta com o olhar desconcertado. Vejo que Marta lhe faz um sinal com a cabeça, então ela toma fôlego e parece tomar também coragem. – Os nossos soldados enfrentaram longas marchas por terras selvagens e alagadas e depois, finalmente, encontraram refúgio em Santa Lucía de los Santos. Ali, Garibaldi e seus homens foram acolhidos por um rico proprietário em sua fazenda...

Interrompe de novo. Marta me segura pelo braço.

– É melhor que você saiba, Anita. Tentei protegê-la até agora, mas você iria saber por alguém que não lhe quer bem. Tentei lhe dizer, mas não conseguia; perdoe-me, minha amiga. Falam disso há meses em Montevidéu. Todos sabem, a não ser você, e você sabe o que penso sobre a liberdade das mulheres – não entendo. Não consigo entender. Uma mulher pede a Antônia que continue. – Parece que Garibaldi perdeu a cabeça pela filha do rico senhor. Chama-se Lucía. Namoram pela estrada e por toda parte e diante de todos aparecem abraçados. Diz-se que ela está esperando um filho de Garibaldi e que talvez ele não volte mais.

Um grunhido sai da minha garganta. Estou sufocada. Marta me segura, pega Menotti a tempo, porque eu caio no chão. O que acontece? O que está acontecendo? Não é possível. Não é verdade. Vejo minhas mãos tremerem e não consigo me levantar. Um homem me ergue e me segura debaixo do braço. Marta fala comigo, mas não ouço o que ela diz. Menotti chora. Tento pegá-lo, mas me faltam forças. Giuseppe, que me abandonou. Giuseppe, que me traiu. Giuseppe, que lança o seu sêmen noutro corpo. Giuseppe, que promete amor a outra mulher. Eu os vejo... Vejo-os... Vejo-os beijando-se, tocando-se, acariciando-se, fundindo-se. Vejo, e é o inferno, aquilo de que me falava dom Ferreira. Agora sei que existe o inferno.

Consigo caminhar. Sei que todos me olham, mas não me importa. Marta está perto de mim com Menotti. Andamos por travessas até minha casa.

– Anita, por favor, me deixe ficar com você.

– Não.

– Anita, os homens são diferentes de nós.

– Não.

– Não acho que ele não vá voltar, Anita. E, quando ele voltar, você decide o que fazer. Nunca quis que você passasse por isso...

– Não.

– Posso lhe dizer que ele deve ter se sentido sozinho, longe do seu carinho, mas não adianta, eu sei, até você está distante dele e de... Miguel.

Miguel. Ele nunca teria feito isso comigo. Sinto sua falta. Sinto falta do seu amor devoto e silencioso. Espero que mate Giuseppe pela traição. Eis o que penso. Espero que o torture até ele mesmo pedir a morte. Sim. Deve fazer isso. Ele fará isso por mim.

Vou até o quarto e olho a cama. Nela vejo corvos e serpentes. Arranco a coberta e o lençol e grito como antes de uma batalha. Arranco os cabelos, os chumaços nas mãos, e sinto uma dor que cobre outra dor. Depois procuro na gaveta do armário as minhas pistolas.

– Anita, por favor, assim você assusta Menotti. Por favor.

Seguro uma pistola em cada mão. Olho Marta sem vê-la. Sei que chora; depois olho para a janela que dá para o lampião e vejo Giuseppe rindo.

– Uma é para ele e a outra é para a sua rameira.

34

Fevereiro-outubro de 1843 – Montevidéu, Uruguai

Com Menotti no colo, você parece uma estátua no cais, enquanto todos ao seu redor gritam, chamam, riem, choram, abraçam-se, desesperam-se.

Giuseppe caminha em sua direção. Olha você, hesita, depois, com um movimento incerto, tenta abraçá-la. Você não responde à tentativa e seu olhar se torna ainda mais gélido; dos olhos e dos gestos de Giuseppe você teve a confirmação que temia e esperava, e todas as suas dúvidas desapareceram. É verdade o que dizem: ele a traiu.

Giuseppe percebe. Aperta nervoso a sua mão e depois se inclina com um sorriso forçado para beijar e pegar Menotti, que lhe estende os braços. Você não o solta; mantém os braços apertados ao redor do corpo do menino, como se para evitar contatos desagradáveis.

Depois, você vem em minha direção. Foge ao meu olhar e, em silêncio, só me dá um beijo na face, sem me tocar, segurando sempre firme o seu filho. Sinto suas lágrimas em minha pele. Você se afasta sem se virar para trás, olhando fixo para a frente.

Os dias passam e vejo-a sofrer. Em público, você está atenta para não ser vista com Giuseppe. Na intimidade não sei o que acontece, mas pressinto entre vocês uma desesperada e silenciosa cumplicidade. Giuseppe é tomado por um turbilhão de compromissos, festejos, visitas, reuniões, deveres e responsabilidades, prolongando-os para além dos limites, saindo de casa muito cedo e voltando tarde da noite, quando você já adormeceu. Ou finge estar ocupado. Você me confirma isso um dia em que a encontro na rua. Não faço perguntas, mas você pronuncia uma frase:

– Ainda não conversamos.

Nada mais diz. Por dias só a vejo de passagem. Percebo que deseja ficar sozinha, mas sinto a dor consumi-la e sei que não posso dizer ou fazer nada. Buscar palavras de consolo, de conforto? Quais? Como?

Um dia, enfim, vejo você e Giuseppe conversarem ininterruptamente sobre as pedras às margens do Rio de la Plata, onde a água ainda não é rio nem ainda é mar, parece suspensa entre dois destinos. Como você. Mas os roteiros já estão escritos, e a água não pode ir para outro lugar a não ser para o oceano. É impossível que volte atrás.

Vejo Giuseppe encher você de carícias, como nunca. E, um dia, você vem me procurar. Diz poucas palavras:

– Estou grávida. Espero que seja uma menina – depois vejo lágrimas em seus olhos. – Concebi esta criança no amor e no ódio. Espero que sua vida não sinta o peso dessas sombras.

Digo-lhe que isso não acontecerá, acrescento outras frases tranquilizadoras, mas calo o que nós dois sabemos. As sombras que teme já existem entre você e Giuseppe. Uma cicatriz pouco visível, que reaparece quando e onde você menos espera, no arrepio imprevisível e inquieto de um dia de sol e luz. Não é fácil, eu sei.

Dona Bernardina, a mulher do presidente, convida você para ir ao palácio com as outras mulheres de oficiais, ministros e funcionários. Pretende discutir o que vocês podem fazer, como contribuir no momento em que o Uruguai está em guerra. Você vai uma vez, uma só vez. Não volta mais. É difícil para você estar com aquelas mulheres elegantes. E não porque você tem a pele mais escura que a delas, as roupas pobres e esgarçadas, as mãos estragadas e não sabe ler, nem assinar os documentos que colocam em sua frente. Você sabe muito bem que, apesar de toda a arrogância, elas jamais poderiam sequer conceber cavalgar na floresta, atravessar um rio a nado, saudar com a mão uma granada que lhe passa pouco distante, como você já fez mil vezes, e repete isso a si mesma continuamente para se confortar, para se tranquilizar. Mas os olhares delas ferem, as palavras ou imagens que você nota matam, assim como a falação que eu também ouço pelas ruas.

"A pobre Lucía não tinha saída. Uma mulher jovem e bonita vive no meio do nada e, de repente, chega um como Garibaldi. É a palha ao lado do fogo."

"Ele sabe ser muito galanteador, minha cara. Com aquela voz rouca e a expressão decidida que tem."

"Elogiei seus cabelos uma vez e, no dia seguinte, ele chegou com a cabeça praticamente raspada. Sua mulher deve ter feito uma cena terrível."

"Tenho certeza de que, enquanto lhe cortava os cabelos, era você que ela queria ter sob a tesoura."

"É preciso entendê-la. Uma camponesa que vive em um pardieiro, uma pobrezinha, se ele a deixar, para onde poderia ir? E depois, está grávida de novo."

"Mas eu o largaria facilmente. É bonito, é forte, fascinante, mas é um pé-rapado sem eira nem beira."

"Em Santa Lucía de los Santos nasceu uma menina; sua mãe chamou-a Margherita. Margherita Garibaldi."

Muitas vezes, você depara com silêncios mais claros que um rio de palavras e vejo-a reagir sempre do mesmo modo. Curva a coluna por um instante, enquanto seu olhar fica perdido. Imediatamente depois, seus olhos brilham e você prossegue pela rua, com a fronte erguida. No entanto, cada vez mais frequentemente, vejo-a passear sozinha com Menotti às margens do rio, longe da cidade e das pessoas. São sombras que logo permanecem só no coração; há coisas mais importantes com as quais os habitantes de Montevidéu devem se preocupar. A esta altura, a guerra está em nossas casas. Os navios da frota argentina bloquearam o porto, o exército está assediando a cidade por terra, balas de canhão atingem casas e ruas, ninguém está seguro e muitos civis já foram mortos.

– Sinto-me impotente. Tenho mais medo por Menotti agora do que quando fugi com ele na floresta para escapar de Moringue – você me diz.

Compreendo. Agora você não pode montar a cavalo e correr de encontro ao inimigo. Só pode esperar, sem fazer nada. Sozinha.

Giuseppe foi nomeado comandante da frota uruguaia. Sua missão principal é supervisionar a construção de nove navios, então, quando não está ocupado em algum combate, passa o tempo nos canteiros navais.

Somente nos dias melhores, à noitinha, você vai esperá-lo, e vocês voltam juntos para casa. Vi você rir novamente, olhando Giuseppe ensinar a Menotti os termos marinhescos, vendo-o falar de nós, velas e cascos.

É o único momento em que você tem que dividi-lo com seu filho; a noite ele passa com os amigos italianos, especialmente com Anzani; há muitas coisas a discutir, enquanto o assédio continua.

Idosos, mulheres e crianças cavam e carregam pedras e malta para construir as fortificações. Arrancam os sinos das igrejas e parapeitos das varandas para conseguir metal. Recolhem crucifixos e medalhas religiosas para juntar ouro e prata. As mães se revezam para cuidar das crianças e organizam a distribuição da comida.

Você também participa ativamente. Grávida de seis meses e carregando firme Menotti, você corre pela cidade em meio às bombas que explodem e, finalmente, parece-me ver em seu rosto uma aparência de serenidade. Como se você estivesse em seu ambiente natural e revivesse o passado e os primeiros momentos com Giuseppe.

Os estrangeiros também têm que dar sua contribuição à defesa de Montevidéu. Os franceses já contribuem: constituíram uma legião que está guerreando. Então, Garibaldi, com a ajuda de Anzani, abre um escritório para recrutar combatentes entre os catorze mil residentes na cidade. Garibaldi sabe conversar com as pessoas, sabe convencê-las, e quatro mil habitantes – entre comerciantes, estudantes, doutores, artistas, desertores de outras guerras – aceitam fazer parte da legião italiana. Costuram inclusive uma bandeira, um pano preto com uma montanha soltando fumaça no meio. Giuseppe explica a você que aquele é o Vesúvio, um vulcão italiano.

O pensamento da Itália a inquieta mais uma vez, e Menotti parece dar corpo aos seus medos.

– Tenho medo de montanhas que cospem fogo e chamas.

Mas você está cada vez mais orgulhosa do seu Giuseppe, que continua a se cobrir de glória. Vejo quando do terraço de casa você assiste às manobras rápidas e geniais com que ele consegue forçar mais uma vez o bloqueio naval, permitindo que navios mercantes, carregados de armas, munições e víveres contrabandeados, entrem no porto.

Vejo quando ele chega em casa e você o ajuda a tirar a calça, a camisa e o poncho que ele usa todos os dias, e o ajuda a vestir o uniforme da marinha, que você mesma costurou, para que vá falar com o presidente, um elegante casaco longo e azul transpassado, com botões duplos dourados, e calça branca.

Vejo quando você o ajuda, rindo, a colocar a cartola dura e branca, em vez do chapéu de sempre.

Vejo quando chegam até você os ecos dos aplausos do povo, pois ele guiou a legião italiana em um assalto vitorioso.

E, a esta altura, com as mercadorias contrabandeadas vindas da Europa, chegam também à cidade, escondidos em barris de carne de porco ou de peixe salgado, jornais que começam a falar dele. E de você.

35

Novembro de 1843 – Montevidéu, Uruguai

O segundo parto é mais fácil que o primeiro. A dor é maior, mas o tempo do trabalho, menor.

A voz da parteira é áspera. Seguro a mão de Marta e a aperto forte. Ela me beija a testa.

– Menotti...

– Está com Miguel, não se preocupe. Ele o levou para ver os animais no mercado.

Sorrio. Não pergunto de Giuseppe. Sei que está na cozinha, preparando o café. A dor chega de repente e arqueio a coluna. Começam as contrações, e meu corpo se afasta do resto do mundo.

Concentro-me. Foi Maria quem me ensinou isso na fazenda da floresta enquanto eu dava à luz Menotti. Passaram-se três anos desde então, mas parecem cem. Concentro-me. O tempo todo. Giuseppe me traiu com uma mulher rica e elegante. Jamais pronunciei o nome dela. Penso nela sempre como "aquela mulher" e agora penso nela como "aquela pobre mulher". Também pariu com dores, sentindo como se fosse morrer, mas sem seu homem por perto. Espero pelo menos que tenha contado com uma amiga dedicada como Maria ou Marta. Enquanto parimos, os homens só servem para o café.

Concentro-me. Retorno onze meses atrás. Giuseppe volta de Santa Lucía de los Santos e seus olhos estão cheios de tristeza. Fito-o e tenho vontade de lhe cuspir a minha raiva, mas nada digo. Enquanto Giuseppe acaricia Menotti, sei que as pessoas me olham e, então, ergo a cabeça. Beijo Miguel e volto para casa com meu filho. Os filhos são das mulheres. As mulheres são capazes de tudo, muito mais que os homens, e isso muitas vezes não é levado em conta. O amor atrapalha tudo. Por ele perdemos a consciência do quanto valemos, tornamo-nos mais fracas e tolerantes, corremos rumo a precipícios perigosos com a despreocupação de quem vai à praia pegar caranguejo. Passei semanas pensando nisso. Em minha cama, sozinha, enquanto Giuseppe vivia em um quarto próximo ao quartel- general da legião.

– Você tem que fazer força agora.

Não suporto a voz da parteira. Ela é ríspida, com modos bruscos e autoritários. Marta acaricia minha face e diz para a parteira parar, senão irá aprender a atirar com prazer. Arregalo os olhos entre a dor e a diversão e vejo que Marta se aproxima da minha pistola, deixada sobre a cômoda.

– Marta, chame o Giuseppe.

– Mesmo? Quer que ele venha aqui?

– Quero. Quero que ele esteja aqui comigo.

Ela concorda. Em seus olhos vejo compreensão e empatia. Giuseppe me provocou uma ferida profunda e tantas coisas desabaram. Ainda o amo, mas agora sei que jamais poderei lhe confiar minha vida totalmente como antes.

Quando ele entra no quarto, a voz da parteira é submissa, mas quase escandalizada:

– Ele não pode ficar aqui.

– Finja que ele é um médico. Na guerra eu vi coisas que a senhora nem imagina. Faça o seu trabalho e não crie caso – e completo: – Agora sim.

Dou a mão a Giuseppe, e ele a beija. Concentro-me, porque a dor chega rápido e não diminui facilmente. Respiro fundo. Volto às lembranças. A camisa vermelha para os soldados da Legião. Um uniforme que desse mais dignidade ao exército e fosse facilmente identificado. Giuseppe na cozinha experimentando-a toda cheia de alfinetes. Menotti dizendo que ele também quer uma assim, e eu lhe garantindo que a terá. Anzani e eu escolhemos o tecido de um mercador francês. O homem parecia querer se livrar daquele pano vermelho. Anzani entendeu rápido por quê. Era destinado aos estabelecimentos de abate de uma região do Brasil. Os açougueiros, de fato, usam camisas vermelhas para esconder a sujeira; mas o mercador não podia enviá-la naquele momento porque os contatos com o Brasil estavam interrompidos por conta de tanta desordem. Então, eu negociei e consegui um bom preço. O mercador tinha à disposição milhares de botões brancos e um cesto de retalhos de tecido verde. Nós compramos tudo e voltamos para casa. Giuseppe estava com Menotti. Ele já tinha voltado para a nossa cama, para o meu corpo e para a minha mente, mas, sempre que o via em casa, parecia--me um estranho, como se estivesse fora do lugar.

– Agora repouse um pouco. Estamos quase. Daqui a pouco será o momento de cansar de verdade.

– Amor...

– Giuseppe, descanse você também agora. Depois você terá que me ajudar.

Ele se senta perto da cama e olha minha barriga coberta por um lençol. Quero que veja como nascem seus filhos, inclusive por conta da filha que nunca viu.

Meus pensamentos vão de novo para fora do quarto. Gaetano Gallino vindo à nossa casa numa manhã de outubro e dizendo que está à minha disposição para fazer um retrato. Marta, que me ajuda com as roupas, para e começa a rir. Um retrato? E o que significa? Marta diz que os homens têm vários modos de se fazerem perdoar e, quase admirada, acrescenta que Giuseppe encontrou um original.

No meio-tempo, o senhor Gallino me mostra uma tela e diz que minha imagem será reproduzida ali. Tenho vontade de lhe dar um soco. Quem pensa que sou? Sei o que é um retrato. Mas por que meu? Ele explica que foi Garibaldi que o encomendou e que eu deveria me sentar e ficar parada, enquanto ele trabalhava. Marta ri mais alto. E eu tenho uma ideia. Um artista deve saber desenhar camisas! Então, na mesa da cozinha, com as mãos seguras e a face atenta, o senhor Gallino desenha com carvão em um papel de jornal o modelo de um casaco com gola, punhos e cintura.

– Bem, quanto ao retrato veremos depois. Agora tenho o que fazer e não posso ficar parada diante do senhor.

Marta o acompanha até a porta e, quando retorna, diz que o viu movendo os bigodes como os de um gato enquanto eu lhe falava. O senhor Gallino ficou fascinado comigo. Rio e balanço a cabeça. Tenho muito o que fazer. Pego o desenho e o coloco sobre o tecido. Corto com minha tesoura de costura e, depois, junto as partes de pano com os alfinetes. A gola e os punhos verdes. Imagino a camisa com os botões brancos. Perfeita. Marta sugere que, quando estiverem cortadas, as camisas sejam costuradas pelas mulheres de Montevidéu que fazem parte do comitê de voluntárias da Legião. Ponho mãos à obra e convido algumas voluntárias para virem a minha casa aprender a prender os punhos e a gola para que depois possam ensinar outras.

– Está na hora. Força, empurre.

A parteira fica diante de mim na cama. A criança empurra. As mãos de Giuseppe viram as barras às quais me agarro com toda a força que a dor me dá. Não me seguro. Dou um grito selvagem e deixo que a saliva escorra da boca e molhe meu rosto. Olho para Giuseppe e vejo o quanto está pálido. O sangue sai de meu corpo e cai em uma bacia. Quero que Giuseppe veja e sinta e que tenha medo. Sim, eu sei. Giuseppe está com medo. Finalmente, sinto a barriga se esvaziar e, depois do corpo, um soluço. Espero o choro do bebê antes de soltar as mãos de Giuseppe.

Olho a criança sobre o meu ventre. Os cabelos são loiros. Os cabelos do pai. Doce. É uma menina. Respiro e sorrio.

– Vai se chamar Rosa, como minha mãe, se lhe agrada, meu amor.

– Rosita. Sim, eu gosto de Rosita.

36

Janeiro-dezembro de 1845 – Montevidéu – Salto, Uruguai

É noite no terraço da casa de Calle del Porton. Giuseppe está falando com alguns oficiais do exército uruguaio e com alguns expoentes das embaixadas inglesa e francesa em Montevidéu. Mapas topográficos espalham-se sobre a mesa. A chama da única vela que os ilumina apaga--se com um último sopro. De dentro, ouvem-se risadas de crianças.

– Anita, traga uma vela.

– Não temos mais.

No escuro, os olhos dos presentes se buscam; todos sabem da pobreza em que a família de vocês vive. Garibaldi não se altera; faz menção à escuridão na qual percebe os seus interlocutores mais do que os vê.

– Senhores, as velas não fazem parte do salário dos soldados. Podemos falar perfeitamente no escuro.

No dia seguinte, apresenta-se a ele um coronel. Oferece-lhe uma centena de patacões, as moedas mais comuns na cidade.

Você e Giuseppe pegam somente doze; as outras dão a uma viúva, vizinha de casa.

A principal consequência daquele encontro, no entanto, é outra: parte-se novamente para a guerra. No escuro do terraço, decidiu-se por uma expedição. O objetivo é subir o Rio Uruguai para tentar retomar a comunicação com o Brasil, vencendo a frota argentina e ocupando a ilha fortificada de Martín García e as cidades de Colônia e Salto. A expedição será comandada por Garibaldi.

Mais uma vez, você está no cais para vê-lo partir. Pergunto-me o que sobrou da Aninha de alguns anos atrás, daquela que parecia ter o universo nas mãos.

Agora vejo uma mulher de 24 anos, sempre bonita, embora marcada pelo cansaço, pelos esforços, pelas gravidezes e preocupações, com uma criança no colo e outra na mão e uma vida que cresce novamente dentro dela, despedindo-se de um navio no qual seu homem se afasta mais uma vez.

Aguarda você um longo período sozinha com seus filhos e sem dinheiro. Todos sabemos que o salário de Giuseppe, depois que ele partir, se tornará irregular, e que você terá pouca ajuda, pois partimos em muitos, entre os quais Aguyar, o escravo negro que Giuseppe libertou e que a ajuda em casa e diverte as crianças, principalmente Rosa, com suas caretas, roupas coloridas e cabelos estranhos.

Lentamente, enquanto o navio se afasta, você se torna cada vez menor, até se confundir com o horizonte.

Para nós a guerra logo começa. No início, a expedição age bem. Garibaldi demonstra mais uma vez ser um comandante nato e conhecer muito bem a arte do combate. A ilha de Martín García se rende; Colônia, uma bela cidade com casas coloniais brancas, é conquistada. E também queimada e saqueada, apesar das ordens e ameaças de Giuseppe. Mais uma vez sinto desgosto e penso em Imaruí e em São José do Norte. Os saques e as devastações nunca nos trouxeram sorte.

Mas, desta vez, parece que as coisas são diferentes. Conquistamos também Salto. Poucos dias depois, chega um mensageiro de Montevidéu com uma carta. Garibaldi a lê enquanto estamos comendo, depois explode em um grito de alegria. É pai pela terceira vez, uma menina, Teresita. Todos o cumprimentam. Há alegria entre os homens, e tudo parece andar da melhor forma possível.

Olho em direção a Montevidéu, a milhas e milhas de distância, dias a cavalo e de navio. Onde você está sozinha com três filhos pequenos, que não verão o pai nem no Natal. Pergunto-me o que você estará fazendo, no que anda pensando, que problemas terá de enfrentar, como está se sentindo, como estão Menotti, Rosita e Teresita.

Poucos dias depois, enquanto estamos comendo, chega outra mensagem da capital. Um comunicado urgente, diretamente do primeiro-ministro Pacheco. Garibaldi abre a carta, sem parar de falar com o subcomandante. Percebe-se, pelo tamanho da folha, que se trata de poucas linhas. Garibaldi as lê rapidamente, depois empalidece, deixa cair o papel e leva as mãos ao rosto, cobrindo-o. Quando as tira, vemos lágrimas escorrerem por sua face.

Preocupado, Anzani corre em sua direção e lhe fala baixinho. Garibaldi indica a carta no chão, ele pega o papel e lê. Muda de expressão e começa a tossir fortemente. Sabemos que ele está com tuberculose, mas geralmente só tosse à noite. Senta-se, sem conseguir parar de tossir, enquanto o lenço que leva à boca se colore de vermelho. Aproximo-me com a face perplexa, o coração tumultuado e mil perguntas nos lábios. Anzani ainda tem o bilhete nas mãos, que me estende em silêncio. São duas linhas, doze palavras que conto automaticamente.

"Sua filha Rosita está morta. Isso é o que você precisa saber."

Meu coração se acelera. Não é verdade. Não pode ser verdade. Não Rosita. Absurdo. Brincadeira. Deve ter sido inventado pelos inimigos de Giuseppe em Montevidéu. Ninguém pode dar uma notícia dessas assim a um pai.

Aguyar se aproxima. Ouviu os presentes sussurrarem o nome de Rosita, mas não entendeu, está alarmado. Antes que possa perguntar, estendo-lhe a carta. Ele me olha sem entender.

– Não sei ler.

Na confusão do momento, havia me esquecido. Pronuncio somente duas palavras; não conseguiria articular outras:

– Está morta.

Ele começa a chorar, em silêncio.

Garibaldi está calmo. Anzani e outros conversam com ele, colocam uma mão sobre seu ombro, abraçam-no, confortam-no. Eu me afasto; preciso estar só e em silêncio neste momento, enquanto na mente ganha forma a mais linda recordação que tenho de Rosita. É carnaval em Montevidéu, poucos meses antes, bandas musicais, alegria, palhaços, malabaristas, música na noite iluminada pelas lanternas de papel. Dou a mão a Menotti, enquanto Rosita está no colo de Aguyar.

Perto de nós, na alegria geral, há somente um homem mascarado com a face triste. Não participa da festa, vê-se que está até incomodado, mas não se move, como se, em qualquer outro lugar, o aguardassem solidões e dores insuportáveis.

Rosita o olha uma vez, depois outra. Por fim, ela o olha fixamente com seus olhos grandes, escuros, lindos e inocentemente misteriosos. Em seguida, seu rosto se abre em um sorriso comovente. Uma vez, duas, depois faz uma careta engraçada e dá outro sorriso envolvente como os outros. Até que o rosto do homem se expande, ele sorri e se afasta, após ter acariciado a cabeça de Rosita. Ela bate as mãos contente, rindo alto. Foi uma brincadeira de criança, claro, mas por um instante aplacou a tristeza de um homem.

Depois, começo a pensar em você. Sozinha para enfrentar uma dor assim enorme.

Poucos minutos se passam, e Garibaldi manda me chamar junto com Aguyar, e as ordens são precisas:

– Vocês partirão imediatamente para Montevidéu. Façam com que Anita deixe as crianças com alguém de confiança e a tragam para cá. Quero Anita perto de mim.

37

Janeiro de 1846 – Entre Montevidéu e Salto, Uruguai

– Boi, boi, boi, boi da cara preta, pega essa menina que tem medo de careta.

É a minha voz. Ouço a minha voz, mas não posso mais cantar para Rosita. Ela está dormindo há muito tempo. Dorme e não acorda. Minha filha lindíssima, com os cachos dourados, não acorda mais para olhar o dia, não ri quando me vê nem bate as mãos quando Menotti a beija.

– Aninha, agora vamos descansar um pouco. Giuseppe está a um dia de caminhada. Está vendo a montanha com o topo de neve? Salto é ali.

Miguel apeia do cavalo e me pega nos braços. Vejo e ouço tudo como se estivesse embaixo da água. Não tenho força para nada. Sento-me perto de uma árvore, enquanto Miguel e Aguyar tiram as rédeas dos cavalos e pensam na comida. Vieram me buscar em Montevidéu para me levar até Giuseppe. Eu não disse que não. Não gritei nem me desfiz em lágrimas. Tudo é indiferente agora. Deixei que me ajudassem a montar no cavalo; deixei que me guiassem, sem falar, sem saber mais se havia palavras a dizer ou coisas a fazer.

Os ruídos são tênues e iguais. Olho meus braços. Rosita está ali com febre alta, precisando do ar que não consegue respirar e, então, eu a nino. Nino e canto alto para não ouvir a sua dor.

– Boi, boi, boi, boi da cara preta...

– A senhora enlouqueceu! Não deve mais pensar nisso. Entendeu?!

Aguyar é o escravo que Giuseppe havia me apresentado em uma carta. Um escravo que se tornou um homem livre. Decidiu seguir Giuseppe e permanecer com ele. Escreveu-me uma carta, que Marta sempre lia para mim. Uma carta bonita, cheia de palavras de alegria pelo nascimento de Teresita e de palavras de amor por mim. Decorei tudo e, muitas vezes, as recitava para Menotti, que escutava atento, para Rosita e Teresita. Tenho três filhos lindos. Quando Teresita nasceu, pensei que nada mais pudesse me causar dor. Nada nem ninguém poderia me fazer mal. Como estava enganada.

Uma mãe não pode sobreviver à morte dos filhos. Eu não quero viver sem Rosita. Não posso viver sem ela.

– Aninha, coma, por favor.

Comer não serve para quem não quer viver. Vejo os grãos de feijão no prato e parecem vermes vivos. O prato me escapa das mãos e cai no chão. Miguel não fala. Sinto uma carícia em minha cabeça. É a sua mão bondosa.

– Traga-me Rosita de volta, por favor.

Não consigo dizer mais nada; não consigo fazer mais nada. Tragam-me Rosita de volta ou me mostrem o caminho para chegar até ela. Penso em seu caixão pequeno e branco debaixo da terra. A esta altura, as flores que eu havia colocado para acompanhá-la terão desaparecido, e ela se sentirá sozinha, e talvez me chame, e eu estou aqui longe dela.

Levanto-me e corro pela trilha entre as árvores. Corro e não consigo me movimentar, porque as pernas estão muito pesadas. Sinto que alguém me ergue e percebo que estou nos braços de Aguyar, no colo, como se eu fosse uma menina sendo ninada.

Àqueles que querem me seguir
Dou as boas-vindas com minhas mãos
E o sol vermelho desaparece finalmente entre as colinas de ouro
E a paz esteja com esse jovem guerreiro
Sem o som dos fuzis
Senhor, você pode me ouvir falar?
Eles pagam o preço de serem destinados ao inferno.

A música vem da sua voz. Toca tão fundo, é tão cheia de dor e de melancolia. Sei que choro nos braços de um gigante negro tão diferente de mim, mas sinto nossos corações tão próximos! Peço também a ele:

– Traga-me Rosita de volta.

– Trago, senhora. Rosita está aqui.

– Não é verdade. Não é verdade; você também está mentindo.

– Não, não estou. Rosita está aqui de verdade.

Fecho os olhos e me deixo ninar. Rosita está aqui. Sua pele tão alva e seus cabelos tão parecidos com o sol de janeiro, seus olhos da cor do mar e aquela doçura ao me olhar e me tocar. Minha doce maravilhosa menina, peço-lhe, deixe-me tocá-la mais uma vez. Se tivesse uma alma, eu a venderia em troca de um toque. E, se pudesse, compraria uma alma para poder acariciar você.

– Aguyar... vou verificar se não há emboscadas. Cuide dela.

A voz de Miguel. A revolução, a guerra, a morte. Sempre a morte dos fracos e dos inocentes. Para que serve? Com os olhos fechados, as imagens são ainda mais fortes e dolorosas. Marta também me dizia que Rosita estava comigo, mas eu ria de suas palavras e, uma vez, atirei um prato nela, enquanto ela tentava me consolar com essas mentiras. Um prato em minha amiga querida. Fiz isso. Ela não se moveu, e o prato, antes de cair, feriu sua testa. Então comecei a gritar, porque vi o sangue escorrer sobre os olhos e a face, como lágrimas vermelhas. Como sou malvada. Levaram Rosita de mim porque sou má. Ninguém quer estar ao meu lado.

– Senhora...

– Cante mais, Aguyar.

– Não, agora não, senhora – ele me coloca com delicadeza no chão. Seus olhos parecem leite que brota da terra preta. São doces e carinhosos. São olhos de terras distantes. – Eu entendo a sua dor. Rosita está aqui.

Gostaria de lhe arrancar a carne com minhas mãos, mas nem consigo erguer os braços. Vejo o gigante de repente ficar pequeno e vasculhar na bolsa. Segura algo nas mãos que me assusta. Não quero, não quero ver. Aguyar chega perto de mim e põe a menina de pano em meu seio. Os cabelos dourados, a boca pequena e uma covinha no queixo. O vestido com flores amarelas e os pés descalços. Ouço Aguyar falar em uma língua que não conheço, uma língua de gemidos e respiros profundos. A menina de pano sorri. É uma boneca, mas sorri. Pego-a nos braços e a nino.

– Boi, boi, boi, boi da cara preta pega essa menina que tem medo de careta.

Sinto-me dissolver. Tudo se relaxa. Aguyar sopra na cabeça da menina de pano e a chama de Rosita.

– Rosita está aqui. Rosita está rindo, senhora.

Sim, ela está aqui.

– Está tudo bem, podemos prosseguir.

A voz de Miguel me surpreende. Os cavalos estão repousados e nutridos, podemos prosseguir, não há perigo. Miguel me ajuda a montar no cavalo. Seguro minha menina no coração e tenho vontade de dormir, há tanto tempo não durmo. Apoio-me às costas de Miguel e fecho os olhos, enquanto a menina no coração respira devagar. A menina no coração se chama Rosita.

– Obrigado, Aguyar.

– A senhora e eu estamos unidos na dor.

– Eu vi, Aguyar. Você lhe deu a boneca que era de sua filha. Um presente assim não tem preço.

– A minha menina está sempre comigo. A senhora precisa de um pouco de tempo para entender que as crianças ficam com quem as ama.

– Chegaremos antes do previsto ao quartel-general. A estrada agora está tranquila.

As vozes de Miguel e Aguyar soam distantes, distantes. Eu já estou dormindo e sonhando, com Rosita nas mãos e em meu coração.

38

Janeiro-dezembro de 1847 – Salto, Uruguai

Em Salto vejo você reflorescer, dia após dia. Foi suficiente que Giuseppe começasse a cuidar de você, falasse com você, a abraçasse, a amasse, destinando-lhe um pouco do tempo de seus deveres de soldado e comandante. Estou contente. Esperava que isso acontecesse, mas temia que não. Vi muitas pessoas morrendo lentamente, consumidas pelo mal negro que sufoca o desejo de viver.

Restaram-lhe, porém, algumas rugas a mais ao lado da boca, e sei que a sombra que às vezes invade a sua face, enquanto seus lábios assumem um contorno amargo, nunca mais a abandonará.

Mas, neste momento, seu rosto está feliz. Você espera Giuseppe na saída da cidade. Anzani e eu estamos ao seu lado. Hoje houve combate em Salto, uma localidade pouco distante daqui.

– Uma grande batalha – gritaram os primeiros mensageiros que chegaram à cidade.

– Um sucesso incrível – gritaram mais forte os que vieram depois.

– Garibaldi com trezentos soldados venceu um exército de mil e duzentos inimigos. Foi sua vitória mais bonita – começam a gritar todos.

Ouvimos aplausos distantes, depois mais próximos. À luz das toras, vemos chegar Garibaldi. Alto, imponente sobre o cavalo branco, quase uma estátua, a expressão cansada, mas altiva, segue lentamente entre as duas alas da multidão enlouquecida. Para perto de você, sorri, inclina-se, beija-a e lhe dá uma trouxa disforme, um cão com uma perna enfaixada. Explica:

– No meio da batalha vi o cachorro saindo do fronte argentino e correndo em nossa direção. Atiraram nele e acertaram em uma pata. Então o peguei e cuidei dele para o levarmos às crianças. Até lhe dei um nome: Guerrello.

Sua resposta é um sussurro. Talvez só eu a ouça ou imagine.

– Rosita iria gostar dele.

É, entretanto, somente um instante. A alegria de ter o seu Giuseppe por perto, ileso depois da batalha, e o orgulho por sua vitória vencem a tristeza e o lamento; e o contorno amargo da boca, que por um momento havia marcado o seu rosto, se desfaz.

Você abraça o cão e ri, ri alto, e talvez seja a primeira vez, desde que estamos aqui, que o seu riso é verdadeiro, não melancólico e triste. Vocês seguem juntos, conosco e com outros soldados atrás. Toda a cidade está nas ruas. É um triunfo.

Eu não estava na batalha; ocupava-me em meu trabalho. Nem Anzani, doente demais para guerrear. Mas estamos presentes os dois no dia seguinte, quando, ao nascer do sol, nos mobilizamos com outros poucos para recolher os mortos e feridos que ninguém socorreu ainda e morrerão outros mais. Os cadáveres enchem vários carros, muitos. Sepultamos os corpos em uma fossa comum, sem distinguir os amigos dos inimigos.

Nas semanas após a batalha, passada a euforia, Giuseppe está particularmente quieto e silencioso com todos, inclusive com você. Mas você sabe o que está acontecendo.

– Está indeciso. Não sabe o que fazer.

O resto me diz Anzani:

– De Montevidéu não chegam ordens. Sua fama está criando muita inveja. E, depois, a notícia das vitórias de Giuseppe chegou também à Europa. Na Itália, muitos estão insistindo para que ele volte e assuma o comando das operações que deveriam unir nossa terra em uma única grande nação.

Sei do que está falando. Já me explicou mil vezes que a Itália, o país do seu Giuseppe e dele, está dividida em não sei quantos estados governados por potências estrangeiras. Os verdadeiros patriotas desejam uni-la e, há anos, combatem e morrem para que isso ocorra. Anzani, porém, tem um motivo importante para querer voltar logo.

– Estou doente; não viverei muito tempo. Quero morrer na Itália, minha pátria. E talvez antes de morrer ainda consiga vê-la realmente unida.

Você não teme mais uma eventual partida de Giuseppe; tem certeza de que isso acontecerá. A única dúvida é quando, mas você compreendeu que o momento está se aproximando cada vez mais. Você me diz:

– Estou grávida de novo. E Giuseppe gostaria que pelo menos este filho nascesse na Itália.

Você não diz nada sobre o medo do que acontecerá depois, mas eu percebo, eu sei.

Em dezembro voltamos a Montevidéu. Você está feliz: longe de Menotti e de Teresita há tanto tempo, embora a viagem a Salto tenha sido necessária, agora finalmente vai reencontrá-los.

Os cinco dias no navio são serenos, e vejo você e Giuseppe se fecharem na cabine frequentemente, como nos tempos do Rio Pardo.

Na chegada, a multidão aplaude, os fuzis disparam no ar, as bandas desfilam pelas ruas de Montevidéu; à noite, o céu é colorido pelos fogos artificiais.

Você fica a bordo, onde seus filhos vêm encontrá-la. Você não quer barulho, bagunça, clamor. Desce do navio só no dia seguinte. E a primeira coisa que faz é acompanhar Giuseppe ao túmulo onde está sepultado o pequeno caixão branco de Rosita. Só você e ele.

Mas, em Montevidéu, para cada pessoa que aclama Garibaldi há pelo menos uma que o detesta. É um vencedor, não há dúvida, mas suas vitórias suscitaram invejas profundas. Você até ouve dizer que alguns prefeririam vê-lo morto. Um dia, chego à sua casa e vejo a construção ao lado, onde funciona uma tabacaria, com sinais evidentes de incêndio. Você me explica o que aconteceu:

– Esta noite queimou tudo. Vieram os bombeiros apagar o fogo – fica calada por um instante, enquanto na boca retorna aquele contorno amargo que já conheço bem. – Dizem que foi acaso.

Sei que você não acha isso. Nem eu. Alguém pôs fogo para intimidar Garibaldi. Você me confirma.

– Ontem Menotti estava brincando na rua e um homem o ameaçou.

Você está assustada; vive uma situação à qual não está acostumada. Você não tem que enfrentar um inimigo que está à sua frente, visível, com quem deve lutar face a face, com a faca ou a carabina. Não. Agora a luta é na sombra. E por isso é mais perigosa e desleal.

A esta altura Giuseppe insiste todos os dias para que pelo menos você vá para a Itália, para Nice, onde a mãe dele a espera, quer conhecê-la e encontrar seus netos. Os filhos do filho dela. Garante, jura que a alcançará o quanto antes.

– E o que mais poderia fazer aqui? Veja bem, muitos não me querem mais. E os jornais que chegam com os navios da Itália estão cheios de notícias importantes. Se demorar muito, não chegarei a tempo.

Você sabe que é verdade. Da Itália continuam a chegar notícias de insurreições, de acontecimentos revolucionários. Parece que só falta Giuseppe para que tudo possa ficar melhor. Um dia desses, uma delegação de italianos até veio à sua casa, acompanhada pelos aplausos de um pequeno grupo de pessoas. Uma delas trazia um pacote comprido. Giuseppe o abre diante de você. É uma espada. "Uma espada de honra", diz o pergaminho que a acompanha. Não se trata de uma arma destinada a combater. É pesada, pouco prática, sem corte, um objeto precioso dourado e prateado, esculpido à mão com dezenas de figuras que representam batalhas e vitórias, pago pelas contribuições de patriotas de todas as cidades da Itália e fabricado pelos ourives do Ponte Vecchio, em Florença. Eles estão entre os melhores do mundo, explica Giuseppe.

Você pendura a espada na parede da sua casa. No dia seguinte a vejo. Parece fora de lugar naquela habitação pobre de sempre. E vocês não poderiam vendê-la, se Giuseppe quisesse.

Mas a partida é adiada. Você me explica por quê:

– Não temos dinheiro para pagar o navio, nem para pequenas coisas. Outro dia, Teresita caiu e cortou a testa. Para consolá-la, Giuseppe lhe prometeu um brinquedo. Mas, para comprá-lo, precisou pegar as moedas que ela guardava no cofrinho. Três pesos. Dissemos a ela que algum malvado as havia roubado.

E assim, seu quarto filho nasce também aqui, na América. Seu nome será Ricciotti, como o outro italiano que morreu lutando por suas ideias. Um depreciador de Giuseppe pergunta, sem abaixar a voz, o que virá primeiro: a independência da Itália ou o fim dos nomes dos patriotas mortos, em função da regularidade com que faz você ter filhos.

Um dia, porém, você me dá a notícia:

– Juntamos o dinheiro necessário; partirei dois dias depois do Natal – sei que você lutou até o último momento para que Giuseppe a acompanhasse. Ele a convenceu somente com duas promessas. – Me alcançará logo. E levaráos restos mortais da minha Rosita para que possam repousar perto de mim, de seu pai e de seus irmãos.

Passamos o Natal juntos na sede da Legião Italiana. O ambiente é alegre, comemos, bebemos, cantamos, rimos, dançamos. Dançam todos, até as crianças. Você não, enquanto no passado, em ocasiões como esta, estaria vibrando. Você fica num canto; o contorno amargo da boca que eu conheço bem não a abandona um segundo. Os sorrisos são superficiais, circunstanciais, como nos momentos obscuros. Parece até que a escuridão a envolveu novamente.

Sei o que você está pensando. Você deixará a sua terra e, quase certamente, para sempre. Nunca mais verá sua mãe, nem suas irmãs. Talvez você já soubesse disso, mas também sabia que elas, apesar de longe, estavam separadas de você por alguns dias de viagem, não por um oceano. Acima de tudo, você não tem ideia de como será sua nova vida.

Eu também não estarei lá. Não irei com você; não tenho dinheiro e Giuseppe me pediu que fique. Ainda precisa de mim, do meu trabalho, e depois, quando ele partir, se quiser, poderei ir com ele – na Itália um exército também precisa de armeiros.

Quando venho me despedir de você, um dia antes de sua partida, Giuseppe chega com duas camisas vermelhas novas.

– São para modelo. Para que se costurem outras mil.

Mas eu sei que na manhã da partida, ao deixar a casa de Calle del Porton, onde você viveu por sete anos, sua última visita será o cemitério. Sozinha. Para se despedir de Rosita.

39

Dezembro de 1847 – março de 1848
Navio Carolina – Gênova, Itália

Quando Ricciotti nasceu em março do ano passado, achei que era o menino mais lindo do mundo. Veio ao mundo com os olhos abertos e com um quase sorriso que me encantou. Giuseppe não podia esconder sua alegria, e eu até o ouvi cantarolar. Ricciotti nasceu em Montevidéu, depois da permanência em Salto, entre o amor de Marta e de amigos queridos como os Antonini e a felicidade de Aguyar, que se vestiu com uma túnica vermelha e amarela depois do nascimento. Ricciotti é o nome de outro amigo de Giuseppe, fuzilado pelos Bourbons por ter preparado a insurreição pela liberdade da pátria e dela participado. Meus filhos homens têm o nome de pessoas mortas para que outras possam ter uma vida melhor. O melhor modo de viver e de morrer.

Foi duro percorrer a escuridão que me invadiu após a morte de Rosita. O teste mais difícil da minha vida. Ainda é. Sinto falta de Rosita e penso nela todos os dias, e todos os dias sei que ela teria se tornado mais alta, aprendido novas palavras para me dizer, teria rido por coisas novas e me abraçado cada vez mais forte.

Ter outros filhos é um consolo, mas nada consegue aplacar a falta que sinto dela.

Menotti é muito doce. Folheia um livro, presente da senhora Antonini, e olha as imagens encantado. Está aprendendo a ler e, quando fala, passa do italiano ao português sem nenhum problema. Mas eu erro as palavras frequentemente. Meu cérebro não é inteligente como o dele.

Estamos no navio chamado Carolina, que nos levará a Gênova. Giuseppe quis nos mandar primeiro. Estou emocionada e assustada. De novo outra terra, tão distante que nem dá para imaginar. Despedi-me de Marta e não quis que ela me acompanhasse ao porto; se ela fosse, eu teria fugido do navio e permanecido em terra. Nunca tive uma amiga assim. Uma pessoa que me entende e que não me julga. Gostaria tanto que viesse conosco. Marta me prometeu que pensaria e que talvez nos alcançasse com o navio de Giuseppe. Seria lindo. Até para ela permanecer em Montevidéu não é mais seguro. Nossos amigos estão todos na mira de quem nos quer distantes ou mortos. As batalhas de Giuseppe pela justiça incomodam quem vive e se enriquece de injustiças.

– *Mamma*...

Sorrio. Menotti me chama de "mamma". O vento nos últimos dias está mais preguiçoso. O mar, quase plano. Dizem que logo chegaremos a Gênova.

– Diga, meu filho.

– Olhe. Tem a foto do papai neste jornal.

Menotti me mostra a folha de papel amarelado e, de fato, vejo Giuseppe. Está com o casaco da legião e um olhar preocupado. Entristeço-me.

– O que dizem as palavras?

– Não entendo todas, *mamma*.

Sua voz é orgulhosa e parece a de Giuseppe quando estimula os legionários a se moverem. Dou um sorriso, e ele me abraça. Meu filho está crescendo. Meus filhos estão crescendo. Ricciotti dorme tranquilo. Por sorte, tenho leite para alimentá-lo e aqui no navio nunca nos faltou comida; apesar de racionada, é suficiente. Teresita brinca com a boneca de pano que Aguyar havia me dado. A boneca com o espírito de Rosita.

– Menotti... sabe de uma coisa? Eu gostaria muito de aprender a escrever.

– É verdade, *mamma*? Eu sei escrever o meu nome, o seu e o do papai.

– Deixe-me ver.

Menotti sempre esteve atento, e Giuseppe, nos momentos de descanso, ensinou-lhe as letras e como são traçadas sobre o papel. Antes de partir, preparou uma pena e um caderno. Desenha navios e pássaros que parecem verdadeiros.

– Um dia seremos livres como pássaros... Eles sabem quais são os melhores ventos.

Teresita abre os braços e se move como se fossem asas. Depois faz o mesmo com a boneca.

Menotti prepara a pena, molhando-a na tinta, e a entrega a mim. Diz que a seguro mal e me ajuda e, então, com ele segurando a minha mão, escrevemos juntos o meu nome: Anita.

–Agora, *mamma*, copie várias vezes até aprender bem.

Está tão sério enquanto me olha escrever que parece até um daqueles professores que de vez em quando se encontram com Giuseppe. Minhas mãos, que sabem manusear pistolas, espingardas e espadas, penam e tremem para traçar aqueles sinais obscuros. As palavras escritas são importantes, com uma voz mais potente que a do canhão. Sei disso, e sempre soube, desde quando tio Antônio escondia aquelas folhas de jornal nas quais havia a palavra "justiça". Quem sabe escrever é realmente poderoso e não deve dizer mentiras, senão o povo que lê e que ouve as aprende e nunca raciocina sobre a verdade. Como é possível tornar um povo livre se não lhe permitimos raciocinar sobre coisas verdadeiras? Impossível.

– Muito bem, *mamma*. Mas você escreveu Anitu... Precisa fechar a última letra!

Anitu... Dou uma risada e abraço Menotti e, enquanto ele molha de novo a pena na tinta, pulamos de susto ao som da sirene.

Levantamo-nos para olhar o mar enquanto os outros passageiros correm para a ponte.

– Minha cara... aquela é Gênova.

A senhora Antonini, Nina, com seu xale de lã, estende o braço e me indica algo no horizonte.

Gênova. Então, chegamos. Os passageiros exultam, e eu sou tomada por tamanha euforia que seria capaz de fazer a nado as últimas milhas que nos separam da cidade. Vejo os muros entre as colinas e os bosques. Euforia e medo. É realmente uma terra diferente. E eu sou diferente. Olho ao meu redor e me sinto perdida. A senhora Antonini, não consigo chamá-la pelo nome, parece entender e segura o meu braço. Ricciotti acorda sem chorar. Está na hora de preparar as bagagens para desembarcar.

– Não se preocupe, minha cara, cuide das crianças. Os homens cuidarão das bagagens.

Não trouxe quase nada de Montevidéu. Algumas roupas para as crianças e meu vestido de noiva, com a gola e as mangas reformadas pela terceira vez. O cacho de cabelos de minha mãe, um corte de tecido de seda, que Marta me deu e que, assim que puder, servirá para costurar algo para eu vestir, e um botão do casaco de Giuseppe. Sim, trouxe também um pedaço de tecido verde, vermelho e branco para fazer a bandeira que hastearei quando Giuseppe chegar. Lembro sua risada quando ele percebeu isso e seu beijo apaixonado. "Você é todas as mulheres." Não é verdade, mas soa belo fingir que sim.

Não demora muito para chegar ao porto. Menotti me dá a mão e Teresita se agarra ao pano que amarrei no pescoço para carregar Ricciotti. Preciso pensar em meus filhos; não posso me amedrontar.

A surpresa é realmente inacreditável quando atravessamos a ponte que nos conduz ao cais. Há muita gente esperando e, no início, penso que talvez sejam parentes dos passageiros do Carolina. Depois percebo que muitos deles acenam para mim e para as crianças. Ouço também as palavras:

– É ela... A mulher de Garibaldi. Anita. Viva o herói. Viva Anita. Viva a heroína.

Sinto-me confusa. Caminho com calma agora, e as palavras ficam cada vez mais claras. Estão me esperando. A mim e as crianças, pois somos a imagem viva de Giuseppe. Aproximo-me e vejo vultos sorridentes e generosos. Um suspiro de alívio.

Um homem se afasta do grupo e, assim que tocamos a beira do trapiche, ele me alcança. Tem nas mãos uma bandeira tricolor. Reconheço-a. É a bandeira italiana. Ele a entrega a mim, e eu me comovo. Pego-a e agradeço. Agradeço a todos e não sei o que dizer, apenas que farei de tudo para merecer aquela honra e que também lutarei pela liberdade deste país, assim como lutei pela liberdade do meu. As pessoas aplaudem e me estendem a mão. Um homem com uma cartola escreve num bloco. Dizem que é jornalista e que descreverá o evento nas páginas de um jornal: Il Corriere Mercantile.

Menotti, sério, fica perto de mim e aperta a mão de todos. Movo-me e não sei aonde ir. Este não é o porto de Laguna ou o de Montevidéu. Sinto-me perdida. A terra de Giuseppe. Sua terra, não a minha. Sinto falta dele, de Miguel e Aguyar, meus pontos de referência na vida.

A senhora Antonini me guia para uma carroça elegantíssima. Seu marido também está perto de mim e, em determinado momento, pega Teresita no colo. Temos, as crianças e eu, o mesmo olhar espantado. As ruas são estreitas e, muitas vezes, íngremes. A casa dos Antonini será nossa casa até a partida do navio para Nice, assim foi combinado em Montevidéu. Será esta nossa vida? Nossa nova vida. Nesta terra italiana, entre estes amigos, com nossos filhos.

O senhor Antonini conta a Teresita, que segura firme sua boneca, o que nos aguarda nestes poucos dias genoveses. Diz que muita gente quer nos conhecer e festejar conosco e que Giuseppe é muito amado em Gênova. Conta quando, em 1834, algumas mulheres o esconderam e o ajudaram a fugir da polícia austríaca que o procurava depois de ter participado de uma insurreição decidida por Mazzini.

Dou-me conta de quantas coisas não sei dele. De quanta vida ele viveu sem mim, e percebo cada vez mais que nenhum de nós pode pertencer inteiramente ao outro. Haverá sempre lacunas onde será difícil ou impossível entrar. No fundo, é justo assim.

Sentimo-nos cansados logo que entramos em casa, e Nina nos mostra nossa cama. As crianças e eu dormiremos juntas, e Ricciotti, em um velho berço. Eu sonho que estou no mar, ainda sobre o balanço do navio, e penso em Nice e em minha sogra, que nos espera, e, sobretudo, em quando Giuseppe chegará com a nossa Rosita.

40

Abril-junho de 1848 – Navio Speranza

Já embarcamos no navio que nos levará à Itália. Das sacadas, das janelas e até dos telhados, meia Montevidéu está olhando a partida de Giuseppe. General Garibaldi para alguns, bandido Garibaldi para outros. Em Montevidéu a situação é sempre a mesma, o assédio dos argentinos continua, embora menos acirrado. Por isso, muitos pedem a Garibaldi que fique e lhe oferecem casa, comida, terras para os legionários. Outros querem que ele vá embora e estão felizes que esteja partindo.

Não foi fácil conseguir; mais uma vez o problema era o dinheiro. Sempre o dinheiro.

Giuseppe pensava que partiríamos em mil pessoas, um verdadeiro exército disposto a combater na Itália por uma terra que muitos não viam há anos. Garibaldi estava arquitetando um plano de desembarcar clandestinamente na Toscana e lá organizar s o núcleo de uma insurreição geral, mas para tanto era impossível subir numa embarcação qualquer de linha, como as comuns para passageiros. Precisaríamos de um navio todo nosso, talvez até dois. Portanto, seria necessário comprá-lo ou alugá-lo.

A Legião Italiana realizara uma iniciativa para arrecadar dinheiro, mas a coleta de fundos tinha sido escassa, apesar dos concertos e das apresentações de teatro em prol da arrecadação. Foram necessários quatro meses, e muito de nós, para atingir a quantia, tínhamos no último minuto tentado vender tudo o que possuíamos. Mas agora o navio está aqui, e nós, nele. Chamava-se Bifronte, mas Garibaldi rebatizou-o de Speranza.

Eu sabia que você estava brava por causa de nosso atraso e que Giuseppe havia lhe escrito para tranquilizá-la.

Penso em você. Não consigo imaginá-la do outro lado do oceano, em uma cidade, em um país que nunca viu, ouvindo e tentando falar uma língua estranha, comendo comidas com as quais não está acostumada, convivendo com pessoas que você não conhece, vendo céus, estrelas e mares diversos. Com Giuseppe longe e acompanhada do terror de que ele caia nos braços de uma das tantas Lucías Esteche, sempre prontas a seduzir o aventureiro loiro, como você diz.

Apoiado a uma escotilha, olho Garibaldi dar ordens. Não dá, assim não dá; tenho que ir até ele, falar-lhe. Hesito. Um instante depois, imagino a sua desilusão quando ele chegar, o olhar de desaprovação que lançará para ele e para mim, o contorno amargo da boca que mais uma vez aparecerá em seu rosto. Decido-me. Porque estamos partindo, e ele está faltando com uma das promessas que lhe havia feito: levar à Itália o pequeno caixão de Rosita. Ele precisa levá-lo, seria injusto se não o fizesse. Caminho dois passos na direção de Giuseppe, quando um barco chega bem perto do navio. Ouço o grito do homem que está remando:

– Giuseppe!

– Eu o reconheço; é Giuseppe Lavagna, o marido da mulher que esteve ao seu lado quando Rosita morreu e você caiu na escuridão, antes que a levássemos a Salto. O homem continua a falar.

– Está tudo pronto! Vamos!

Giuseppe se dirige a mim.

– Venha conosco. Precisamos de ajuda, e os outros homens serão necessários aqui.

Uma corrida rápida utilizando o barco, outra a pé e, em silêncio, chegamos ao cemitério. Ninguém nele. Lavagna explica:

– O vigia está em alguma taverna. Ofereci-lhe algo para beber. Podemos trabalhar tranquilos – depois indica uma picareta e duas pás jogadas em um canto. – No preço estavam incluídas aquelas também.

Pego uma pá, enquanto Giuseppe e Lavagna pegam as outras ferramentas. Poucos minutos depois, estamos diante do túmulo de Rosita e começamos imediatamente a cavar. Não é preciso muito para chegar ao pequeno caixão branco. Surpreendo-me ao ver como é leve quando o pego nos braços e o estendo a Giuseppe, que guarda o caixão delicadamente em um saco. Uma hora depois, estamos novamente no navio.

Tempo para Giuseppe dar as últimas ordens e o Speranza se afasta do cais. As pessoas que assistem à partida não se movem, embora seja quase noite, e explodem em aplausos. Garibaldi as cumprimenta, agitando o chapéu.

A brisa está a nosso favor. No amanhecer do outro dia, a terra, a minha terra é somente uma faixa escura que, minuto após minuto, confunde-se cada vez mais com o horizonte. Volto-me e olho o mar diante de mim, depois os homens que estão subindo na ponte.

Havíamos imaginado mil homens. A bordo somos sessenta e três, sessenta e quatro, se contarmos o cão Guerrello, que manca faceiro entre as pernas de todos. Muitos decidiram não partir.

– Não. Não vou. Mudei de ideia. Na Europa matam a gente de verdade. Os soldados lá não são como os descamisados argentinos com quem você pode fazer um acordo, se não o matam em batalha e o fazem prisioneiro.

São essas as palavras que muitos me disseram. Garibaldi enfureceu-se ao ouvi-las. Só o fato de ver a partida próxima conseguiu acalmá-lo, mas a desilusão continuou.

O mar está tranquilo e viajamos sem problemas. A bordo há dois canhões, oitocentos fuzis e um bom estoque de pólvora. Não me falta trabalho; tenho que verificar as armas para que sejam perfeitamente capazes de funcionar quando desembarcarmos e devo preparar as cargas e os projéteis.

O tempo passa. Aguyar, nas horas vagas, orienta os homens em exercícios físicos. Anzani, estendido num colchão, pois já tem dificuldade até para se levantar, dá lições de tática e de estratégia militar. Um dos legionários está tentando me ensinar italiano. Aprendo depressa, um pouco eu já sabia.

Todas as noites, os homens se reúnem na ponte, cantando, alternando hinos patrióticos e canções de quartel. Dependendo do nível da cachaça dentro do barril, no fim da tarde, Giuseppe manda pegar mais do grande estoque no porão.

Uma noite, o barril pegou fogo por causa de um lampião que tombou sobre ele. O incêndio foi apagado logo, mas, pela expressão de Garibaldi, tenho certeza de que viu muito próximos os fantasmas de Imaruí e de São José do Norte.

Anzani está cada vez pior; a tuberculose que o atormenta não lhe dá mais esperança, por isso teme não conseguir chegar vivo à Itália. A comida pobre do navio só piora suas condições de saúde, pois precisaria, sobretudo, de frutas e verduras frescas, não de carne salgada, feijão e biscoito duro que são a base de nossa dieta.

Assim que chegamos à costa espanhola, paramos em um pequeno porto para procurar alimentos adequados, e o capitão desembarca com alguns homens. Volta rápido, agitando os braços na lancha, gritando e abanando jornais.

Na Itália está acontecendo o fim do mundo. Nápoles, a Sicília e Palermo estão em revolta. Em Milão, a população combateu os austríacos por cinco dias inteiros, conseguindo, no final, afastá-los da cidade. Milhares de voluntários de toda a Itália estão indo à Lombardia para lutar contra os austríacos. Em toda a Europa ocorrem coisas semelhantes; cidades das quais só ouvi o nome, Berlim, Paris, estão em revolta.

Garibaldi se agita. Faz arriar a bandeira da Legião Italiana em Montevidéu, preta e com o Vesúvio fumegante, e ergue a da Itália, um tricolor costurado de improviso com um lençol branco, o pano verde de uma jaqueta e um lenço vermelho com uma poesia bordada, presente de uma mulher pouco antes da partida. Ordena que se acelere a viagem. Grita que está realmente nascendo o Ressurgimento italiano e que não quer chegar com as coisas já feitas. Os homens parecem enlouquecidos. Gritam, choram, abraçam-se, depois improvisam uma roda, cantando. Guerrello também sente a agitação e começa a rodar, latindo excitado. Até Anzani parece melhorar e, depois de dias, levanta-se e vai até a ponte.

O entusiasmo de todos me contagia pouco. Mas estou contente com as notícias que chegaram, porque Giuseppe mudou de destino.

Devíamos ir para a Toscana, mas faremos a rota em direção a Nice, onde você está.

O navio acelera ao máximo. No dia 22 de junho estamos diante de Nice. No cenário de casas brancas, céu e mar, vêm ao nosso encontro dezenas de embarcações. Na primeira, uma figura escura agita uma bandeira tricolor. Não há dúvidas. É você. No trapiche, mais distante, outra figura mais esguia vestida de preto. A mãe de Garibaldi.

41

Junho-agosto de 1848 – Nice, França

Somos tão diferentes. Isso é natural e já havia imaginado.

Ela me olhou com curiosidade no porto de Nice, mas depois sorriu e abraçou as crianças. Beijou-lhes a testa e disse algo como "Que Deus os abençoe". Quando perguntou se eram batizadas, sorri e fingi não ter entendido.

Giuseppe me explicou que sua mãe é muito religiosa. Agora com ele aqui me sinto melhor. Não sabia mais o que fazer com tantas toalhas que não devem ser usadas, janelas não abertas, roupas não vestidas.

Rosa é minha sogra e merece respeito. Eu sei. Mas não é fácil viver com ela. Por sorte, as crianças ignoram muito mau humor e muitos silêncios. É uma avó doce e afetuosa, e isso compensa qualquer coisa. E agora estão aqui Miguel e Aguyar. São a minha família, por isso me sinto mais serena. E Rosita está aqui. Giuseppe manteve a sua promessa e agora nossa pequena está aqui conosco, enterrada no cemitério de Nice, aonde vou quando posso. Conto-lhe de seus irmãos e de seu pai, que tem sempre pouco tempo, pois deve preparar os homens para combater pela liberdade da Itália e para que o país seja um só e republicano, governado por homens escolhidos pelo povo por sua retidão e por seu empenho.

Conto-lhe de sua avó, que cozinha macarrão com molho verde, do qual seus irmãos não gostam, sobretudo Teresita, que cospe no prato e deixa a avó brava, sem falar conosco por dias. O molho se chama pesto, nem eu gosto, mas faço força e consigo engolir algumas garfadas; Menotti é esperto e joga tudo no lixo sem que ninguém perceba.

Conto-lhe daquela vez que perguntei, sorrindo: "Por que as janelas estão sempre fechadas, senhora? Tem um sol maravilhoso e uma maresia que espera para entrar na casa." E ela respondeu que era melhor que o sol não tocasse muito a minha pele, senão eu ficaria mais escura ainda. Eu nada disse, mas as palavras me feriram. Minha pele parda como a de Menotti, de Teresita e de Ricciotti. Digo à minha Rosita que só ela teria realmente agradado à nonna Rosa, ela que tem a pele clara e os cachos dourados. Falo a ela da família Deidey, do senhor Vincenzo, amigo de infância de seu pai, e conto que muitas vezes os vejo sorrindo juntos, lembrando coisas que fizeram juntos, e no sorriso de Giuseppe eu a reconheço. Digo-lhe que esta cidade é bonita, com as casas brancas e os telhados vermelhos, e acrescento que me lembro de tudo dela, da sua covinha no queixo e das sementes de girassol em seus olhos e lhe pergunto se ela lembra tudo de mim; eu gostaria que lembrasse. E lhe pergunto também se sabe um jeito de nos sentirmos ainda mais próximas, pois, se sabe, deve me dizer. Eu sempre procuro, mas em vão. Digo-lhe que estou tentando ser paciente com sua avó e também agradecida a ela, que é uma boa pessoa, e só um pouco fechada em seu mundo, e quase se ofende quando chamo o seu Beppino de Giuseppe.

Quando Giuseppe conta à mãe as batalhas em que lutamos juntos, vejo-a empalidecer. Murmura que uma mulher não pode atirar e cuidar dos filhos, que não pode cavalgar como um homem e, sobretudo, não pode lutar contra homens. Giuseppe sorri e depois me beija diante dela.

– Ela é todas as mulheres.

Repete mais uma vez, e eu sinto o coração pulsar, uma dor forte no estômago, e a lembrança "daquela mulher" volta como se servisse para empalidecer suas palavras.

Ontem, porém, ele respondeu para sua mãe de um modo brusco. Não pude acreditar no que ouvi quando a senhora Rosa me apontou o dedo e disse que a minha união com Giuseppe não era abençoada pela Igreja e que eu era... uma concubina. Queria ter respondido, mas as lágrimas vieram antes das palavras. Giuseppe estava no outro quarto com Anzani e, ao ouvir a mãe, correu para a cozinha com uma folha na mão e a colocou debaixo do nariz da senhora Rosa, gritando que, se não confiava em nós, podia ler a certidão de casamento. Naquele ponto, a mãe começou a chorar, e eu não podia mais suportar em silêncio toda aquela tensão. Saí, segurando Menotti pela mão, e vaguei pela cidade até chegar ao porto e olhar o mar, o horizonte e pensar em Laguna, em minha mãe, em minhas irmãs. Minha vida mudara tanto em tão poucos anos. Ao chegar aqui, imaginei que finalmente teria um pouco de quietude e de serenidade.

Aguyar está sempre conosco. Brinca com as crianças e as leva para ver os navios no porto. Tenho mais tempo para Ricciotti, que cresce e já tem oito dentes. Aguyar me conta que as pessoas param quando ele passeia pelas ruas de Nice. Eu rio e o abraço. Ele usa turbantes que reluzem ao sol e roupas de cores vistosas; seus dentes brilham na face negra como a noite. É uma questão de costume. Sei disso. Os homens têm aspectos diferentes dependendo de onde nascem. Digo a ele que um italiano em seu país seria observado como ele é aqui. Aguyar pensa um instante e depois me diz que tenho razão como sempre, que sou sábia e lindíssima.

Miguel frequentemente vai com Giuseppe às reuniões. É um armeiro experiente e ensina aos outros a sua arte, e não só isso. Giuseppe quer que ele explique aos comandantes e aos soldados as técnicas de guerra dos lanceiros, as técnicas aprendidas no Rio Grande do Sul. Miguel está contente, mas seus olhos são sempre tristonhos; ele me olha e sorri e tenta me ajudar nos trabalhos mais pesados, mas percebo sempre algo que o incomoda.

Eu também me sinto incomodada. Sei que Giuseppe precisa de mim. Aqui na Itália ele tem seus amigos, a casa muitas vezes é assediada por tantos que querem falar com ele, que esperam algo dele. Anzani me disse que ele representa a única esperança para muita gente. Eu morro se me separarem dele. Eu sou sua sombra, sempre fui, mas agora existem as crianças e é impossível que eu tenha um cavalo e um pedaço de céu.

Converso muito com Maria Luísa. Ela não é como Marta, de quem sinto tanta falta e que decidiu ficar em Montevidéu porque, como me escreveu, talvez esteja apaixonada por um viúvo. Talvez. Típico de Marta. Ri quando Giuseppe lia suas palavras tal como ela as havia escrito, contando-me que tinha conhecido o viúvo. É o proprietário de uma loja de tecidos de Montevidéu, sorridente e comunicativo. Parece que perdeu a cabeça por Marta e que manda para ela, em vez de flores, rolos de seda, de musselina, rendas e botões. Conhecendo Marta, sabe que irá gostar, sem dúvida.

Maria Luísa é diferente. Pacata e serena em seu papel de mulher e mãe. Tem dois filhos lindos, que brincam sempre com Menotti e Teresita. Ela me diz que é normal que eu me sinta melancólica e inquieta porque deixei a minha terra e todos os meus laços. Fala com doçura, de um jeito realmente sincero. Ela é uma boa mulher, e eu lhe quero muito bem, mas é tão distante da minha alma. Preciso tomar uma decisão. Eu, sozinha. Ir com Giuseppe quando for combater ou ficar aqui e cuidar das crianças?

No momento, ele está na Suíça; escreveu-me dizendo ter encontrado Mazzini e entendido que ele não apoiará totalmente o movimento porque é pouco prático, diz bem assim. Palavras raivosas e tristes. Minha primeira decisão é ir embora desta casa com cobertas de lã e toalhas de linho. Maria Luísa e seu marido me ofereceram dois quartos, e a casa deles fica ao lado da casa de minha sogra. Será tudo simples. Ela poderá ver as crianças quando quiser e não haverá mais brigas, nem mau humor, nem reprovações. Realmente não aguento mais, mas não quero faltar com o respeito à senhora Rosa. Não é tudo culpa dela. As diferenças grande demais não ajudam nosso convívio.

Sim, esta é a decisão certa. A próxima será daqui a um tempo.

42

Junho-setembro de 1848
Nice – Gênova – Lombardia – Suíça

Giuseppe finalmente está na sua Itália e seria impossível mantê-lo em Nice além do tempo necessário para abraçar você, seus filhos e a mãe dele. Poucos dias e está de novo no Speranza rumo a Gênova, correndo atrás de seus sonhos.

Tantos de nós o acompanham. Eu, Anzani, cada vez mais doente, Aguyar, os legionários que vieram da América, os homens que Giuseppe conseguiu convencer em Nice. Você também vem, apesar das broncas de Rosa. O único entre os que partiram de Montevidéu que ficou em Nice é Guerrello, para a alegria de Menotti, Teresita e Ricciotti.

Vocês sabem que nunca fui partidário do rei. Agora, porém, sou realista e vou com meus legionários apresentar-me ao rei da Sardenha, que apoia a regeneração da nossa península, e estou pronto para derramar todo o meu sangue por ele. Estou certo de que os outros italianos pensam como eu. Viva a Itália. Viva o rei.

O tom se torna mais inflamado até as palavras finais. Garibaldi sempre soube entusiasmar as pessoas, e o teatro lotado onde está terminando o seu discurso parece vir abaixo com os aplausos e gritos. Você vira em minha direção. Está com os olhos brilhando.

– Nunca o vi tão fascinante assim – depois observa o público. – Olhe. Eles se jogariam no fogo por Garibaldi.

Você tem razão. Na América ele também sabia se fazer ouvir, mas aqui parece suscitar uma magia especial, deslumbrante, e o público realmente parece dominado por algum encanto singular.

Creio compreender os motivos. No Brasil e no Uruguai, ele era um estrangeiro, um mercenário, um corsário que, no fim das contas, não podia sentir como totalmente sua a luta que liderava em um país estranho. Aqui não; aqui ele é Giuseppe Garibaldi, italiano que combate por sua terra, por sua pátria e que fez desta luta a razão de sua vida.

... Liberdade... Independência... Justiça.

As palavras, em meio ao tumulto, chegam até mim cortadas. Você também as absorve, concordando com cada sílaba.

Sei que ele a ama, já o disse e demonstrou tantas vezes. Você será sempre a sua Anita, mulher, companheira, amiga, mãe de seus filhos. É sincero quando afirma não haver lugar para mais nenhuma outra mulher em sua vida. Não acho que você deva temer que uma Lucía Esteche qualquer tome o seu lugar no coração de Giuseppe.

Mas uma coisa de repente fica clara para mim. O discurso de Giuseppe e o teatro enlouquecido por ele e pelo que ele diz agora são a sua derrota. As ideias, suas aventuras, convicções, ideais, sua missão... Ele não viveria sem isso. Acho que agora você também entendeu.

Você quer ficar sozinha com ele; gozar de algum momento de intimidade e de doçura.

Ele tem mil reuniões para as quais correr e lhe diz mil vezes "depois", sempre "depois".

Você fala de Menotti, que está crescendo, diz que não concorda que ele entre para o colégio militar de Moncalieri, como lhe propuseram, pois o acha ainda muito pequeno.

Ele expõe a você as divergências com Mazzini, explica que ele é um teórico fora do mundo, sem a mínima ideia prática e eficaz para realizar seu grande sonho: uma Itália livre e absolutamente republicana.

Você lhe fala do quanto Teresita o adora, dos dentes que nascem em Ricciotti, de como ele fica feliz quando brinca com Giuseppe.

Ele pensa em como precisaria agir para aproveitar a guerra declarada por Carlos Alberto à Áustria.

Um dia, ouvi você falar com sua amiga Maria Luísa, de Nice:

– Se ele morresse ou me deixasse, eu enlouqueceria. Se acontecesse de eu morrer, porém, sei que ele sofreria muito, mas logo se consolaria. Para mim, Giuseppe é o que há de mais importante do mundo. Não creio ser para ele a mesma coisa. Existe algo antes de mim.

Ela havia tentado consolá-la.

– Anita, não é verdade. Você está sendo muito severa. Beppino a ama, tenho certeza, se vê, mas é também uma figura pública. Pertence a todos. Muitos o querem à sua disposição, e ele não sabe negar – você havia se calado, e ela, insistido. – De todo modo, deu a você três filhos lindos; você tem sorte.

Eu havia me afastado. Não ouvira a sua resposta, mas o tom de sua amiga ao falar não me parecera convincente.

Agora, depois dos discursos de Gênova, as visitas aos amigos e a morte de Anzani, você voltará para Nice. Para Menotti, Teresita e Ricciotti. Para sua sogra. Para lhe dizer que é verdade, que o seu Giuseppe, Beppino ela corrigirá, está se dirigindo ao rei Carlos Alberto, que o receberá com todas as honras. Sim, justo o rei que o condenou à morte há quinze anos. Voltará a discutir com Rosa sobre as janelas fechadas ou abertas ou sobre um estúpido molho com manjericão, pinolis, azeite, queijo e alho, que ela insiste em preparar e do qual você e seus filhos não gostam. Não sei quanto tempo você resistirá.

Eu prossigo com Garibaldi. Iremos até o rei Carlos Alberto; Garibaldi quer pôr-se a seu serviço. O rei nos faz aguardar, mas depois nos recebe gentilmente. Porém nada nos concede. Entendemos imediatamente que para ele somos somente um obstáculo do qual se livraria com prazer.

Garibaldi não se rende e tenta assim mesmo participar dessa guerra de independência, como a chamam, que acontece no norte da Itália.

Turim, Milão, Treviglio, Bérgamo, Milão novamente, Arona, Luíno, Suíça.

Começamos uma rodada de movimentos e ações em locais que nunca vi e que nem sabia que existiam. Lutamos contra um exército com a farda branca, comandado por um general de 80 anos que tem um nome estranho, Radetzky. Vivemos emboscadas, fugas, traições, disputas, discussões para ter fardas, chapéus, botas, calças, casacos, fuzis com pólvora, baionetas, sabres para os oficiais, munições, balas, muitas vezes sem conseguir nada.

Trabalho não falta. Os legionários estão armados com ferro-velho de todo tipo e épocas que quase sempre precisam ser consertados.

É tudo novo. Estou confuso, mas entendi algumas coisas. Garibaldi, Mazzini, Carlos Alberto e seus seguidores e aliados querem todos a independência da Itália. Mas não concordam sobre como obtê-la.

O rei Carlos Alberto está em guerra contra a Áustria para conquistar uma monarquia mais potente para si e para seus descendentes. Mazzini, um nome ouvido infinitas vezes, sonha com a República. Garibaldi está no meio. É republicano, mas está disposto a aliar-se ao rei Carlos Alberto para atingir seu objetivo.

Assim, acabam não chegando a um acordo. Como vi infinitas vezes acontecer entre os generais no Brasil e no Uruguai, eles terminarão nada conseguindo e suas intenções se tornarão meros falatórios vazios. De fato, estão perdendo esta guerra.

Além disso, depois de ter visto os exércitos piemontês e austríaco combaterem, fica claro que, neste momento, ninguém na Itália supera Garibaldi na capacidade de comandar um exército em campo. A experiência na América do Sul lhe ensinou coisas que eles nem imaginam sobre o conhecimento dos homens, a capacidade de comandar e, ao mesmo tempo, ser respeitado e até amado, a escolha do terreno mais favorável para uma batalha, o uso de armas de fogo, em vez das baionetas ou dos sabres, e muito mais. Creio que concretizará, pelo menos em parte, as suas ideias.

Você fica. Com os seus sonhos. No quarto do hotel, Garibaldi me fez ler algumas frases de uma carta que alguém ajudou você a escrever.

Soube das suas desventuras pelo comunicado do dia 26. Esperei notícias suas por algum tempo, pois não consigo entender como uma porção de soldados possa ter resistido a um exército inteiro. A única atitude que você pode tomar é voltar para casa, para a sua família, e esperar tempos melhores. Este, meu querido, é o único conselho que posso lhe dar. Nossos filhos estão bem, não se esqueça deles. Sua mãe o abraça. Me ame como eu amo você e acredite em mim. Sua querida mulher, Anita.

Depois, ele me diz que voltaremos a Nice. Não creio que por causa da carta. Claro, agrada a Garibaldi rever você, Menotti, Teresita, Ricciotti e a mãe. Mas ele se movimenta cada vez com mais dificuldades e dores, de reumatismo e da artrite. Precisa de alguém que cuide dele.

43

Setembro de 1848 – Nice, França

– Giuseppe, está melhor agora?

– Hum, um pouco.

– Venha cá, perto de mim.

– As crianças estão dormindo?

– Acho que Ricciotti está com dor de barriga. Está se virando na cama e reclamando um pouco.

– Amanhã passa. Se não passar, chamaremos um médico.

– Um médico? Giuseppe...

Não termino a frase; não quero que ele se sinta mal. Com que dinheiro pagaríamos a um médico? Certamente amanhã Ricciotti estará melhor.

– Meus pés. Minhas pernas. Parece ter cães mordendo meus ossos.

– Agora melhorará. O emplastro com azeite de oliva e cânfora deve aliviá-lo.

É um leão dentro da prisão. Dolorido e descontente, contido pela imobilidade; inconcebível para ele.

– Descanse você também. Venha para a cama. Apague a vela, amor.

Deito-me perto dele. As rugas no rosto estão mais profundas, os olhos da cor do mar velados por uma névoa de sofrimento. Voltou da Suíça e quase não caminhava mais. Não é possível se acabar assim. Não pode manter esse ritmo, e as viagens contínuas são incômodas, sob a chuva, com frio e neve.

– Sabe, Anita, às vezes eu vivo a continuação de um sonho. Como se eu não acordasse totalmente. Eu... talvez esteja errado, mas não consigo viver sem isso. Sonho com a Itália livre e com o povo governando-a, trabalhando para torná-la grande e bela... E, quando acordo, vivo em parte como se já fosse assim e, no momento em que vejo o abuso e o estrangeiro que ofende a nossa terra, viro um louco sem medida.

Pense, Anita, um tempo atrás era possível percorrer toda a península sem fronteiras e sem ver bandeiras diferentes. Quando penso nisso, não consigo suportar esses colonizadores que vieram explorar a beleza desta terra.

– Você é o homem mais famoso e mais temido justamente por isso, Giuseppe. Eu amo a sua pureza e os outros também. Mas você está se descuidando e faz mal a todos assim – sua mão acaricia meu flanco. – Eu amo você. Sua confiança e seu orgulho. Nenhuma outra mulher entenderia o meu espírito.

– De verdade?

Rio em tempo de não criar polêmicas. Não quero. Não esta noite. As senhoras genovesas e nicenses são como as de Montevidéu: belos pés calçados em sapatos elegantes, mãos em luvas rendadas e chapéus. Talvez sejam úteis para conversar ou para uma noite diferente, mas depois Giuseppe as esquece. Elas não servem para aplacar sua alma inquieta.

Entendi faz tempo o que Marta tentava me dizer. Os homens são diferentes, e seria estúpido as mulheres não entenderem isso, não para se conformar, nunca, mas para tomarem isso como um fato e agirem por conta própria. Uma mulher deve ser, antes de tudo, grata a si mesma. Sim, Marta tinha razão. Tenha orgulho de si mesma, Anita e, se quiser, deixe que ele perceba.

Sorrio com a lembrança de minha adorada amiga, que a esta altura já se casou.

Acaricio o rosto de Giuseppe. Ele não consegue dormir. Preparei uma infusão de erica para os emplastros. Dará alívio à sua coluna.

– Você tem 41 anos, Giuseppe.

Às vezes, eu gosto de lhe lembrar nossa diferença de idade.

– Sim, eu sei, sou velho para você.

– Isso. Vire de costas, assim coloco o emplastro quente.

Conheço o corpo dele; conheço cada dobra, cada cicatriz; sei onde sente dor, onde a carne está machucada. Adoro o corpo dele, o prazer que me dá, adoro cuidar dele. Talvez seja só isso que quero? Repito tal pergunta cada vez mais. Talvez eu seja só uma mulher qualquer sem luvas e rendas, uma mulher que quer o seu homem por perto na intimidade de uma casa. Como Maria Luísa, que está tranquila e serena com seu marido e seus filhos. E ela não é uma mulher que vale menos que um herói. Certamente não vale menos que eu.

Vejo-me de novo menina, quando dizia que não queria me casar e ouvia tio Antônio falar de revolução, sentindo que eu devia me preparar para ela. Não, não sou uma mulher que se completa com um homem, embora Giuseppe seja a pessoa que mais amo no mundo. Eu também quero justiça acima de qualquer coisa.

– Não deixo nem você descansar.

– Eu sou jovem e posso resistir e, depois, não tenho que unificar a Itália.

– Você acha que nunca vou conseguir, Anita? Nunca conseguiremos?

– Vai, meu amor... Você vai conseguir.

– Tem certeza?

– Tenho, se você e os outros pararem de pensar demais. Apenas ajam. Não adianta falar tanto.

Ouço-o rir com a cabeça afundada no travesseiro. O emplastro funciona, alivia a dor. Gosto de olhar seu corpo, mas, sobretudo, me enche de alegria ter toda a sua atenção.

– Sabe, Anita, ouvi falar de uma mulher, uma mulher que em certo sentido se assemelha a você.

É estúpido, mas meu coração se acelera. Nunca conseguirei deixar de ser ciumenta e de sentir medo.

– Ah, é? Ela também tem a pele escura e sofre para manter os sapatos nos pés?

– Não tenha ciúme; tenha orgulho. É uma jovem mulher que a está imitando. Você é um exemplo, meu amor. Talvez mais que eu. Suas iniciativas despertam admiração entre muitas mulheres, as melhores.

Nisso nunca acreditarei. Mas estou curiosa.

– É uma mulher de Nice?

– Não, nasceu em um país no centro da Itália e vive na cidade de Foligno. Olhe o mapa e a encontrará. Perto de Assis.

– O Estado Pontifício... Assis... São Francisco. Nós nos casamos na igreja de São Francisco de Assis.

– É verdade. Disseram-me que três anos atrás ela se casou em segredo com um homem, um conde, tenente das tropas pontifícias.

– Nosso inimigo.

– Agora não mais. Deixou as tropas pontifícias e se alistou no exército da República Romana.

– Como ela se chama?

– Eu me lembro bem do nome, porque é o mesmo de um animal que você adora. Colomba. Ela se chama Colomba Antonietti. Me contaram que um dia ela estava à janela de sua casa e viu chegar um jovem fardado. Olharam-se e sorriram.

– E se apaixonaram.

– É. E isso faz lembrar a história de alguém... Você não? Um pedaço de Lua e de mar – abraça-me com dificuldade. Sua barba roça a minha pele e fico, como sempre, sem forças. – As famílias, porém, eram contrárias ao casamento. Ele, um conde de uma família de Forlì; ela, a filha de um padeiro. Então os dois se casaram em segredo; mas, como você sabe, amor, os segredos são feitos para ser revelados e, quando souberam, ele foi condenado a três meses de prisão no Castelo Sant'Angelo por não ter avisado o governo sobre o matrimônio.

Beijo seu pescoço e suas costas, deixando suas palavras me levarem para longe.

– Quando a República Romana lhe pede que parta para Veneza, ela não hesita. Corta os longos cabelos e se veste como homem – endireito as costas. Uma mulher que corta os cabelos e se veste de homem. Ouço Giuseppe rir. – Entendeu agora? Imitou você.

– Não acredito. Como fez para saber de mim?

– Anita... os jornais... o que contam as pessoas que se deslocam de um lugar para outro, como nós.

– E agora... onde está? Onde está Colomba?

– Mandei-lhe uma carta. Uma carta elogiando a sua coragem e o seu espírito. Combate nas barricadas e não se esconde diante do inimigo. E não termina aí... Outra mulher, desta vez do sul, de Gallipoli, perto da cidade de Lecce, fez algo parecido, mas não para seguir seu homem, fez por si. E, pense, Anita, é uma moça que podia ter tudo, sua família é rica. Antonietta de Pace, filha de aristocratas, não suportava mais as condições dos camponeses e da gente do povo. Uniu-se à Giovine Italia e também combate vestida como homem junto com os soldados. Você é um modelo, Anita. E só posso ser grato ao destino por me permitir encontrá-la, como você disse. Lembra? Você tinha razão. Fui eu que tive a maior sorte.

– Giuseppe... Quero conhecê-las. Tenho que encontrá-las.

Ele se entristece.

– Chega de guerras, Anita. Nós temos filhos. Eles precisam de você.

– De você também.

– Sim, mas é diferente. E não quero falar sobre isso.

– Mas temos que falar.

Sinto que ele se afasta e geme de dor no escuro. Aproximo-me e ele não me recusa. Uma mulher que me imitou, que entendeu melhor que eu o que deve fazer. Não posso trair tudo isso e não quero. É o sinal que eu esperava, e não porque quero ou desejo que outras mulheres lutem, não, mas porque o meu espírito nasceu para isso e escondê-lo seria covardia.

Sinto Giuseppe dentro de mim e estou pronta para acompanhar seus movimentos e escutar o meu corpo. Sou todas as mulheres. Abraço-o forte e adormeço com o meu amor nos braços. Sonho com Colomba chorando com a cabeça erguida, enquanto os cachos de cabelo caem no chão, e com Antonietta olhando seus seios desaparecerem sob uma faixa e um uniforme. E sei que partirei para combater, perto ou longe de Giuseppe.

44

Setembro de 1848 – fevereiro de 1849
Florença – Bolonha – Rieti, Itália

Três semanas; cada dia que passa menos tempo Giuseppe consegue estar em Nice. Assim que se sente um pouco melhor, resolve partir. Um navio está pronto há dias no porto, somente esperando-o para zarpar com todos os legionários a bordo. Ele decidiu que iremos à Sicília ajudar os revolucionários daquela ilha.

Você também está no navio. Precisou discutir muito e encontrar todas as desculpas possíveis para convencer Giuseppe a levá-la.

– Tenho que ajudar nos tratamentos. E não há como, se eu não for junto – até isso ouvi você dizer.

As primeiras semanas são ótimas. Paramos na Toscana, em Livorno. A Sicília foi logo deixada de lado e fomos a Florença de trem. Você nunca havia visto um trem antes. Está fascinada com a ideia de viajar em um.

– Vou contar aos meninos, a Maria Luísa. Não vão acreditar quando eu disser que o trem é mais rápido que qualquer cavalo. Nunca vi rodas tão grandes. De ferro!

Em Florença, Giuseppe muda novamente de ideia: o próximo destino será Veneza, que luta contra os austríacos. Veneza! A cidade sobre a água! Barcos usados para o transporte, em vez de carros e animais. Todos ouvimos falar desse lugar, inclusive na América. Vejo você radiante como poucas vezes.

– Não consigo imaginar uma cidade que flutua. Espero que, quando estivermos lá, não haja uma tempestade; não quero afundar em uma casa.

Dá uma gargalhada. É uma brincadeira, você sabe muito bem que as habitações venezianas são construídas em ilhas de terra sólida e firme. É só o seu modo de estar feliz.

Mas o riso desaparece depressa diante da decisão de Giuseppe.

– Não, Anita. Você não vem. Para ir a Veneza, temos que atravessar os Apeninos. Não será fácil.

– São montanhas?

– Sim.

– Não serão mais difíceis de percorrer que as serras que atravessamos no Brasil e no Uruguai.

– Estão cobertas de neve; você não está acostumada.

Você bate as mãos.

– Nem você. E, depois, nunca vi a neve; tenho certeza de que irei gostar – você começa a brincar; não está com vontade de discutir com ele. – Quer a revolução toda para você?

Giuseppe a abraça, com o semblante sério.

– Não, Anita, desta vez não. Teresita e Ricciotti a esperam em Nice. E Menotti voltará do colégio no Natal – você se cala em um silêncio obstinado, que não creio ser por falta de palavras ou argumentos. Poderia dizer que sua amiga Maria Luísa e o marido cuidariam dos filhos de vocês junto com os deles, e Giuseppe não teria como se opor, pois sabe que é assim, mas você não quer discutir. Leio em seu rosto que, de repente, está novamente indecisa entre o desejo de seguir Giuseppe e a realidade de que ele está falando. Ele aproveita a vantagem que você lhe dá. – Volte para casa. Só desta vez. Você terá outras oportunidades.

Você se vira em silêncio, sem admitir sua derrota e a vitória dele. Parte naquela noite. Abraça-me com o rosto entristecido.

– Vemo-nos em breve, Miguel.

No dia seguinte, estamos a caminho. Durante nosso percurso, penso em você em Nice, passeando à beira-mar em meio às senhoras de saia-balão, sombrinha rendada e chapéu elegante. Ou passando seu primeiro Natal italiano com os filhos, enternecida pela alegria que sentem ao ver os presentes. Brindando ao início daquele que você espera ser o primeiro de muitos anos na Itália. Imagino, dia após dia, seus pensamentos e seu comportamento se você estivesse aqui conosco.

Você sofreria, como todos, ao atravessar as montanhas dos Apeninos para chegar a Ravenna, onde pegaremos um navio para Veneza. São diferentes das nossas serras, mas sabem ser tão ou mais cruéis que elas.

A neve. Eu também nunca a tinha visto. Caminhando sobre ela, afunda-se até o joelho, molhando e gelando os pés. Ao cavalgar, deve-se prestar muita atenção para que o cavalo não escorregue, machuque-se e o jogue em algum abismo. Você enfrentaria tudo, sem reclamar ou se lamentar, sofrendo ao ver a maior parte dos homens marchar a pé no gelo, vestidos com roupas que são pouco mais que trapos, sem capas, sem poncho, com poucos agasalhos. Para se defender do frio, você se enrolaria como Giuseppe, deixando fora só o nariz, depois de baixar o chapéu sobre a face, e o seguiria, enquanto guiaria a caravana sobre o seu cavalo; na cabeça, um chapéu preto com uma esplêndida pluma de avestruz e, no corpo, a camisa vermelha sob o poncho.

Você se divertiria ao ver Guerrello pulando na neve debaixo da barriga do cavalo e Aguyar seguindo atrás dele, segurando uma grande lança na mão com a bandeira vermelha amarrada no alto, usando um chapelão preto, uma capa escura sobre uma túnica de cor indefinida e calças azuis com listras verdes.

Você, que nunca quis dinheiro para si e para a sua família, ficaria indignada ao ouvir o que dizem de nós, descritos frequentemente como gafanhotos que destroem tudo, bandidos que carregam na cintura frangos, galinhas e coelhos roubados ao longo do caminho, e depois ergueria a cabeça orgulhosamente, vendo as pessoas acreditarem em nós e nos ajudar.

Esperaria outras notícias curiosa e interessada, após saber que o primeiro-ministro do papa, um tal de Pellegrino Rossi, se matou. E então, assim como Giuseppe, ficaria contente em saber que a morte dele desencadeou a revolta em Roma.

Você se comoveria ao ver, fora do hospital de Ravenna, um rapaz dirigir a palavra a Giuseppe, depois de cuidar de seu cavalo enquanto ele entrara para visitar alguns legionários internados.

– Sou Gaetano Maldini, mas me chamam de Gaitanè. Quero lutar com vocês.

– Quantos anos você tem?

– Dezesseis.

– Siga a Legião. Eles estão indo para Macerata. Nos veremos lá.

O sorriso franco do rapaz lhe agradaria. Concordaria com a ideia de levá-lo.

– Quero formar uma legião de jovens. Será chamado Batalhão da Esperança.

Você faria sua a resposta dada por Giuseppe à objeção de um dos presentes:

– Não são jovens demais?

– Na América vi rapazes de 12 anos lutarem. Não vejo por que deveria ser diferente na Itália, se a causa é justa.

Ficaria feliz em saber que duzentos rapazes acolhem em pouco tempo o convite de Giuseppe, pensando que Menotti, daqui a alguns anos, poderia estar entre eles.

Não lhe agradaria este mar triste que chamam de Adriático, tão diferente do oceano de Laguna.

Riria da notícia de que o papa fugiu do Vaticano vestido de servo, com medo dos levantes e dos revoltosos, e aplaudiria as notícias que chegam sem parar, o povo que vai às praças, a proclamação da República Romana sob a liderança de Mazzini e de outros dois homens.

Aprovaria a ideia de Giuseppe de não ir a Veneza, mas a Roma.

Aplaudiria as eleições com direito de voto para todos os homens acima de 21 anos. Protestaria que é errado defini-la como sufrágio universal, pois as mulheres ainda estão excluídas e não têm direito de se expressar. Ficaria contente em saber que entre os eleitos está Giuseppe.

Giuseppe me dá uma carta que escreveu para você, perguntando se quero acrescentar minhas saudações. É breve.

Caríssima mulher.

Em Roma, pela primeira vez, votou-se num sufrágio universal! E fazem parte da assembleia constituinte três judeus, até agora reclusos nos guetos. Eles também devem gozar dos direitos civis, como todos os italianos. Aqui se faz história, a primeira Constituição da Itália unida.

Penso que não tardará para eu vê-la em Rieti, onde Giuseppe está reorganizando a Legião para as batalhas que virão.

45

Fevereiro-abril de 1849 – Rieti, Itália

As crianças estão bem. Teresita come até pesto e Ricciotti já está andando. *Nonna* Rosa não lhes deixa faltar nada e os faz crescerem com afeto. Maria Luísa me olha e sei que enxerga o que desejo mais do que tudo.

– Você vai para Riete, não é?

– As crianças...

– Não conseguem impedi-la. Eu sei.

– Existe um sonho. Um sonho meu e de Giuseppe. Eu não consigo estar longe dele, estar ali entre as bombas e os canhões, nas barricadas, organizando o socorro. Eu... não sou uma boa mãe.

– Que bobagem! As boas mães... ah, por favor, Anita! Falemos das boas e das más mães, então... Nunca pensei que você fosse uma mãe pior que eu, que estou em casa e cuido das crianças todas as horas do dia. Você é diferente de mim. Você as amamentou, ninou, velou seu sono, as acudiu. Estive pensando, sabe. Você está construindo o futuro dos seus e dos meus filhos também. Por isso lhe agradeço. Você é capaz de fazer isso, eu não – dou-lhe um abraço forte e beijo sua cabeça com cabelos loiros. Cabelos que às vezes invejo. – Como você pensa chegar a Rieti?

– Ainda não sei. Um barco até Gênova e depois... encontrarei algo. Obrigada, amiga. Ajude *nonna* Rosa com as crianças, por favor.

Preparo a bagagem e ouço Teresita cantando uma canção com Maria Luísa. A euforia de encontrar Giuseppe é tal que já me sinto em viagem. Verifico as pistolas e as munições. Junto poucas coisas e prendo os cabelos. O mais terrível que me aguarda é me despedir das crianças. Ricciotti me olha com seus olhos grandes, parecidos com os meus, e Teresita se agarra à minha perna. Sinto o coração dilacerado. Maria Luísa vem me ajudar. Pega as crianças e fala com elas docemente, conta a história de um menino que havia se perdido no bosque e que não encontrava mais o caminho de volta. Saio de casa e vou em direção ao porto. Sei que Rosa me olha da janela e me desaprova. Espero encontrar em casa o bom Carpaneto, um grande amigo de Giuseppe. Preciso de dinheiro para a viagem, e ele poderá emprestá-lo.

No barco para Gênova, mantenho-me afastada e olho o horizonte. As cores são diferentes das da minha terra, assim como os cheiros. Seguro nas mãos os retratos dos meus filhos e, como sempre, o pensamento voa até Rosita, que jamais poderá ver a terra de seu pai livre. Uma senhora senta perto de mim. Lê um livro. As faces são rosadas. É bonita e quieta. Eu nunca serei assim; nunca conseguirei ser assim bonita. Em determinado momento me olha e leva um susto.

– Não é possível... Você é... – procuro minha pistola escondida sob o casaco. Ela percebe e estende o braço em minha direção. – Não, não tenha medo... Eu sou uma jornalista. Me chamo Margaret... Margaret Fuller. Escrevo para o New York Daily Tribute. Escrevi sobre você... Anita.

– New York...

Outra porção distante do mundo e mesmo assim tão perto. Não compreendo tudo o que diz, mas entendo bem que não é inimiga e que me conhece, embora eu não a conheça. Aproxima-se ainda mais e sinto seu perfume agradável, depois me olha sorrindo.

– Você é uma mulher que muitas gostariam de conhecer melhor. Estou indo para Rieti encontrar meu marido.

Rieti. Instintivamente a abraço; meu instinto nunca me traiu. Tenho uma amiga durante a viagem, como poucas vezes aconteceu. Em Gênova encontramos uma carroça que vai à cidadezinha, para depois prosseguir em direção a Roma. Acabamos dormindo uma apoiada no ombro da outra e rindo do condutor que falava com os cavalos, tratando-os como homens. Conto a ela sobre meus filhos, meus amigos; ela escuta e pergunta sobre Giuseppe, Garibaldi, como o chama. Diz que ele é um homem conhecido e famoso no mundo todo. O mundo todo não me dá medo, eu venho, no fundo, do mundo todo. Digo que a invejo um pouco por ela saber escrever e ler como Giuseppe. Ela ri e responde que a inveja é recíproca e que gostaria de saber cavalgar pelo menos um pouco do que eu sei. Sim, sou uma mulher de sorte.

Na chegada nos separamos com a promessa de nos encontrarmos em breve. Eu caminho pelas ruas da cidadezinha, entre soldados, transeuntes e cheiro de flor de espinheiro. Um rapaz me indica o caminho para a vila Coletti, onde Giuseppe está alojado. Paro para comprar pão quente de um padeiro, que me olha espantado. Minha pele escura e a calça dentro das botas sempre despertam curiosidade.

Chego à vila, percorrendo uma avenida margeada por casas de pedra com jardins transformados em rosais. Perco-me naquela maravilha. A guerra e a destruição parecem distantes. Quando chego ao palácio, tenho a impressão de estar diante de uma daquelas imagens dos livros infantis. O palácio de uma fábula. No portão, encontro soldados, alguns de camisa vermelha. Sorrio. Um deles vem ao meu encontro e percebe quem sou. Diante de mim, inclina-se. Diz que Giuseppe está em uma reunião e me acompanha até ele.

Finalmente. Giuseppe. É todo meu, o mundo está aqui. Subo as escadarias de mármore polido que levam a um grande salão. Empinando o nariz, olho os desenhos pintados no teto, que brilham e parecem de ouro. Mulheres com o seio nu e serpentes e dragões e cavaleiros sem cabeça. Pergunto-me quem teria o dom de fazer tamanhas belezas. Penso no meu Menotti, que estuda em um colégio e espero que continue a desenhar pássaros e navios não somente em folhas, mas também nas paredes de seu quarto.

Ouço voz de Giuseppe. O rapaz bate e abre a porta. Giuseppe me vê. Abre a boca, sorrindo.

Depois quase corre em minha direção; abraça-me e me ergue do chão, fazendo-me sentir o ar no rosto. Sinto-o gemer de dor. Acaricio-o e o beijo e meu coração é reconquistado por seus olhos cansados e pelas rugas profundas.

– Jamais compreenderei como você consegue sempre me surpreender. As crianças estão mesmo bem? E minha mãe? E os Deidery? O tempo em Nice está melhor que aqui?

As perguntas vêm uma atrás da outra, sem folga. Ele sentiu minha falta. Aperta minha mão e a beija. Sinto o murmurar do salão. Oficiais e convidados se erguem, embaraçados; alguns me cumprimentam acenando com a cabeça; outros tossem, fingindo não me ver.

A paixão que eu pensava ter sido substituída pelo afeto e adormecida pela distância e pelas misérias da guerra acende-se, preenche a sala, renova-se com algo de mais sólido e mais intenso. O seu poncho branco e a minha capa verde, a sua barba mais curta e os meus cabelos presos, o coração que sinto acelerar e a sua respiração que se torna mais rápida. Isto somos nós. Isto também somos nós. Você fecha a porta da sala, agora vazia, e fazemos amor sobre a mesa, repleta de papéis e documentos; o tinteiro vira e a tinta escorre pelo chão. Somos um no outro, com o desejo de nos fundirmos mais e mais até que os pensamentos se misturem e se tornem leves. Levo embora o seu cansaço e Giuseppe espanta o meu medo.

– Veja, meu amor... Amo você mais do que consiga dizer.

Sim, eu acredito. Acredito nele e em seu amor e creio em sua pureza e em sua alma generosa. E o amo. Sei pensar só nisto. Amo você, Giuseppe. Cada vez mais, e não sei quanto ainda o amor possa crescer, mas, se há um limite para o amor, estou certa de tê-lo superado.

Rieti é bela. Muros com merlões, palácios elegantes nas ruas e muitos jardins, e os amigos de Giuseppe, que se tornam meus amigos. Passeamos de mãos dadas e falamos dos nossos filhos, do quanto estão crescendo rápido e do que farão do amanhã. Giuseppe me explica quem mora nas casas que olho maravilhada por seu esplendor. Marqueses, como Coletti, condes, nobres e banqueiros. Ricos. E são amigos de Giuseppe. Não é possível, penso. Os ricos não podem apoiar a causa de Giuseppe.

Miguel, quando me viu, quase começou a chorar. Dei-lhe um abraço e lhe mostrei os retratos das crianças. Ele acariciava as imagens e falou comigo em português. Disse-me:

– Aninha, você realizou três milagres, mas o milagre mais lindo é você.

Fiquei comovida com sua devoção, como sempre. Não quero chamá-lo de amor, isso me faria muito mal. Aguyar me disse que Miguel está se encontrando em segredo com uma mulher realmente muito bela. Disse na frente dele, que ficou vermelho como um tomate. Eu ri e exultei por estar com meus amigos e minha bela família.

O marquês Coletti é muito gentil comigo. Ergue-se todas as vezes que entro em um cômodo, oferece-me vinho em copos de cristal e coloca à minha disposição uma carroça para rodar pela cidade. Uma carroça puxada por cavalos brancos. Continuo a me espantar. Talvez os ricos italianos sejam diferentes dos grandes proprietários de terra da minha pátria. Talvez eles estejam dispostos a ajudar os pobres por amor à justiça. Mas eu não quero carroças. Quando posso, vou ao estábulo, escolho um cavalo e saio dos muros para galopar entre os bosques e as colinas.

Adoraria que o tempo parasse. Assim está perfeito. Faltam só as crianças; gostaria de poder buscá-las. Isso é o que quero. Giuseppe compartilha comigo a sua intimidade, os dias sem batalhas e sem mortos, um cavalo e terra para poder cultivar, se quiséssemos.

Ontem fui ao cabeleireiro. Acompanhou-me Miguel e, assim, conheci Sabina, a mulher tão bela da qual havia falado Aguyar. Descobri que é uma cabeleireira realmente bonita. Seios fartos e cabelos longos dourados, a boca sorridente e os olhos escuros e profundos. Mandou um beijo para Miguel com os dedos e, depois, lavou meus cabelos com um sabão perfumado, dizendo que eu não tinha piolho, e isso era raro; então, fez um emplastro de óleo de linho e tive de ficar parada por meia hora. Que estranho! Tantas atenções para os meus cabelos. Dividiu-os em mechas, cobriu-os com um pano leve e depois enrolou cada mecha com um ferro. Mais tarde, ofereceu-me um espelho. Levei um susto; não me reconheci. Quando Miguel chegou, viu-me diante do espelho tentando entender como podiam ter mudado meus cabelos daquele jeito. No lugar das ondas, presos por presilhas prateadas, havia cachos que caíam sobre os ombros e ao redor do rosto, deixando-me a testa livre.

– Você está linda, Aninha.

– É verdade! Ela é linda.

Sabina riu e beijou Miguel na boca. Ele segurou em seus ombros com delicadeza, como se a afastasse. Mas aquele beijo era bonito, cheio de paixão, e me deixou triste a recusa de Miguel.

Ao voltar ao palácio, Giuseppe me olhou várias vezes espantado antes de chegar perto de mim e me cobrir de beijos. Começo a entender por que as mulheres perdem tanto tempo se penteando e se vestindo.

Esta noite, Sexta-feira Santa, assistiremos à procissão da confraternidade da Boa Morte. Houve discussões intermináveis por conta dela. Muitos queriam aboli-la em protesto contra o papa. Depois, porém, Giuseppe fez a sua escolha. Não seria justo privar as pessoas de um rito que faz parte dos bons costumes. Eu permaneço na calçada e vejo desfilarem os nobres, os ricos com suas roupas elegantes, as pessoas pobres, todos juntos com uma vela acesa na mão, atrás de um crucifixo coberto por um pano roxo. Até a religião une as pessoas. Gostaria que as unisse na verdade e na justiça, assim me inclinaria diante de um padre. Giuseppe abaixa a cabeça diante de um deles. Pergunto-lhe quem é. Ele me responde que é um padre especial. Chama-se Ugo Bassi e inflamou muitos napolitanos, falando de um papado que deve privilegiar a pureza e a simplicidade dos costumes.

– Sabe, Anita, ele amou uma mulher mais do que tudo. Talvez mais que seu Deus. Ela adoeceu e morreu, e ele, primeiro, havia decidido juntar-se a ela, mas então veio a vocação religiosa.

Olho para o padre com o maior respeito. A longa barba preta lembra um dos santos pintados nos tetos do palácio Coletti, mas os olhos são gentis e me olham com doçura. Estou certa de que um dia falarei com ele.

Quando a procissão termina entre liturgias e coros, já estou na cama e espero que Giuseppe cumprimente os amigos, combine o que deve combinar e leia o correio.

Passaram rapidamente os dias. Pensar nas crianças me faz doer o estômago; sinto falta de suas vozes e de seus abraços. Minha cabeça queima. Devo estar com febre. Giuseppe chega com uma carta na mão. Como sempre, ele a lê para mim.

Tenho motivos para crer que os Franceses, pretendendo restaurar o poder do papa, desembarcaram seis mil homens em Civitavecchia e estão mandando outros cem para Ancona. Temos que juntar todas as forças. Peço-lhe que, assim que receber este despacho, parta imediatamente para Roma.

Giuseppe Mazzini

Olha para mim com os olhos brilhando. Sei que a calmaria terminou.

– Tenho que partir, Anita. Amanhã.

– Sim, vou com você.

– Não, você tem que voltar para Nice.

Não protesto. Sinto-me fraca e muito cansada. As crianças... Riciotti, Teresita. Menotti voltará para casa no feriado de Páscoa e precisará de mim. Meus filhos. Meus melhores milagres.

– Giuseppe... logo voltarei para você.

– Sim, meu amor, mas você está sempre comigo.

46

Maio de 1849 – Nice, França

Di-li-li-li-dam-dam. Pressa, pressa
Di-li-li-li-dam-dam. D'ora, d'ora

Um menestrel na esquina de uma rua de Nice. Canta, acompanhado por um órgão. A música é agradável. Olho para ele distraidamente, quando os versos seguintes me surpreendem.

Pepin, Pepin – Anita, Anita.

Pepin, Pepin – Anita, Anita.

Pepin! Como chamam Giuseppe aqui.

Anita. Aninha.

O menestrel continua. Não entendo as palavras; deve ser a língua daqui. Quando termina, dou-lhe uma moeda e lhe peço para que me traduza a canção. E depois que a cante de novo.

Anita, não banque a loba, deixe essa cara amarrada.

Não é cara amarrada. No máximo, melancolia, tristeza. A loba que não quer deixar suas crias, mas não tem escolha.

"Estou deixando meu coração com você", disse a Giuseppe pouco antes de partir.

Falei pouco com você durante as semanas depois que voltamos juntos de Rieti, encarregados por Garibaldi de esperar em Nice um carregamento de armas, verificá-lo e guardá-lo em um local seguro.

Vi você passear com as crianças pelas ruas da cidade, olhar as vitrines, as roupas, os objetos que não poderia comprar, levar Teresita e Ricciotti para brincar na praia, lavar as roupas no rio.

Maria Luísa me disse que você estava costurando um vestido de uma dama de verdade, como aquelas que você vê passear à tarde na Promenade de Anglais.

No dia em que você o vestiu pela primeira vez, num esplêndido domingo de maio, dei-lhe de presente um chapéu. Grande, branco, da moda, cheio de rendas. Você o colocou rindo, brincando que sua sogra também ficaria contente, pois você poderia finalmente sair com o rosto protegido do sol, sem correr o risco de ficar mais escura.

Numa manhã você foi à fábrica de perfumes perguntar se tinham trabalho para lhe dar. Sua sogra espera que sejam sinais de mudança, que você tenha decidido ficar tranquila com os filhos, sem mais outras loucuras, como ela as chama.

Se ela tivesse visto a sua expressão de alívio quando lhe recusaram o trabalho, o seu olhar, o modo como ergueu os ombros, talvez mudasse de ideia.

Meu destino é correr, mesmo se tiver medo.

Sim, esse é o seu destino, a sua vida. Correr, voar, queimar a vela dos dois lados. Numa vida que, para a sua sogra e para os outros, é absolutamente normal, você se sente deslocada, uma nota desafinada numa canção que não é a sua.

Anita, que bom se um dia terminar esta desordem.

Quando eu guiar os jovens para limpar o mundo.

Chega uma carta de Giuseppe para você, falando de confrontos violentos contra o exército francês, que quer retomar Roma, defendendo o papa. Diz que o salvaram da morte cem rapazes do Batalhão da Esperança.

Você ainda discute com sua sogra, num dia em que ela vem visitar as crianças. Ela não consegue entender que o seu Giuseppe tenha se posicionado contra o papa. Você tenta explicar que não é assim, que a Constituição da República Romana garante ao pontífice plena independência nos assuntos religiosos. Giuseppe e seus companheiros não querem que ele tenha poder para além da religião. Ela não está convencida, para de discutir somente por não conseguir conceber que o seu Giuseppe faça uma coisa errada. A relação entre vocês piora ainda mais. As crianças se sentem mal ao ver vocês brigarem.

Vamos morar em Antibes, no vale do Menton

E por toda a vida teremos doçura, beijos e abraços.

Você diz que é o seu sonho, mas não sei o quanto seria feliz se virasse realidade. Giuseppe lhe escreve, contando ter entrado em Roma para defender melhor a cidade. Você imagina a entrada. Um longo caminho reto, margeado por palácios belíssimos, percorrido por uma caravana de legionários magros, em desordem, pouco disciplinados, com os cabelos compridos e sujos, as barbas malfeitas. Apesar de um exército, não têm farda; embora alguns usem a camisa vermelha, o resto veste roupas de todos os tipos, casacos apertados ou largos demais, calças de todos os formatos presas por cinturões dos quais pendem facões afiados e pistolas. Nas cabeças, chapéus de aba larga, enfeitados por algum tipo de pena. Alguns levam a tiracolo espingardas gastas por tantas guerras ou uma espingarda de caça. A maior parte está armada com lanças, com as quais sabem se defender muito bem dos ataques da cavalaria dos soldados inimigos, muito mais numerosos, bem equipados e mais bem armados.

E, na frente de todos, o seu Giuseppe, tão belo que os pintores brigam para fazer um retrato dele, enquanto todos o aplaudem. E, imediatamente atrás, Aguyar, como sempre vestido com roupas coloridíssimas. É com eles que você gostaria de estar.

Anita, você é filha das grutas, ama viver na selva.

Velar sem cansaço, dormir numa cama que quebra a coluna.

A carta continua. Giuseppe escreve que a situação está desesperadora; os inimigos são muitos e decididos, assim, o seu sonho de conquistar Roma começa a desaparecer. Foi ferido em uma coxa, mas nada grave.

Depois, não chegam mais cartas; dizem que Giuseppe foi morto. Você se alarma, tenta conseguir outras informações. Começa a rir quando lhe dizem que, no comando das tropas, ele foi substituído por um homem vestido como ele, um impostor para manter alta o moral dos combatentes. Você está consciente do risco que Giuseppe corre de morrer de um momento para outro. Ele vive uma vida que sempre foi assim, mas você sabe bem como é absurdo pensar que alguém possa substituí-lo. Os legionários não ouviriam uma palavra sequer de um impostor.

Então, quando você diz que irá ao encontro de seu marido em Roma, é o pretexto para uma violenta briga com sua sogra. Contra as objeções dela, você grita que, mesmo que Giuseppe estivesse morto, você ficaria ao lado do impostor, disposta a fingir ser sua mulher em tudo para tornar crível o engano.

"No fundo é o que você, assim como os outros, espera de uma revolucionária, de uma mulher sem moral como eu."

É uma provocação, eu sei. Mas desta vez você tomou sua decisão. Escolheu a sua vida, de uma vez por todas. O menestrel termina a canção:

Di-li-li-li-dam-dam. Vamos! Vamos!
Di-li-li-li-dam-dam. Logo! Logo!
Se ainda está triste, voltaremos à estrada da glória.
Saiam da frente, reacionários, atentos! Anita pega o fuzil.

47

Junho de 1849 – Gênova – Roma, Itália

"Não será uma viagem fácil." As palavras de Maria Luísa ecoam em minha cabeça agora que estou em Gênova e que todos me dizem que nenhum navio parte para Civitavecchia por conta do conflito que está se estendendo. Um homem de cartola e bastão me olha e sorri para mim. No cais há muita gente desiludida e muitos que amaldiçoam a guerra, que causou a parada dos navios. A maior parte é composta por comerciantes. O homem de cartola, porém, não parece incomodado. Aproxima-se de mim e sussurra algo que não compreendo imediatamente:

– Há um navio para Livorno que parte daqui a uma hora.

Estou certa de que falou em francês. Sinto um arrepio na coluna. Livorno. Muito longe de Roma, mas o único modo para me aproximar de Giuseppe. Sigo o homem que se movimenta com cuidado em meio à multidão e às plataformas do cais. Uso o vestido que costurei nos meses em Nice. Um vestido elegante, com rendas na gola e na barra. Na cabeça, o chapéu que Maria Luísa me deu de presente, com flores de tecido na aba larga. Pareço uma senhora espanhola. Uma rica senhora espanhola. Mas me sinto mal, com arrepios por todo o corpo e uma fraqueza que, às vezes, me dá falta de ar. Estou grávida, e talvez esta gravidez não seja simples como as outras. Outro filho meu e de Giuseppe. Agora não tenho ânsia de vômito continuamente, e isso é uma grande sorte. O senhor elegante para em uma plataforma, onde há um marinheiro que está retirando a passarela.

– O barco está cheio, senhora. Não se pode embarcar.

– Mas eu preciso embarcar. Por favor.

– Desculpe-me, senhora. O barco foi tomado rapidamente, porque os navios não podem sair.

O pensamento de ficar presa em Gênova e não poder alcançar Giuseppe me faz tremer. O senhor de cartola se aproxima do marinheiro e põe algumas moedas em sua mão. Francos de prata. Olho para ele surpresa. O marinheiro se apressa para recolocar a passarela no lugar.

– Quem é o senhor? Eu lhe... agradeço.

– Foi um prazer... Nós nos veremos em Roma, senhora. Faça os meus cumprimentos a seu marido.

– Então o senhor me conhece?

– Eu a vi no teatro dois anos atrás. Vocês estavam cantando a minha ária. Boa viagem, senhora. A minha estima e o meu respeito pela senhora e por Giuseppe Garibaldi.

– Diga-me ao menos o seu nome.

– Goffredo Mameli. Foi uma honra encontrá-la. Realmente uma honra.

O homem pega a minha mão e a beija suavemente. Mameli. Sim, lembro bem. O autor do Canto dos Italianos. A primeira vez que fui ao teatro. O teatro Carlo Felice, quando cheguei a Gênova e tudo parecia uma grande festa. Os Antonini quiseram me levar à ópera. Nina me emprestou um vestido de festa azul-escuro, com as mangas bufantes, e me fez usar um colar de pérolas. Nunca havia me sentido assim elegante. Quando entramos no teatro, as pessoas sentadas na plateia dos esplêndidos balcões decorados se levantaram e aplaudiram. Nina me disse que os aplausos eram para mim e não para a orquestra. Fora, pelas ruas e praças de Gênova, eu ouvira centenas e centenas de pessoas que cantavam: *Fratelli d'Italia, l'Italia s'è desta, dell'elmo di Scipio s'è cinta la testa. Dov'è la Vittoria? Le porga la chioma, che schiava di Roma, Iddio la creò.* Uma ária solene para palavras que eu não entendia, e, então, o senhor Antonini tentou me explicar. Era um hino à Itália unida, uma exortação para que os italianos exigissem a própria terra livre do invasor estrangeiro que a explorava. Havia sido escrita por um jovem compositor, Mameli, um genovês amigo de Mazzini e do próprio Giuseppe.

Antes de seguir o marinheiro, viro-me para procurar o senhor Mameli. Ele está na plataforma, pensativo observando o mar. Instintivamente, pego um lenço e o agito gritando: *Fratelli d'Italia!* Ele ergue o braço, acenando, mas não sorri.

O marinheiro me ajuda a percorrer a pequena ponte até o barco. Há realmente muita gente, e não sei como ele consegue encontrar um lugar para mim em um banco na popa. Depois, o barco pesado se afasta do cais e o mar se torna a nossa estrada. Quanta gente viajando; quanta gente atravessa mares e percorre montanhas para encontrar o seu lugar, um local seguro onde repousar e para onde seja belo voltar depois de um dia de trabalho. Se Giuseppe estiver realmente morto, eu não saberei mais qual é a minha casa, nem a minha terra. Mas sinto que isso não aconteceu. Sinto que ele está com dificuldades e me espera.

"Estou chegando", digo às ondas e à névoa que esconde o horizonte. Apoio a cabeça nos braços. É estranho este cansaço que, de repente, invade o meu corpo e suga as suas forças. Percebo que perto de mim se sentou um padre. Segura nas mãos um livro do Evangelho e conversa com outro que parece um camponês.

– Deus, acima de tudo, é necessário em uma guerra.

– Sim, talvez. Mas também as armas e a comida. Para onde o senhor vai, padre?

– Vou para Roma, se Deus quiser. Um caro amigo que está ajudando os feridos e as mulheres, dando inclusive asilo às crianças órfãs, me aguarda. Chama-se Ugo Bassi.

O nome me faz pular. O padre percebe. Olha para mim e sorri suavemente. Se todos os padres fossem assim. Se dom Ferreira tivesse sido assim.

– Eu conheci Ugo Bassi pouco tempo atrás – não consegui resistir. Mas meu instinto me diz que não corro perigo. O padre aperta a minha mão e diz se chamar Mauro. Nunca imaginei que sentiria prazer em apertar a mão de um religioso. – Nós nos conhecemos em Rieti, alguns meses atrás. E meu marido o estima muito.

Vejo que dom Mauro fecha os olhos como se tentasse ligar fatos e eventos e, pelo seu sorriso, percebo que conseguiu.

– Perdoe-me. Não a havia reconhecido. A senhora é Anita.

A voz é baixa e eu nada respondo. Ele se aproxima e eu não me incomodo. Conta-me que sua casa é em Forlì, assim como sua paróquia, mas sentiu necessidade de ajudar Ugo, embora o bispo não estivesse certo disso. Ugo fez muitos inimigos na Igreja. Ele também pensa que a Itália deva ser uma nação e que o povo é o único que pode escolher seus governantes.

Praticamente é um dos nossos. Só lhe falta o fuzil. Mas talvez bem por isso, por não ter um fuzil, chega mais perto do povo assustado e, justamente, cansado de guerras. Não sei por que lhe falo de dom Ferreira e de todas as pregações que fazia sobre o inferno e como me chamava de sangue de diabo quando lhe perguntava sobre justiça. Pela primeira vez me sinto segura com um padre. E lhe falo também do Brasil, de minha mãe e de minhas irmãs, de como se cozinha a mandioca e de quando eu ia à praia pegar caranguejo para o jantar. Ele escuta e me fita com doçura. Chegamos a Livorno. O tempo parece ter voado.

– Se a senhora quiser, se você quiser... podemos procurar uma carroça juntos.

Nunca tive medo de viajar sozinha, mas, desta vez, saber que ele estará comigo me agrada. Talvez por não me sentir forte. Certamente estou com febre, uma febre estranha que vem e vai e deixa sempre uma leve fraqueza.

Encontramos uma carroça que transporta mercadorias. Irá até Tarquinia. Mais do que isso seria perigoso, diz o motorista, que está disposto a nos levar em troca de 5 escudos. Dom Mauro senta ao meu lado e me diz para repousar. Adormeço serena entre cestos de vime e pequenas garrafas de vinho e azeite. Sob o meu vestido, trago amarradas as minhas pistolas, mas sei que agora não precisarei delas.

Quando acordo, o escuro me espanta. Dom Mauro me diz que chegamos, mas teremos de esperar o amanhecer para que possamos procurar outro meio de transporte. Estamos perto de Roma. E eu não quero esperar. Desço da carroça com meu vestido bonito de senhora rica e, quando meus olhos se acostumam com o breu da noite, caminho em direção a uma casa. Ouvi o relincho de um cavalo. O estábulo está quente, e o cavalo, amarrado a um mastro. Deixo que ele me cheire. Faço-lhe carícias, falo com ele. Então o solto e o levo para fora, onde monto nele. Ele logo me entende. Agradeço-lhe com carícias na cabeça e permito que me guie. Vou até o padre e lhe peço que também monte. Ele pensa um segundo e depois aceita minha ajuda. Coloca os braços em meus ombros e eu sorrio para ele. Digo-lhe que me abrace pela cintura, porque os ombros têm que ficar livres. Ele obedece relutante. Corremos ao longo da estrada, mas escondidos no bosque. Jamais em minha vida imaginei levar comigo em um cavalo roubado um padre. Minha vida realmente é fantástica. Quando contar isso às crianças, rirão por semanas. Já sinto falta delas.

Em determinado momento, sinto um peso nas costas e percebo que o padre adormeceu. Mas eu estou acordada e me sinto bem. Avisto uma colina, ligada a outra e depois outra. Uma planície que se transforma em colinas e pastos onde os rebanhos começam a despertar. Estamos em Roma. Finalmente. Roma. O centro de todos os discursos de Giuseppe e de todas as suas preocupações. Volto o olhar para o oriente e vejo a cúpula que brilha sob os primeiros raios de sol. Dom Mauro me diz que aquele é o teto da Basílica de São Pedro. Nunca vi nada tão magnífico assim. Imagino o esplendor do que deve estar debaixo dele. Atravessamos um vilarejo talvez habitado por agricultores e pastores. Paramos. Uma senhora nos vende queijo e pão e diz que há postos de bloqueio em todos os lugares e nem eles conseguem vender o leite e as verduras na cidade. Maldiz a guerra e quer beijar a mão de dom Mauro, mas ele a retira e explica que não se beija a mão dos padres. Divirto-me vendo-o enrubescer sempre. Decido dar à mulher o cavalo. Ela quase enlouquece de alegria, dá pulos e vai chamar os filhos e o marido e, inclusive o gato preto, gordo e desconfiado, ronrona entre as minhas pernas.

– Sim, o cavalo é seu e agora gostaria que fossem vender o leite na cidade.

A mulher, que se chama Giulia, entende logo. Escondemo-nos na carroça, embaixo dos sacos com maços de alcachofras, entre duas gaiolas com frangos, galinhas e latões de leite de cabra. O marido de Giulia usa um chapéu e uma capa; amarra a mula à carroça e a segura pelas rédeas. Seguimos lentamente. Dom Mauro reza o terço até que o homem lhe faz um sinal para que se cale. Um posto de bloqueio. Ouço o relincho de cavalos e uma voz de ordem. Paramos. Se nos descobrem, sei como será o meu fim e o do camponês. Talvez só o padre se salve, talvez não. Ouço o camponês dizer que, se o leite não puder entrar na cidade, estragará e terá que ser jogado fora, assim como as verduras. Passos se aproximam do carro e me encolho sem respirar, como se estivesse debaixo da água. Ouço algo ser afastado. Estão mexendo na mercadoria. Espero com os olhos fechados e penso em Giuseppe. Quando a carroça começa a se mover de novo, não acredito ainda estar debaixo das alcachofras. O camponês diz que os soldados pegaram o vinho e estão bebendo e os amaldiçoa mil vezes, como se ele também estivesse rezando um terço. Dom Mauro me fala com a voz presa, engasgada.

– Está tudo bem. Estamos em Roma.

Descemos em um beco na esquina de uma praça. O sol está alto. Meu vestido, sujo e amassado. Dom Mauro está com o rosto branco de um morto. Abraço o camponês, que se chama Giuseppe, e por isso abraço-o mais forte ainda. Meu caminho e o do padre devem se separar aqui. Ele me agradece e diz que não se esquecerá de mim, acrescentando que me procurará assim que encontrar Ugo Bassi.

Entro no beco e, de repente, um estrondo me ensurdece. Uma bomba. Quando reabro os olhos, vejo o muro de uma casa derrubado e ouço os gritos das pessoas que fogem. Consigo andar poucos passos e só vejo destroços. Muros caídos e detritos por toda parte formam barricadas nas ruas. O cheiro de enxofre é insuportável. Choros. O choro de crianças. Paro para olhar uma delas, apoiada a uma porta. Olha seu braço em pedaços e grita. Arranco a barra do meu estúpido vestido e tento enfaixar o pequeno braço ferido. O menino não me vê; só chora. Uma mulher o ergue e o leva para dentro, tentando consolá-lo. Penso em meus filhos. Que horror. Consigo atravessar uma cerca meio queimada e acabo em outra rua, onde a poeira é tão espessa que mal se vê o céu. Um grupo de mulheres se reúne em um canto. Aproximo-me delas e ouço uma cantiga, uma cantiga de ninar. A mulher que a canta tem a boca suja de sangue e, no colo, um menino morto. "Tentou apagar o pavio de uma bomba com um pano úmido", dizem. A bomba explodiu e o matou. Muitas outras crianças fazem o mesmo, a cada minuto. Olho a mulher e me vem a imagem da minha Rosita. Apoio-me em um muro para não cair. Sinto arrepios pelo corpo todo e tremo de febre. As mulheres tentam levar a mãe enlouquecida e o menino para um lugar seguro. Uma delas se aproxima de mim e me dá um pouco de água.

– Você sabe atirar? – não respondo e nada entendo. Ela continua. – Estamos procurando mulheres que saibam atirar para ensinar as outras. Temos que nos defender e ajudar os homens.

Outra a interrompe.

– Deixe estar. É melhor cuidar dos feridos e enterrar os mortos que usar as armas. Malditos franceses! Não podemos deixá-los entrar!

Cospe no chão ao pronunciar a frase. Tento perguntar se sabem onde é o Palácio Spada e me indicam a rua, dizendo que é melhor esperar anoitecer. É perigoso demais agora.

Sento-me sobre o que resta de uma mesa que veio abaixo em uma casa bombardeada e, angustiada, ouço a história de uma mulher chamada Marta, atingida por uma bomba na via Botteghe Oscure, que foi levada ao hospital dos Peregrinos, onde teve uma perna amputada. No corredor onde ela permanecia ferida, entrou, por uma janela aberta, a granada de um soldado francês; ao perceber a situação, ela se jogou sobre o projétil, impedindo que explodisse. Depois de algumas horas, morreu de hemorragia.

Parece-me reviver o assédio a Montevidéu. Todas as guerras são iguais. Em terra e no mar, trazem mortos, feridos, dores e desgraças. Os sábios sabem amaldiçoá-las.

Quando vejo a primeira estrela no céu, percebo que dormi algumas horas. Estou sozinha na rua. As mulheres já se foram; só restam escombros. Movo-me, sentindo os ossos doloridos. O estômago vazio pede comida. Como um pouco de queijo que Giuseppe, o camponês, me dera. Atravesso uma praça com uma fonte, conforme haviam me explicado as mulheres. Arrasto-me no escuro e tento não pensar em nada. Caminho rente aos muros das ruas, até que o Palácio aparece na sombra escura da noite. Nenhuma luz acesa. Aproximo-me do portão e logo sinto uma pressão nas costas. É um fuzil apontado para mim e talvez ele dispare, pois o soldado está assustado.

– Sou Anita Garibaldi.

A voz é apenas um sopro, mas o soldado ouviu. Agora está diante de mim. É um rapaz. Olha-me espantado e, depois, faz sinal para que o siga. Abre a porta lateral na parede do palácio e entramos em uma sala onde muitos homens estão reunidos ao redor de uma mesa, na qual está estendido um grande mapa cheio de bandeirinhas. As janelas foram todas vedadas por cortinas pesadas. As velas iluminam bem. Giuseppe me olha e leva uma mão ao queixo.

– Esta é minha mulher, Anita. Senhores, temos um soldado a mais.

Caminha pela sala e vem me abraçar.

– Minhas pistolas estão comigo, meu amor, mas desta vez estou aqui para ajudar os feridos e salvar as crianças.

Não se surpreende com as minhas palavras, e isso faz dele o meu grande amor. O meu homem de paz.

48

Junho – primeiros dias de julho de 1849 – Roma, Itália

Parto para Roma também, depois de ter organizado as armas que chegaram. Devo falar com Garibaldi. Quero ver você. Se tudo correr bem, eu a alcançarei na estrada. Na entrada da cidade tenho sorte; dou de cara com uma investida feita por um grupo de legionários para conseguir um pouco de comida. Estão tocando um pequeno rebanho de vacas magras. Faço com que me reconheçam, uno-me a eles e entro em Roma. É uma cidade lindíssima; é uma cidade ensanguentada. As calçadas das ruas mais próximas aos conflitos estão cobertas de sangue, lama e esterco de cavalos.

Pergunto onde encontrar Garibaldi. Dizem-me que está lutando na colina em minha frente, o Gianicolo, coberto de fumaça como um vulcão. Pergunto por você. Você está em algum lugar, tomando conta dos feridos, talvez em Santa Maria della Scala, uma igreja transformada em hospital. Indicam-me a direção e caminho para lá. No mar de cabeças que tumultua a rua, repentinamente vejo balançar a ponta de uma longa lança com a bandeira vermelha esfarrapada.

– Aguyar!

Não preciso gritar uma segunda vez, A ponta da lança começa a cortar a multidão, dirigindo-se para mim e, um segundo depois, confirmo tê-lo visto bem.

– Fui à festa de batismo de uma criança – diz, sorrindo, após ter me reconhecido.

Um assobio assustador no ar e, imediatamente depois, uma explosão, fumaça, gritos das pessoas, confusão, pânico. Instintivamente fecho os olhos. Quando os reabro, Aguyar está estendido no chão aos meus pés. Aproximo-me; sua cabeça está sangrando. Inclino-me sobre ele, chamo seu nome, toco-o, balanço seu corpo. Não responde.

É socorrido também por dois homens que me ajudam a levá-lo à igreja que me haviam indicado. Nas naves da igreja, dezenas de feridos gritam, choram, lamentam-se gemendo, xingam em um ar pesado, com cheiro de sangue, que se mistura com o odor da sujeira, da palha molhada e dos excrementos. Deitamos Aguyar num canto; nada mais podemos fazer. Um dos dois homens o olha antes de se afastar.

– Não vai durar muito.

Ajoelho-me perto dele; limpo cuidadosamente a ferida com o lenço que trago no pescoço. Seguro sua mão; não sou capaz de mais nada.

Sua respiração se torna cada vez mais fraca. De repente para.

Uma voz vem da rua:

– Mataram o mouro de Garibaldi.

Ergo os olhos e na porta, na contraluz, aparece você. Absurdamente, penso que sua gravidez agora está muito destacada. Você vem em minha direção. Não tenho coragem de falar e indico o corpo no chão. Gesto inútil. É impossível você não não tê-lo visto; a pele negra e as calças azuis listradas são inconfundíveis.

– Aguyar!

Você se ajoelha sobre ele com um grito; abraça-o, chama-o, chora. Toco seu ombro; você se vira de repente, como se quisesse me agredir. Depois, como se me reconhecesse só naquele instante, muda seu gesto para um abraço desesperado. Acompanho-a para fora da igreja.

Você balbucia entre lágrimas que precisamos avisar Giuseppe. Seguimos, em meio ao ruído incessante dos disparos, por uma ruazinha que leva ao alto. Encontramos Garibaldi apoiado em um muro, protegendo-se das balas, enquanto bebe de um cantil, com a expressão de quem não dorme há dias, a camisa vermelha suja de sangue e pó.

Ele me vê e me cumprimenta. Depois, fita melhor o seu rosto e o dele assume uma expressão interrogativa. Pronuncia só uma palavra:

– Quem?

– Aguyar!

Você corre para se atirar em seus braços.

Giuseppe quer vê-lo. Retornamos à igreja. Deixo vocês a sós, chorando o amigo morto em um país que não é o dele, ao qual veio, como eu, para acompanhar as únicas pessoas de quem gosta e por não saber para onde ir.

À noite, com um par de homens, encarrego-me de enterrá-lo em uma fossa comum. Você observa, mantendo-se afastada. Quando tudo termina e você finalmente fala, sua voz é amarga:

– Perdi a conta das batalhas que compartilhei com Giuseppe. Lembro-me de todas, mas confundo umas com as outras. Laguna, Salto, Imbituba, São José do Norte, ganhas ou perdidas parecem-me todas iguais. Sempre mortos, sangue, sofrimento. E para quê?

Na manhã seguinte, os franceses nos atacam maciçamente. Combate--se o dia todo. Ajudo-a com os feridos, tento impedi-la de se aproximar demais da linha de frente, embora nossa segurança seja ilusória, pois granadas e balas assobiam e atingem o nosso entorno.

Vejo os franceses avançarem e Garibaldi atacá-los com golpes de sabre, cantando.

Os camisa-vermelha o seguem e se confrontam corpo a corpo, formando uma massa confusa de homens que se degolam com baionetas, golpes de fuzil, lanças, facas. Tudo inútil. Garibaldi, exausto, com o sabre coberto de sangue e tão deformado pelos golpes que não cabe mais na bainha, comunica-nos ao calar da noite:

– Mazzini e os outros decidiram se render.

Você é sarcástica.

– Nomearam Giuseppe comandante do exército. Agora é inútil. Antes, ainda poderia fazer alguma coisa.

Os homens passam adiante a ordem: deverão se encontrar no dia seguinte na Praça de São Pedro. Eu também vou. Vejo você enquanto se aproxima a cavalo, ao lado de seu Giuseppe, abrindo espaço em meio a um mar de gente.

Você veste o uniforme dos legionários: camisa vermelha e calças largas enfiadas nas botas. O chapéu grande e arredondado, enfeitado por penas pretas, não consegue esconder que seus longos e esplêndidos cabelos desapareceram.

Vocês chegam lentamente ao centro da praça, perto do obelisco. Giuseppe faz sinal com a mão para que todos se calem, uma, duas, três vezes, até que reina o silêncio.

A fortuna que nos traiu hoje sorrirá para nós amanhã. Estou partindo de Roma. Quem estiver disposto a continuar a luta contra o estrangeiro e ama a sua terra com o coração, e não somente com a boca, siga-me. Não ofereço pagamento, nem acampamento, nem comida, mas fome, sede, marchas forçadas, batalhas e morte.

Logo em seguida, começa a caminhar. Nós o seguimos, uma longa caravana de homens a pé, a cavalo, amontoados em carretas que, poucas horas atrás, levavam mortos e feridos. Somos tantos, faltam tantos, Aguyar em primeiro lugar.

Você se aproxima, enquanto passamos sobre a ponte em frente ao Castelo Sant'Angelo.

– Você vai a Riete ver sua mulher?

– Não.

Não lhe digo; não posso lhe dizer que havia pensado nisso antes de ver você de perto, vestida de homem, os cabelos cortados, pálida, com o ventre que já mostra plenamente sua quinta gravidez, a expressão exaurida, as olheiras profundas, a voz cansada, os gestos exaustos.

Segui você pelas selvas, desertos e oceanos. Estarei com você agora, em uma retirada que se preanuncia longa e desastrosa, como ou mais ainda que aquela pelas serras do Rio Grande, tempos atrás.

Mais uma vez é uma escolha que não consigo evitar, embora não pareça racional nem vantajosa aos meus olhos. De amanhã em diante, teremos quatro exércitos nos caçando pela Itália central. Dezenas de milhares de homens armados, equipados e bem alimentados que seguem pouco mais de quatro mil esfomeados e com poucas armas.

49

Julho de 1849 – Tivoli – Todi, Itália

Tento não pensar. A febre não me dá trégua; sinto sede e me faltam forças. Mas Giuseppe precisa de mim. Está triste e fechado em uma dor surda. A derrota de Roma foi uma traição para ele. De novo solitário; o triunvirato se demitiu e o abandonaram sozinho, olhando ruínas e mortos para nada. Roma é dos franceses.

Deixaram-nos sair da cidade por conveniência, pensando que seríamos exterminados pelas várias tropas posicionadas na zona rural de Roma; pouparam-se até de desapontar o povo fazendo-nos prisioneiros. "Os vencedores podem se permitir atos falsos de nobreza de espírito", murmurou Margaret, que ficou ao nosso lado até conduzirmos os cavalos para a retirada. Escreveu tudo o que acontecia e, apesar de a terem aconselhado a deixar Roma, ela ficou para ajudar nos socorros do hospital da Ilha Tiberina. Abraçou-me e, quando percebeu que eu estava ardendo em febre, preocupou-se e tentou encontrar um remédio para mim. Não havia tempo. Tínhamos que partir imediatamente.

Vamos em direção a Tivoli, enquanto choro a morte de Aguyar, de Colomba e de milhares e milhares de homens e mulheres que acreditaram poder mudar a situação. A guilhotina voltou e muitos corajosos que desafiaram o poder agora sentirão o ruído da lâmina descendo sobre os seus pescoços.

A cidade de Tivoli parece-me um oásis, depois de tanta destruição e morte. Meus vestidos estão rasgados e sujos e gostaria muito de tomar um banho. Assim que chegamos, vemos uma vila maravilhosa com fontes e jatos de água. Giuseppe diz para pararmos um pouco mais adiante e finalmente posso me lavar no rio. Protegida por algumas plantas, escorrego até a água, nua, e finalmente encontro alívio. Meus seios cresceram e a barriga também. Meu corpo muda mais uma vez para hospedar outro corpo. Agora, porém, é diferente. Algo não vai bem. Algo está me consumindo e não me dá trégua. Creio que somente

Miguel tenha percebido. Está sempre perto de mim, preocupado e atento, perguntando-me como me sinto, pedindo-me para que eu descanse. Não quero pensar nisso; não quero diminuir a marcha. Não devo ser um peso para Giuseppe nem para estes homens que marcham conosco e que acreditaram nele.

Quando visto minhas roupas rasgadas, percebo que estão apertadas. Esta criança nascerá na Itália e Giuseppe ficará feliz. Conto os meses. Estamos em julho, em novembro ela chegará. Quem sabe onde estaremos? Espero que em uma casa só nossa com Teresita, Ricciotti e Menotti. Menotti já saberá ler rápido e escrever. Lerá os jornais e assim saberá que seu pai é um homem bom e de valor.

– Quer, Anita? Estão muito doces.

Debaixo de um chorão está Ugo Bassi, com dois pêssegos nas mãos. Sento-me perto dele. Os homens estão repousando sob as árvores. Faz calor aqui no Aniene. Como os pêssegos com gosto. O padre me olha com doçura.

– O bebê vai gostar – gosto do que ele diz. Escolhe palavras certas e não fala de infernos para mulheres que usam calça. Estava prisioneiro dos franceses por ter dado a extrema-unção a um garibaldino moribundo. Giuseppe fez um trato com os oficiais para soltá-lo. Não sei o que deu em troca, talvez um par de prisioneiros franceses, e estou feliz por isso. Muitas vezes vi este padre consolar os homens e chorar com as mulheres. – Você é uma criatura maravilhosa, Anita.

– Nunca imaginei ter que agradecer a dois padres nesta vida. Obrigada, Ugo.

– Ah! Dom Mauro me contou da viagem aventureira de vocês. Sei que você não gosta da Igreja. Mas certamente com Deus é diferente.

– Oh, não, também não gosto de Deus. Mudo e surdo à dor dos homens que diz ter criado. Parece querer brincar com eles, uma brincadeira que só a ele diverte.

Olha-me sem responder. Sei que está tentando encontrar palavras. Mas não será fácil dirigi-las a uma mulher como eu, que sofreu a tirania de uma religião opressora e parasita ao extremo.

– Se você fosse Deus, Anita, o que desejaria?

A pergunta me desconcerta, mas não tenho dúvida da resposta:

– Paz. Justiça. Humanidade. Mas essas são coisas de Deus? Não. São coisas de homens e mulheres que tentam viver não somente para si mesmos, mas para outros homens e mulheres.

– Você fala quase como Jesus e talvez nem perceba.

– Eu não sei falar. Vivo e ajo como você vê. Vivo e ajo como creio ser justo, inclusive por meus filhos, mas não só por eles. Giuseppe quer que muitos filhos sintam o gosto da liberdade e da justiça.

– Não quero converter nem convencer ninguém, Anita. Quero tão somente estar perto de quem quer os meus braços, de quem deseja as minhas palavras, de quem precisa da minha mão.

– Você, assim como Giuseppe, é um homem justo. A sua religião não é, mas pode ajudar os outros através do exemplo de pessoas como você. Viu? A barriga está se mexendo... É o bebê!

Rio e acaricio a barriga. O padre olha e fica comovido. O mistério da vida, sempre tão maravilhoso.

– Você é muitas mulheres, Anita.

– Eu sou todas as mulheres. Como Giuseppe sempre diz.

Tento dormir um pouco e convido o padre a fazer o mesmo. Temos ainda um longo caminho e os exércitos nos caçarão. Deito-me sob o chorão, perto do rio, com a cabeça de Ugo Bassi perto das minhas botas, e adormeço.

Acordamos depois de algumas horas com o sol ainda forte. Retomamos a marcha. Miguel tirou o arreio do meu cavalo e me disse que estamos indo para Todi, na Umbria. As colinas se suavizam ainda mais com os rios, as oliveiras e os vinhedos. Uma terra doce e serena. Sinto-me melhor; a febre talvez tenha ido embora. Giuseppe me diz que muitos desertaram por não resistir ao cansaço e à fome. Não há raiva em sua voz, só muita tristeza.

Chegamos a Todi e na colina me perco a olhar um horizonte lindíssimo com curvas suaves, cores vivas, sombras azuis. Miguel me diz que algumas mulheres gostariam de me ver e de falar comigo. Fico espantada, mas não escondo que me agrada. Os homens estão cansados e esfomeados. Giuseppe procura comida, mas não temos como pagá-la. Alguns camponeses, assim que nos veem, fecham-se em casa e escoram as portas. Uma mulher no terreiro me fita com insistência.

– Não somos invasores e não depredamos as suas casas... Só pedimos um pouco de comida.

Ela olha a minha barriga. Caminha rápido para casa e, pouco depois, sai com dois pães compridos entre os braços. Aproxima-se e, assim, posso ver sua barriga inchada.

Sorrio para ela e gostaria de abraçá-la, mas, assim que nos entrega os pães, ela se vira e vai embora. Ugo Bassi a persegue correndo. Ela para e parece assustada, depois, porém, percebo o sorriso dele. O padre abençoa a mulher e sua barriga. Penso que este talvez tenha sido um belo presente que ele lhe deu. Alguém reza em voz alta. Giuseppe está calado e não protesta. As coisas mudaram. Ou talvez as pessoas façam as coisas mudarem.

Dois pães não matam a fome de um exército, mas trazem esperança. Entrego os pães a Miguel, que os repartirá entre os que mais precisam. Prosseguimos até um convento. É o padre quem vai bater na porta. Fala com alguém do outro lado das grades e vejo que seu tom se exalta. Havia lhe dito que tirasse a camisa vermelha, mas ele não quis. Aproximo-me e vejo um frei com o capuz na cabeça, tentando fechar o portão.

– Somos de paz. Somos exilados. Fomos derrotados. Somos como o Cristo de vocês. E, se eu tiver de atravessar todos os infernos até sem as pernas, direi a ele como vocês acolheram quem lhes pediu asilo.

Sei que gritei e também que estou com a face vermelha, parecendo um diabo daqueles nos tetos das igrejas. No fundo, sou sangue de diabo, e assim esperam que eu me comporte. Ugo Bassi se afasta do portão.

– Não se aflija, Anita. Deixe estar. Conheço uma pessoa que pode nos ajudar. Mora aqui perto. Acompanhe-me.

Não quero segui-lo, mas Miguel insiste e Giuseppe se une a nós. Entramos na cidade com ruas silenciosas e estreitas em meio a casas de pedra, igrejas e praças. As pessoas evaporaram.

– Você tem que entender, Anita. Estamos armados e somos perseguidos por outros homens armados. Ponha-se no lugar deles.

– Nunca estive no lugar deles. Sempre conheci a fome e a injustiça.

Chegamos a uma casa no fim de uma rua em declive. Diante dela, uma horta e flores. Rosas e jasmins perfumados. Da porta de entrada sai um homem vestido como um camponês, mas com o porte de um cavalheiro. Ugo o cumprimenta, ele, depois de um instante de desconcerto, corre para abraçá-lo.

Vincenzo Crispolti, um amigo de Ugo Bassi. Convida-nos para entrar e insiste para que jantemos com ele e fiquemos para dormir em sua casa.

Miguel se ajeita em um canto onde há também grãos e diz que é o lugar ideal para ele, que sempre amou o trigo.

Eu não resisto à fome de uma cama de verdade, com lençóis perfumados de alfazema. Deito-me e os acaricio. Giuseppe dorme perto de mim. Adormeço sem sonhos e me recusando a qualquer pensamento. Recusando, inclusive, a febre que já voltou.

Acordo com o canto do galo de julho, mas não me mexo. Sinto-me suada, e não é só pelo calor. Meu corpo tenta combater a febre. Permaneço imóvel, olhando a luz que atravessa as janelas e ouvindo a respiração de Giuseppe, atormentado pelos sonhos.

Consigo me banhar usando uma jarra e uma bacia e, quando encontro Miguel, rimos juntos, pois os frades do convento mandaram duzentos e cinquenta frangos para Giuseppe. Frangos depenados. Miguel diz que haverá penas para muitos travesseiros hoje.

Fora da casa, uma dezena de mulheres me espera. A febre está subindo. Cumprimento-as, abraçando uma por uma. São jovens e menos jovens; algumas usam lenços coloridos na cabeça e me dizem que trabalham nos campos; algumas sabem ler e escrever e viram o meu nome nos jornais que chegaram escondidos. Olham-me como se eu fosse um espírito. Uma moça me diz que gostaria de ser como eu. Diz que gostaria de ter força para deixar a família e se unir a nós, mas o medo fala mais alto. Sorrio para ela e seguro um pouco sua mão. Ela percebe o meu estado e até as outras mulheres olham a minha barriga. Gostaria de lhe dizer que amamentei Menotti durante as batalhas, mas não... Calo-me e aproveito a paz e a beleza de seus rostos.

À noite, duas delas voltam à casa de Crispolti. Trazem algo para mim.

– Suas roupas estão apertadas demais para uma mulher grávida. Experimente esta, Anita.

Um vestido de seda. Um vestido de seda verdadeira, azul da cor do céu à noite. Não posso acreditar. Visto-o imediatamente e me mostro para elas. A mais jovem, que se chama Giovanna, bate palma e ri contente. A seda toca as minhas pernas e acaricia minha pele. Agradeço-lhes, beijando-as e abraçando-as.

– É lindíssimo – Miguel me olha enquanto rodopio pela rua. – É lindíssimo, apesar de inútil. Como cavalgarei com um vestido tão precioso sem estragá-lo?

– É lindo o gesto delas.

– Sem dúvida, Miguel. Se pudesse retribuir...

– Mas você já retribuiu. Deu você de presente.

À noite partimos. Vamos para a Toscana, diz Giuseppe, e depois para o Vêneto. Deixo a minha sela ao Bom Crispoldi. Não me serve mesmo. Tenho um vestido azul de seda para cobrir o meu corpo e um lenço na cabeça sob o chapéu, como as mulheres daqui. Queria ficar com elas, que gostariam de partir e não sabem a sorte que têm.

50

Julho – primeiros dias de agosto de 1849
San Marino – Cesenático, Itália

Marchamos somente durante a noite; de dia ficamos escondidos nos bosques ou entre as rochas das montanhas. Estamos numa verdadeira enrascada. Às nossas costas, os franceses; à frente, os austríacos, nas outras direções, soldados bourbonistas, toscanos e, inclusive, espanhóis. Todos com a intenção de interromper nossa marcha.

Trocamos as carroças por cavalos e gado para ter comida que caminhe conosco. Porém somos cada vez menos numerosos. Aqueles que, por algum motivo, se separam da maior parte da caravana e são capturados com armas nas mãos morrem fuzilados imediatamente, mesmo sendo rapazes do Batalhão da Esperança, que ainda estão no início da vida.

Muitos decidem jogar fora as armas e se entregar. Tivoli, Mentana, Terni, Todi, Torrita, todos os locais que atravessamos, para mim, são só nomes sem sentido. Pela posição do Sol e das estrelas, percebo que Garibaldi nos faz mudar continuamente de direção para fugir de quem nos procura. A disciplina se tornou duríssima.

– Hoje Giuseppe mandou fuzilar um legionário porque havia roubado uma galinha de um camponês – conto a você numa noite, enquanto marchamos sob a chuva torrencial.

Vejo-a sorrir cansada e amargamente na escuridão quebrada só pelas luzes de algumas lanternas.

– Não dirão mais que somos bandidos.

Você não se lamenta, não fala da sua condição, mas está mal. Vejo isso em seu rosto cada vez mais pálido, na barriga cada vez maior, nas olheiras escuras, nos dois fios de saliva branca que escorrem dos cantos de sua boca, sem que você faça nada para evitá-los. Vai a pé como todos.

– É para poupar o cavalo – explica-me.

É verdade. Os animais sofrem como nós, magros e fracos por falta de comida e de cuidados, mas sei que você caminha porque cavalgar lhe provoca dores sempre mais violentas.

– Para onde vamos?

Os homens repetem cada vez mais frequentemente a mesma pergunta. É claro que a ideia inicial de ir a Veneza se tornou impraticável.

– Tentaremos chegar a San Marino. Não está longe e os exércitos que nos seguiram não podem ir até lá, pois é uma república independente.

As palavras de Garibaldi dão a todos a força necessária para chegarmos à cidade, mas duvidamos seriamente de que nossos adversários respeitem realmente a autonomia da região.

Não nos permitem entrar; os moradores têm medo de represálias. Garibaldi tenta negociar com as autoridades, enquanto esperamos deitados no chão, num campo de restolhos. De repente, ouvem-se gritos e tiros de fuzil pouco distantes. Você se ergue alarmada para ver o que está acontecendo. Um grupo de austríacos atacou nossa retaguarda e os legionários estão fugindo tomados pelo pânico.

– Giuseppe! Onde está Giuseppe?

Você o chama, mas ele não pode ouvi-la. Do seu rosto desaparece, então, qualquer traço de sofrimento, e seu olhar se torna implacável. Vai até o cavalo, monta nele, volta a ser a Aninha de tantos anos atrás, aquela de Laguna; enfia as esporas no cavalo e, com um grito, corre em direção aos fugitivos, agitando o chicote.

– Covardes! Voltem! – ninguém obedece, mas a sua iniciativa provoca a ação de outros homens, e os austríacos são afastados. Você para, chorando; destruiu suas últimas forças. Aproximo-me e a ajudo a descer do cavalo. Sua voz é fraca, enquanto apoia todo seu peso em mim – Miguel, tenho medo de perder o bebê. Eu o sinto cada vez menos.

Busco as palavras mais adequadas para lhe dizer, mas não as encontro. Um legionário chega para me tirar do constrangimento; sua voz exprime entusiasmo:

– Venham! Vão nos deixar entrar em San Marino. Garibaldi os convenceu. E os austríacos não nos seguirão. Estamos salvos!

Naquela noite, Giuseppe fala dos degraus de um convento aos homens que restaram:

De agora em diante os libero de qualquer obrigação. Vocês podem voltar à vida privada, se quiserem. Mas lembrem-se de que a Itália continua mergulhada na vergonha e que seria melhor morrer do que viver como escravos do estrangeiro. Eu prosseguirei para Veneza. Eles ainda estão combatendo e precisam de ajuda. Para quem quiser me seguir, continuo a prometer fome, sede e perigos.

Não o ouvi. Levamos você a um alojamento, cujos proprietários são muito gentis e chamam um médico. Após minutos intermináveis, ele sai do quarto onde a examinou e parece ter poucas dúvidas.

– Ela está com febre alta. Provavelmente é malária. Pode ser também uma infecção de outro tipo. E, além disso, está grávida e no limite de suas forças.

É ainda menos hesitante diante da pergunta precisa de Garibaldi.

– Ela pode viajar?

– Excluo absolutamente essa possibilidade. Por motivo algum e sob qualquer condição. Nem numa carroça de ouro. Seria perigoso demais.

Garibaldi entra em seu quarto e fica ali por muito tempo. Ouvimos palavras em tom baixo e soluços presos virem do lado de lá da porta fechada. Quando sai, ele balança a cabeça.

– Ela quer partir. Não consegui convencê-la.

Então entramos em vários no quarto, e todos falamos:

– Você tem que ficar.

– Pense no bebê.

– Lembre-se de que Menotti, Teresita e Ricciotti também precisam de você.

– Cuidaremos de você.

– Aqui você está segura.

– Você seria, inclusive, um peso para Giuseppe.

– Sem você é mais fácil para ele fugir.

– Se o capturarem, ele será fuzilado.

Você balança a cabeça nervosa. No final, agarra-se à mão de Giuseppe e pronuncia somente três palavras, repetidas infinitas vezes com a voz cada vez mais fraca, até fechar os olhos exausta.

– Não me deixe... Não me deixe... Não me deixe...

Uma das mulheres nos manda embora.

– Deixem-na descansar.

No corredor fora do quarto, Giuseppe é claro:

– Não posso abandoná-la bem agora. Vocês não sabem quanto amor eu lhe devo.

Após algumas horas de descanso, você parece melhor. À meia-noite partimos. Você não usa mais o vestido azul que haviam lhe dado, mas uma saia e uma camisa. Vê o meu olhar à luz da tochas e tenta sorrir, indicando as mulheres que a hospedaram.

– Foram elas que me deram. A seda era pouco apropriada para lutar. Esta roupa é de algodão e eu sentirei menos calor.

Uma das mulheres a abraça.

– Guardaremos o seu vestido e o devolveremos a você quando voltar.

Os olhos dela dizem coisas diferentes das palavras, enquanto continua a apertá-la entre os braços, chorando. Você se afasta com delicadeza e eu a ajudo a subir no cavalo. Você o esporeia e desaparece no escuro, enrolada em seu poncho. Cavalga com dificuldade. Dói-me o coração ver a minha Aninha, melhor domadora de potros selvagens que um homem, inclinar-se cada vez mais fraca sobre a sela, agarrando--se à crina do animal.

Chegamos a uma pequena cidade: Cesenático. No porto, muitos barcos com velas coloridas. Garibaldi vai imediatamente tentar alugar algo que nos leve a Veneza; por mar talvez consigamos.

As coisas, contudo, são difíceis. Primeiro é preciso convencer os marinheiros, depois encontrar dinheiro necessário para pagar-lhes. É preciso vender também o seu cavalo e o de Giuseppe. Quando tudo parece estar certo, ergue-se um vento muito forte que impede nossa navegação.

Você treme de febre, enquanto espera horas deitada no cais sobre um rolo de corda. Estou ao seu lado. Você tem sede, implora por água com uma voz que é pouco mais que um sussurro. Quando o cantil termina, vou até a fonte para enchê-lo novamente. Você abre os olhos por poucos segundos.

– Miguel... – sua voz é fraca, quase inaudível. Fixa-me com olhos brilhantes e febris. – Um pêssego. Gostaria de comer um pêssego.

Já é quase manhã; estamos ali desde a tarde anterior e você nada comeu. A cidade está acordando; não deve ser difícil encontrar um pêssego. Quando estou me afastando, ouço novamente a sua voz:

– Desculpe-me por tudo, Miguel. Falarei com Giuseppe. Fique tranquilo. Obrigada.

Não entendo. Temo que você esteja delirando.

A procura pelo pêssego foi mais difícil do que imaginava. Quando finalmente volto com três frutas, você não está mais no cais, e doze velas – vermelhas, amarelas, laranja e marrons – já estão fora do porto. Você partiu sem mim; vocês zarparam sem mim. Sinto-me traído.

"Desculpe-me por tudo, Miguel. Vou falar com Giuseppe. Fique tranquilo. Obrigada."

Então o significado das últimas palavras se torna claro para mim. Os pêssegos! Uma desculpa para me afastar de você! Numa confusão de pensamentos e sentimentos que se atropelam sem nenhum fio lógico, consigo somente olhar as velas cada vez mais distantes e tentar inutilmente descobrir qual está levando você embora.

– Parado aí!

A voz às minhas costas é dura, ameaçadora. Viro-me e encontro os canos de cinco ou seis fuzis apontados para mim. Os soldados usam fardas brancas; são austríacos.

Não tenho armas, não as carreguei em toda a retirada e é a minha salvação. Digo que sou um morador dali e nenhum dos presentes me trai. Os soldados confundem o meu italiano incerto com o dialeto do lugar e, por fim, deixam-me ir embora, livre.

51

4 de agosto de 1849 – Vaccheria "Le Mandriole" Vale do Comacchio, Itália

Sonhei com uma cidade repleta de flores nas varandas; flores coloridas de vermelho, violeta e amarelo, como luzes de entardeceres diversos. As pessoas que caminham pelas ruas da cidade às vezes param para nos cumprimentar; algumas estendem as mãos a crianças e ouvem suas palavras, sorrindo. Nenhum deles tem fome; nenhum deles carrega uma pistola ou um fuzil; nenhum deles sabe para que serve uma espada. Eu caminho de mãos dadas com Teresita, que canta a cantilena do amanhã: "Se este dia terminar/haverá amanhã/com você estarei como ontem é amanhã/um beijo lhe darei/hoje, ontem e amanhã." Depois acordei, mas o sonho continuava a aparecer aos poucos.

Algo novo acontece. Acontece com meu corpo. É como se minha mente estivesse vazia. Entram e saem tantas imagens, tantos sons, apenas quando querem. Entram palavras pela metade, palavras inteiras, a voz de Giuseppe, que diz: "Depressa pelo amor de Deus." Queria responder, mas não consigo. Sinto que me ninam. Estou deitada no barco, com Giuseppe e um amigo nosso de confiança. O único que restou. Que mulher frágil eu sou. Imobilizada por uma febre... Sinto arder o corpo e o calor quase me causa um prazer estranho.

Na cidade, casas brancas e telhados vermelhos. Minha mãe estende a roupa em um fio esticado entre duas árvores. Sua saia esvoaça ao redor das pernas. Papai a olha, sentado na varanda de casa, e em seus olhos vejo ternura. Chega o vento, e os lençóis se roçam, e parecem velas quadradas, velas de traquete. As velas do Rio Pardo, a minha primeira casa.

– Meu amor... resista, por favor. Um médico que vai curá-la. Eu lhe peço, minha alma – a voz de Giuseppe está desesperada.

Estão nos caçando. Somos presas procuradas. Presas perigosas que precisam ser abatidas. Sorrio. Somos a semente nova que pode se tornar erva daninha e se alastrar pelo mundo. Provocamos medo até se somos farrapos sem terra e sem dinheiro, magros e doentes. Provocamos medo porque não queremos nada que seja injusto querer. Nada queremos para nós, só para nós.

Logo na saída da cidade há um rio onde as pás de um moinho giram lentas. A água é de todos, o sol é de todos, o ar é de todos, a farinha é para todos. Tenho um desejo enorme de mergulhar na água fresca e apagar o calor que vem de dentro de mim. Uma mulher se aproxima e seu rosto é o de minha irmã Felicidade. Pergunto-lhe: "Onde é o mar?" Ela responde: "Com poucos passos chegará a ele, Aninha..."

Procuro a mão de Giuseppe, o mundo, o meu. Nada consigo lhe dizer e nem consigo manter os olhos abertos para que ele veja as minhas palavras que não sabem sair. Você me traiu amando-me. Meu corpo traiu a imortalidade do sonho. Meu corpo se transformou e pariu outros corpos que vinham de mim, e me apaixonei perdidamente por eles, completamente. Tornaram-se mais importantes que o sonho imortal.

Na cidade, alguns padres falam como os homens, e as mulheres podem fazer coisas boas e coisas indignas. Os homens tais quais as mulheres. As pessoas os escutam e percebem que é verdade. É assim mesmo. E se espantam de ter pensado diferente até agora. Os padres continuam a falar e dizem que justiça ocorre quando é reconhecida a alguém a própria liberdade e a ninguém é negado o necessário para tê-la. As pessoas concordam e se nutrem de palavras verdadeiras e, assim, podem agir de modo verdadeiro.

Não ouço mais a água batendo na madeira do barco. Sinto que sou erguida por alguém. São os braços de Giuseppe. Eu os reconheceria entre mil braços. Ele me segura.

– Chegamos. Um médico está à sua espera – consigo abrir as pálpebras. Estão muito pesadas e é preciso força, muita força para abrir os olhos. O vulto de Giuseppe se confunde com o de Rosita. Não me deixe. Não me traia agora. Os cachos de mel, o furinho no queixo e o sorriso com os dentinhos. Você não segurou Rosita nos braços enquanto ela partia. Você não lutou para que ela ficasse. Traiu-me mil vezes só por isso. – Meu amor, minha alma. Eu lhe peço, Anita, resista. Logo você estará bem.

A ternura me encanta. Um homem me amou acima de tudo. Só não acima do sonho imortal. Não um homem qualquer, pois sonhava aquele sonho que também era meu, mas o meu era mortal.

Ouço a voz de Miguel: "Aninha, você é como os girassóis, que procuram a luz."

Miguel brincou com meus filhos, deu-lhes comida e carinho, ensinou-lhes o amor.

Tive dois homens imortais, eu, que já sou... tive uma vida extraordinária para uma pessoa nascida em agosto, diria minha mãe. Agosto traz azar. Hoje é dia 4 de agosto. Meu filho nascerá na Itália. Agora ele dorme, está muito cansado e deve poupar suas forças para o nascimento. Quando ele chegar, talvez Giuseppe não esteja, provavelmente ocupado em uma batalha da qual que não poderei participar.

Você vai me abandonar de novo, Giuseppe. Você não virá comigo. Irei sozinha, como sempre, mas na viagem talvez encontre meus amigos. Você não estará, meu amor, porque pertence a muitos. Mas tenho medo de começar essa viagem sem pistolas e sem cavalo.

A cidade hoje está em festa. Não sei por quê, mas hoje é diferente dos outros dias. Tem cheiro de milho verde e de açúcar caramelizado. Miguel caminha com menos dificuldade e me diz que devo usar o vestido de seda azul. Rio e pergunto de Sabina, a cabeleireira; então, vejo-o enrubescer. Aguyar já vestiu a calça vermelha com listras amarelas e uma túnica que lembra a cor dos campos. Na cabeça usa um de seus turbantes dourados. Sim. Deve haver uma festa. Os sinos tocam e, quando ergo a cabeça para o campanário, vejo pássaros voando em volta dos telhados das casas. Menotti deve tê-los deixado sair de seus papéis para mim.

– Não vou, não. Não a deixo aqui. Vão vocês. Eu fico com ela.

– Não há sentido. Giuseppe. Você precisa vir. Eles estão chegando. Matarão todos nós e, então, toda esperança estará perdida.

Vozes. Palavras. Não sinto mais a sede que me invadia. Estou melhor. Talvez possa me levantar e ir a Veneza com Giuseppe. Nunca vi uma cidade sobre a água. Ficaria encantada. Digo isso a Giuseppe. Ele não me responde. Sou um peso para você? Ele não me responde. Não entendo por quê. Sinto seus lábios em minha testa, depois na minha face. Lábios úmidos. Está chorando. Por quê? Agora vou me levantar e cozinhar a sopa de pão de que ele tanto gosta. Teresita e Ricciotti também gostam. Ah, sim, uma boa sopa de pão. Acendo rápido o fogo, porque aqui está muito escuro, não se vê nada. Aliás, acenda-o para mim, meu amor.

52

Setembro de 1849 – Mota della Carbonara – Paludi di Comacchio, Itália

O buraco cavado no terreno arenoso parece quase apagado pelas pisadas de homens e animais, pela chuva e pelo vento. Até alguns dias atrás, você estava ali, enterrada de qualquer jeito. Penso nas palavras de quem a tratou assim.

"É! Garibaldi partiu chorando, mas o cadáver de sua mulher ficou na minha casa. Não podia deixá-lo ali nem fazer um funeral normal para ele. Se soubessem que havia hospedado Garibaldi, minha família e eu teríamos terminado mal. Então, minha mulher e eu, sem tirar as roupas sujas dela, a enrolamos em um lençol e numa esteira de junco, a colocamos em um caleche e a levamos à noite a um campo escondido. Ali cavamos um buraco com medo de ser descobertos. Sobre a sepultura não colocamos sinal algum. Ela estava morta; tínhamos que pensar nos vivos."

Agora, sobre o que resta de um buraco, há uma cruz plantada no chão. Dois galhos simples, arrancados há pouco, amarrados um ao outro por um maço de ervas-do-pântano. Um pequeno gesto de piedade que você teria apreciado, apesar das suas ideias sobre religião.

Penso no susto da menina que a encontrou no dia seguinte.

"Era Dia de São Lourenço. Eu estava levando comida aos perus, quando vi algo estranho despontando da areia. Me aproximei; parecia um braço. Fugi para avisar alguém. Quando escavaram, encontraram o corpo de uma mulher. Não a tinham enterrado bem e os cães ou outro animal comeram pedaços dela."

Mas ainda não era chegada a hora de você repousar finalmente em paz. Quiseram examiná-la de todo os modos, violando cada segredo do seu corpo.

"A mulher tinha cerca de um metro e três quartos e idade entre 30 e 35 anos. O corpo era robusto, e os cabelos, que estavam separados do couro cabeludo jaziam na areia, escuros, bem compridos e penteados à puritana.

Vestia uma camisa de linho branco, uma saia do mesmo material e uma capa com capuz de algodão vermelho com flores brancas.

As pernas e os pés estavam sem meias e não havia enfeites nos dedos e no pescoço. Nas orelhas, havia buracos para brincos.

Os pés não pareciam os de uma camponesa; não havia calos na planta.

No ventre trazia um feto de aproximadamente seis meses."

No barco que levou você embora de mim, subiram onze pessoas, mas sobreviveram só duas. Você salvou minha vida, mandando-me procurar pêssegos e evitando um destino que, você sabia, estava marcado. Foi um de seus últimos gestos de amor. Por mim. Não imagina o quanto lhe sou grato, apesar de viver o peso de sua amarga, eterna ausência.

Ruídos de passos, burburinhos de vozes.

"É aqui."

Um grupo de pessoas, outro grupo, depois outro, muitos vêm ver onde você foi enterrada.

Hoje você é um mito.